모두가 회색이야

모두가
회색이야

마틴 쇼이블레
장편소설

이지혜
옮김

사□계절

이 소설은 스스로 생을 마감한 어느 청소년에 관한 이야기입니다.
힘든 상황에서 그러한 생각을 하고 있다면 부디 주위에
도움을 청하기 바랍니다. 기관을 통해 익명으로
각종 전화 상담 및 무료 상담을 받을 수 있습니다.

보건복지부 자살예방상담전화 | 국번 없이 109 www.129.go.kr

생명의전화 | 국번 없이 1588-9191 www.lifeline.or.kr

청소년상담1388 | 국번 없이 1388 www.1388.go.kr

파울의 실제 이야기를 담다.

차례

위기 도취
하나

"그들의 입장이 되어보거나 아주 가까이서
관찰하면 그들이 하는 모든 일에 어떤
의미가 있는 것처럼 보인다는 걸 난 알아.
그러나 한 걸음만 물러서면 모든 게
그저 수수께끼처럼 보이지…….."
캥거루가 말했다.

— 마크-우베 클링,
『어느 건방진 캥거루에 관한 고찰』

알리나

이곳에서 가장 슬픈 일은 외출이다. 여기가 어떤 곳인지를 고려하면 참으로 의미심장한 말일 것이다. 이곳에는 슬프지 않은 일이 거의 없으니까. 우리를 데리러 오고 다시 데려다주는 부모님들에게도, 이곳에 수용되어 있는 우리들에게도 말이다.

수용되었다고 하니 너무 말썽을 일으키는 통에 아무도 원치 않아 동물 보호소에 맡겨진 불테리어가 떠오른다. 그저 다른 개들과 다른 게 문제였을 수도 있다. 산책 시간에는 누군가의 손에 이끌려 신선한 공기를 쐴 수 있지만, 공원을 두 바퀴쯤 돌고 난 뒤에는 보호소로 돌아가기를 거부하다가 결국 굵직한 목줄이 채워진 채 끌려 들어온다.

수용되었다는 표현은 또한 수학여행과 유스호스텔, 곳곳에 토사물 봉투가 널려 있는 관광버스, 땀 냄새가 풍기는 6인용 도미토리를 떠오르게 한다.

수용되었다는 말은 어쩌면 잘못된 표현인지도 모른다.

이곳은 동물 보호소나 학교 행사에 이용되는 장소보다 훨씬 열악하고, 내 거친 인생을 통틀어도 고단하기 짝이 없다. 이곳은 다름 아닌, 아동청소년 정신병원의 응급병동이다.

우리는 여기에 **수용**된 게 아니라 **감금**된 것이다. 나는 거의 자발적으로 입원한 경우다. 두 차례의 자살 시도가 실패로 돌아가고 나니 방법을 바꾸어봐야 할 것 같아서.

다시 한번 강조하지만 거의 **자발적**이었다.

무슨 일 때문이냐고?

구조대와 함께 온 의사 곁에 눈이 새빨개진 채 서 있던 엄마는 내가 고통에 찬 비명을 내지르자 이렇게 말했다.

"우리 딸, 이게 도대체 무슨 일이니? 왜 이런 짓을 한 거야?"

남들 앞에서 우리 딸이라고 불리는 것은 정말이지 끔찍하지만, 두 번째 자살 시도를 저지른 마당에 그런 걸 따져가며 엄마에게 스트레스를 더하고 싶지는 않았다. 그나마 그 소름 끼치는 우리 아기라는 호칭을 쓰지 않은 게 어디인가.

엄마가 또다시 울음을 터뜨리자 주황색 안전조끼를 입은 구조대원이 엄마에게 휴대용 티슈를 건넸다. 다른 응급구조 현장에서는 틀림없이 그보다 중요한 일을 할 텐데.

고도비만에다 니코틴에 찌든 채 거실 소파에 붙박인 사람

위기 도취 하나

들을 회복시키는 일.

도심의 어느 집 주방에 출동해 화상을 입은 과잉행동 아동을 치료하는 일.

고속도로에서 사고가 난 오토바이 운전자에게 진통제를 맞히고, 반대쪽 차선까지 날아간 다리를 주워 오는 일.

그에게는 이런 일이 일상이겠지.

자살 시도 현장에 출동하는 것은 일상적이지 않겠지.

적어도 그럴 것이라고 생각했다. 응급병동에 들어서기 전까지는 말이다.

우리 집 욕실까지 출동한 의사에게 울며 하소연하던 엄마의 모습에 나는 마음이 크게 동요했다.

"더는…….."

엄마는 입을 열다 말고 크게 한 번 숨을 들이쉰 뒤에 간신히 말을 끝맺었다.

"정말 더는 못 견디겠어요."

완전히 무너져버린 엄마의 모습에서 나는 그 말이 과장이 아님을 즉각 눈치챘다. 내가 죽이려던 것은 나 자신이지 엄마가 아니었는데, 어느 쪽이든 결과는 똑같을 것임을 나는 나중에 정신병원에서야 깨달았다.

바삐 움직이느라 대답할 틈이 없던 의사는 노련하게 대처했다. 의사가 약을 한 알 건네자 엄마는 물도 없이 꿀꺽 삼켰다.

그리고 두 사람은 잠시 머뭇거리며 시선을 교환했다. 과연 자살 시도를 한 10대 청소년 앞에서 이게 적절한 행동인지 고민하는 모양이었지만, 그들도 사람인 걸 어쩌랴.

같은 날 저녁, 나는 환각을 일으킬 것같이 샛노랗게 칠해진 어느 방에 앉아 있었다. 응급병동이 아니라 한 심리상담사의 개인 심리치료실이었다.

샛노란 벽 여기저기에 커다란 돌 사진이 걸려 있었다. 해변의 돌, 연못가의 돌, 들판의 돌, 숲속의 돌, 사막의 돌. 돌 하나씩만 찍혀 있는 사진들 사이에 뜬금없이 돌 세 개가 쌓여 있는 사진이 눈에 띄었다.

심리상담사가 내 맞은편 안락의자에 앉아 헛기침을 했다. 그러고는 원칙대로라면 1년 반 뒤에나 상담치료 예약이 가능하다고 설명했다. 엄마의 직장 동료의 친구의 지인이라 특별히 시간을 낸 것이라고도 덧붙였다. 친구의 지인의 직장 동료였던가 혹은 전혀 다른 무슨 관계였을 수도 있다.

어쨌거나 그는 근무시간까지 연장해가며 나를 위해 시간을 내주었다.

상담사가 엄마를 대기실로 보내고 돌 전시장의 문을 닫기가 무섭게 나는 입을 열었다.

"도대체 왜 이래야 하죠? 내 몸을 내 마음대로 하겠다는데

위기 도취 하나

누가 무슨 권리로…….”

“잠깐!”

그가 즉각 제지하려 했지만 나는 지지 않았다.

“다 헛짓거리예요. 저는…….”

“알았으니까 그만해!”

당혹스럽기 그지없었다.

두 번이나 말을 끊다니.

안락의자에 앉아 속내를 죄다 털어놓을 수 있는 게 상담치료인 줄 알았는데. 임금님 귀는 당나귀 귀라고 마음껏 소리쳐도 되는 줄 알았는데.

넷플릭스를 너무 많이 본 부작용인 모양이다.

하기야 넷플릭스의 부작용이 한두 가지는 아니니까.

상담사가 묻지도 않고 가져다준 캐모마일차를 두 모금쯤 마시고 나자 그는 비로소 다시 입을 열었다.

“자, 알리나. 본론으로 들어가기 전에 확실히 정하자. 원한다면 상담치료를 계속할 수 있어. 지금 이 시간대도 괜찮니?”

나는 문 쪽을 바라보며 그 너머에 앉아 있을 엄마를 떠올렸다. 엄마에게 지금 시간대가 대수일까? 그래서 그냥 고개를 끄덕였다. 사실 내게는 시간대보다 상담치료를 받느냐 마느냐가 중요했다.

“좋아. 그럼 저녁 다섯 시로 하자.”

심리상담사가 말하며 수첩에 무언가를 적어 넣었다.

"한 가지만 분명히 말해두겠는데, 나는 네가 죽는 것을 도와주려고 여기 있는 게 아니야. 알겠니?"

죽는 것을 도와주려는 게 아니다라니.

나는 할 말을 잃고 멍하니 상담사를 바라보았다. 평소 나는 할 말이 끊임없이 떠오르는 사람이라서, 주위 사람들은 내가 입을 다무는 경우가 극히 드물다는 것을 잘 알고 있다.

"죽는 걸 도와주려는 게 아니라고!"

상담사가 또 한 번 힘주어 말했다.

"두 번이나 자살 시도를 했다고 들었는데, 맞니?"

"예."

"왜 두 번이나 그랬니?"

"제대로 못 해서가 아닐까요? 저는 죽는 것도 제대로 못 할 만큼 무능하니까요!"

"사실은 죽고 싶지 않았던 걸 수도 있어."

그 말에 나는 일단 입을 다물었다.

"죽고 싶지 않은 거라면 이제는 살아가려고 노력해보렴. 가끔은 사는 게 힘들고 고통스러울 때도 있어. 네가 지금 여기에 있는 이유도 바로 그거야."

여기라는 말을 나는 속으로 곱씹었다. 여기란 이 상담실을 가리키는 것일까 아니면 보편적인 여기, 그러니까 이 세상을

위기 도취 하나

뜻하는 것일까? 그러나 그 말에 현실적인 의미가 있든 철학적인 의미가 있든 나와는 상관없는 문제였다.

"내 말에 동의하니?"

상담사가 물었다.

머릿속에는 어떤 논리적인 대답도 떠오르지 않았다. 내 몸속에 있던 모든 공기와 에너지가 소진된 느낌이었다. 누군가 전기 코드를 뽑은 것처럼 나는 한순간에 방전되었다. 검은 얼룩들이 방 안 곳곳을 채우는가 싶더니 금세 사방에 회오리치기 시작했다.

나는 양해도 구하지 않고, 앉아 있던 안락의자 옆에 놓인 **빨간색 소파**에 드러누웠다. 상담실에 소파가 괜히 있는 게 아니구나. 그런데 나 혼자 와서 누웠던가 아니면 상담사가 나를 소파로 데려갔던가? 뭐가 뭔지 알 수 없었다.

나는 소파에 드러누운 채 상담사의 말을 제대로 듣지도 않고 무조건 그렇다고 대답했다. 그래서 좋을 게 없다는 걸 알면서도.

일단은 몇 주일 동안 응급병동, 말하자면 정신병원에 입원해야 한다는 처방이 내려졌다. 퇴원한 뒤에는 앞서 정한 시간에 매주 찾아와 상담치료를 받기로 했다.

상태가 너무나 좋지 않으며 더욱 악화될 위험이 있다는 게 상담사의 의견이었다. 전적으로 옳은 말이었다.

그렇다고 그가 나를 자기 집에 데려다놓고 캐모마일차를 끓여주며 아침부터 저녁까지 돌볼 수는 없는 노릇 아닌가.

어쨌거나 그의 설명에 따르면 그랬다.

그렇게 합의한 내용을 문서로 작성하고 나는 거기에 서명했다. 1차로 정신병원 입원, 2차로 상담치료. 그리고 상담치료는 죽는 걸 도와주기 위한 게 아니다.

추가로 그는 내게서 더 이상 자살 시도를 하지 않겠다는 다짐을 받았다. 그런 일이 벌어진 때면 어차피 합의는 휴지 조각이 될 텐데 다짐을 받는 게 이상하게만 느껴졌다.

그렇게 정신병원에서 맞은 셋째 주의 어느 날, 나는 병원 정문 앞에 서 있었다.

정확히 3분 30초 뒤면 외출 시간이 끝난다.

나는 이 칙칙한 회색 건물에 수용되어 있다.

엄마는 스웨터 소매로 연신 눈물을 훔쳤고, 나는 엄마의 기분을 풀어주기 위해 억지 미소를 지었다. 정작 몇 분 뒤에 다시 감금될 사람은 나인데도.

엄마는 늘 그랬듯 바깥세상에서 자유롭게 살며 내일 점심 식사로 무엇을 먹을지, 퇴근 후에 누구를 만날지, 언제 잠자리에 들지 마음대로 결정할 수 있지 않은가.

나는 3분 10초 뒤부터 또다시 식단표, 처방전, 활동 시간표,

취침 시간, 기상 시간 등등 내 삶의 모든 부분을 제한하는 일정에 따라 움직여야 한다.

병원에서 왜 이런 방법을 쓰는지 짐작은 간다. 박사 학위가 두 개나 있는 아무개 교수의 이론에 따르면 사람이 바쁘게 살아야 어리석은 생각도 안 하게 된다나 뭐라나.

엄마가 코트 주머니에서 휴대폰을 꺼냈다.

"이제 들어가야겠구나, 우리 딸…… 알리나. 병원에 전화할게. 괜찮지?"

전화를 거는 이유는 직원이 나와서 나를 데리고 들어가야 하기 때문이다. 나처럼 심각한 상태의 환자는 가족이 자리를 뜨자마자 도망칠 위험이 있어서 그런 규칙이 있는 거지만, 도망쳐봐야 내가 어디로 가겠는가.

나는 약속한 대로 엄마에게 고개를 끄덕이며 미소를 지었다.

첫 외출 때는 엄마가 나를 말 그대로 숨 막히게 껴안고 좀처럼 놓아주지 않는 바람에 결국은 둘 다 엉엉 울어버렸다.

그 창피한 광경이 또다시 벌어지는 것을 피하기 위해 우리는 서로에게 조금 거리를 두고 헤어지는 절차를 밟기로 했다. 작별 뽀뽀는 집에서, 포옹은 병원에 주차를 한 뒤 차 안에서 하기로 말이다. 병동 앞에서 서로를 향해 다정하게 고개를 끄덕이고 따뜻한 미소를 짓고 나면 절차가 끝난다.

"알리나 들어가요."

엄마가 휴대폰에 대고 말했다.

이제 다 된 셈이다.

마돈나와의 작별 인사만 남았다. 엄마에게는 비밀이지만 나는 엄마보다 마돈나와 헤어지는 게 더 가슴 아팠다. 엄마와는 15년 동안이나 서로를 알아왔지만 마돈나를 알게 된 지는 3년밖에 되지 않았다.

마돈나는 크고 동그란 갈색 눈동자로 나를 응시하며 가르랑거렸다. 그리고 쓰다듬어달라는 듯 내 품으로 파고들었다.

"다음에 보자."

나는 마돈나에게 말하며 촉촉한 코에 입을 맞추었다.

예전에는 동물에게 입 맞추는 사람들이 기괴해 보였다. 내 방 창가에 앉아 조그만 진갈색 머리통으로 유리창을 미는 검은 얼룩무늬 고양이를 보기 전까지는 말이다.

가엾은 고양이는 내가 안으로 들여놓을 때까지 끈질기게 울었다. 고양이가 나를 집사로 간택하는 데는 물과 참치 캔을 주는 것으로 충분했다. 고양이는 목줄도 하지 않았고 주변에서 고양이를 찾는다는 전단지를 본 일도 없었다.

나는 배불리 먹고 기분이 좋아진 고양이를 품에 안고 거실에서 울리는 이상한 소리를 따라갔다.

엄마가 라디오에서 흘러나오는 마돈나의 노래를 들으며 "타임 고우즈 바이 소 슬로울리(Time goes by so slowly, 시간은 너무

위기 도취 하나

느리게 흘러)"라는 부분을 엉터리로 따라 부르고 있었다.

나는 서둘러 창문을 닫으러 뛰어갔다.

"엄마, 이웃 사람들 생각은 안 하세요?"

엄마는 "소 슬로울리"라는 가사를 세 번째로 부를 즈음에야 고양이를 발견하고 화들짝 놀라 라디오를 껐다.

"맙소사, 안 된다."

"개가 아닌 게 어디예요."

"2주 전에는 개도 데려왔었잖아."

"그냥 잠깐 빌렸던 거죠."

"개 주인 생각은 다르던데."

"그 노인네가 자전거 보관대에 개를 묶어놓고 방치했잖아요! 동물 학대범 같으니! 전 그 사람이 개를 유기한 줄 알았다고요."

"슈퍼마켓에 장 보러 간 거라잖니."

"그래도 그건 동물 학대예요."

"얘가 정말. 그래서 그건 뭔데?"

내가 안고 있는 생물이 하늘에서 떨어진 외계인이라도 된다는 투로 엄마가 물었다.

"소개해드릴게요."

내 말에 기막힌 우연처럼 고양이가 야옹 하고 울었다. 나중에 고양이 관련 웹사이트에서 읽은 바에 따르면 이 품종의 고양이들은 의사소통에 뛰어나서 원래 시도 때도 없이 그런 소리를 낸다고 하기는 했다.

"이름은 마돈나예요. 오늘부터 우리 집에 살 거고요."

"어휴, 딸."

더 이상 아무 말을 안 하는 것을 보니 고양이 키우는 걸 허락하려는 것 같았다. 엄마가 마침내 내가 행복해하는 모습을 보게 된 것이다. 수년 전부터 엄마는 그런 내 모습을 좀처럼 보지 못했다.

엄마는 고양이 이름에도 금세 익숙해진 것 같았다. 더 좋은 이름이 떠오르지 않아 둘러댄 것뿐이지만 라디오에서 흘러나오던 노래가 헬레네 피셔의 것이 아니어서 천만다행이다.

병동에는 마돈나를 데리고 갈 수 없었으므로 나는 마돈나의 귀 사이를 한 번 더 쓰다듬어주었다. 마돈나는 머리를 내 손가락에 힘껏 붙였다. 그러고 나서야 나는 마돈나를 엄마에게 건넸다.

길 건너편에서 저스틴이 막 비운 캔맥주를 쓰레기통에 던져 넣고 있었다. 저스틴은 나와는 달리 자살 시도를 하기 전에 병동에 들어왔다. 스스로를 잘 통제하지 못하는 탓에 처음에는 남들을 다치게 하고, 결국 자해를 했다고 한다.

보호자를 동반할 필요는 없는 저스틴은 혼자 있었고 일주일 만에 만나는 것처럼 나를 향해 양팔을 크게 흔들었다. 불과 몇 시간 전에 병원 구내 식당에서 마주앉아 점심을 먹으며 렌즈콩수프에 묻혀 있는 게 소시지인지 요리사의 잘린 손가락인지 토론을 벌이던 일은 벌써 잊은 모양이었다.

저스틴과 함께 있으면 난처해질 때가 많아서 나는 그가 이쪽으로 건너오기 전에 잽싸게 건물 안으로 도망칠 작정이었다. 그런데 문이 좀처럼 열릴 줄을 몰랐다. 이런 경우는 심심찮게 있다. 직원들이 갑자기 수십 가지 일을 한꺼번에 처리하느라 바쁘거나, 누구는 코로나로 결근하고 누구는 무슨 교육을 받으러 가서 일손이 부족하거나, 아니면 아무도 우리 같은 사람들이 있는 곳에서 일하고 싶어 하지 않아 자리가 채워지지 않았거나 하는 이유 때문이다. 그러니 이해 못 할 바도 아니다.

저스틴은 초록색 피셔맨스프렌드 봉투에서 목캔디를 한 알 꺼내어 입에 넣고 순식간에 씹어 삼켰다. 그러나 술 냄새를 덮기에는 역부족이었다. 외출 시간 내내 방금 들고 있던 캔맥주 하나만 마셨을 리 없으니 말이다.

고양이에 대해 아무것도 모르는 저스틴은 불쑥 마돈나의 앞발을 쓰다듬더니 내게 하이파이브를 했다.

"알리나, 이렇게 살아서 보다니 반갑다."

"그러게요."

엄마가 한마디 거들었다.

엄마는 우리가 자살을 우스갯거리로 삼는 데 익숙해져 있었다. 사실 병동에서 직원들의 불편한 심기를 무시하고 주고받는 농담의 수위에 비하면 이 정도는 아무것도 아니었다.

자동차 바퀴 소리가 끼익 들리더니 카타가 빨간색 포르셰 전기차에서 뛰어내렸다.

카타 역시 나와 저스틴의 환자 그룹에 속해 있었고 본명은 카타리나였다. 그러나 카타리나는 시작한 말을 끝맺는 법이 없었기 때문에 우리도 언젠가부터 이름에서 끝부분인 리나를 생략했다.

카타는 이걸 재미있어했다. 최소한 약에 취해 있는 동안에는 그랬는데, 이건 뒤에서 이야기해야겠다.

"나 안 보고 싶었어?"

저스틴이 카타에게 물으며 강아지 같은 표정을 짓는 바람에 마돈나가 질겁했다.

"보고 싶었지. 그리고 생각해봤는데……."

카타는 여느 때처럼 말을 하다 그쳤다.

"나는 우리 정신병자 동지들이 정말 그리웠다고."

저스틴이 우리 둘에게 말했다.

그의 단어 선택에 토를 다는 사람은 아무도 없었다. 우리는 **정신병자**들이고, 이곳은 **정신병원**이니까.

우리의 언어에 이미 익숙해진 엄마도, 인간의 일에 신경 쓸

위기 도취 하나

필요 없는 마돈나도 침묵했다.

카타가 저스틴과 하이파이브를 하며 다시 입을 열었다.

"표현이 조금 그렇기는 하지만……."

"하지만 어버버버버."

저스틴이 장난치며 말을 끊었다. 어차피 카타는 시작한 말을 끝맺지 않을 것이므로.

이윽고 병동의 자동문이 느릿느릿 열렸다. 우리 담당의가 당직인 것을 보니 꽤나 피곤한 저녁이 될 것 같았다.

저스틴과 카타가 앞서 들어가고 내가 막 문을 통과하려는 찰나, 우리 그룹 마지막 한 명의 급한 발소리가 들려왔다.

한참 일찍 복귀해서 이미 공용 거실에서 기다리고 있을 줄 알았는데 뜻밖이었다. 지각은커녕 늘 정해진 복귀 시간보다 훨씬 일찍 오던 친구이니 말이다.

그게 시간 엄수에 대한 그의 기준이었다. 물론 나는 15분쯤 늦는 것은 지각도 아니라고 생각한다.

그는 또 카타와 달리 모든 문장을 정확히 끝맺었다. 심지어 문장 안에 문장이 다섯 개쯤 들어간 복잡한 문장으로 자신의 철학을 주장할 때도 그랬다. 게다가 걸어 다니는 백과사전이라 해도 될 정도로 모르는 게 없고 쉼 없이 뭔가를 설명했으며, 나를 제외하고는 병동 전체에서 고양이에 관해 아는 게 많은 유일한 사람이기도 했다.

그러나 그가 괴짜 중의 괴짜인 이유는 따로 있었다. 최상급 대마초만 골라 피운다는 것이었다.

"늦었네요."

엄마가 인사를 건네고는 마돈나를 떨어뜨리지 않도록 조심하며 그 애의 엄마에게 손을 내밀었다.

"사고가 나서 차가 막혔어요. 여기서 5분도 채 떨어지지 않은 곳에서요."

그 애 엄마가 대답했다.

"우리 딸…… 알리나."

또 시작이다, 우리 엄마.

그 애의 엄마는 우리 엄마를 껴안으며 인사하려다 세 번 연달아 재채기를 했다. 코로나에 걸린 게 아니고 마돈나 때문이었다. 그는 아들에게는 고개를 끄덕이는 것으로 인사를 대신했다.

그 애는 마돈나의 머리를 쓰다듬다가 나를 향해 가볍게 허리를 숙였다.

"안녕, 알리나!"

"안녕, 예수님."

나는 그 애에게 대꾸했다.

제11계명:
네 아버지와 어머니의
심기를 건드려라

이레가 지나자 하나님은 몹시 피곤하시었다.
그래서 말씀하시기를
"포도주와 빵을 가지고
그저 나들이를 하기 위한 날이 있으라".

— 크래쉬 테스트 더미즈,
「갓 셔플드 히즈 피트 God Shuffled His Feet」

예수 (예전의 파울)

3년 전

어머니는 팔짱을 낀 채 고개를 절레절레 흔들었다. 영화를 찍는 중이었다면 이 장면에서 감독이 불만스러운 표정으로 컷!을 외쳤을 것이다. 닭살이 돋을 만큼 인위적이고 억지스럽고 부자연스러웠으니. 다시 갈게요! 레디, 액션!

그러나 이것은 드라마 촬영 현장이 아니라 내 유일무이한 삶에서 벌어지고 있는 실제 상황이다. 따지고 보면 내 인생의 장르도 드라마이기는 하지만.

내가 이런저런 생각에 빠져 있는 사이, 어머니는 한층 더 작위적으로 눈을 치켜떴다. 팔짱을 끼고 고개를 흔들며 눈을 한껏 치켜뜨는 동작이라니, 그보다 더 극적인 연기가 있을까?

어머니는 지난 30분간 했던 것보다 한층 더 언성을 높여 말했다.

"파울, 휴가 중에 꼭 이래야 하니? 다른 이야기 좀 하면 안 될까?"

나는 마지막 남은 살라미피자 한 조각을 입안으로 밀어 넣고 우물우물 씹으며 파라솔이 빼곡하게 들어찬 모래사장에 시선을 고정한 채 대답했다.

"기꺼이 그럴게요. 교회 신자 명단에서 저를 빼겠다고 약속만 하신다면."

"안 돼!"

어머니는 평소보다 350퍼센트쯤 크게 소리쳤다. 그리고 아주 느리게 주스 컵을 테이블에 내려놓으며 못 박았다.

"그럴 일은 절대 없을 거야!"

옆 테이블에 앉아 있던 독일인 노인 세 명이 호기심 어린 눈으로 이쪽을 흘깃거리고 아버지는 휴대폰에서 시선을 떼고 고개를 들었다. 두 여동생 조피와 레나도 깜짝 놀라 휘둥그레진 눈으로 어머니를 바라보았다. 그만큼 어머니는 언성을 높이는 경우가 드물었다.

종업원만이 이 연극에 아무런 관심도 보이지 않았다. 우리는 시칠리아섬에 와 있었고, 이탈리아 사람들은 우리가 다툴 때만큼이나 큰 소리로 대화하는 게 일상이다.

"신도 명단에서 빼달라니? 견진교리 교육 문제로 이야기하던 거 아니었어?"

아버지의 물음에 나는 콜라 잔을 비우고 고개를 끄덕였다.

"예, 맞아요. 그런데 엄마와 대화하다 보니 이야기가 거기까지 갔네요. 신도 명단에서 저를 빼주시기만 하면 또다시 언쟁을 벌일 일도 없을 테니 지금 여기에서 이 문제를 종결짓자는 말이에요."

"파울 오빠, 종결이 무슨 뜻이야?"

조피가 물었다. 레나는 조피의 치맛자락을 잡아당기며 모래밭 쪽으로 이끌었다. 테이블 앞에 앉아 있어봐야 더 시끄러워질 테니 그 편이 낫기는 했다.

그때 아버지의 휴대폰이 울렸다. 아버지는 자신의 이름을 대며 전화를 받더니 벌떡 일어나 멀찌감치 자리를 피했다.

어머니는 나를 향해 허리를 굽히고 손을 잡았다.

"제발 부탁인데 여기서 이러지 말고 집에 가서 이야기하면 안 될까?"

"집에 가면 바로 견진교리 교육이 시작되니 너무 늦지요. 매주 한 시간 반이나 그 말도 안 되는 프로파간다를 듣고 있어야⋯⋯."

"벌써 여섯 번이나 갔었잖아. 초등학교 동창인 루카와 자라도 같이 다닐 테고, 또⋯⋯."

"무슨 반세기 전의 이야기를 하시는 거예요! 엄마는 아직도 초등학교 때 친구들하고 만나서 노시나 보죠?"

어머니는 화가 머리끝까지 난 표정이었다.

"너하고 여기서 이러는 것보다는 재미있는데 뭘⋯⋯."

"……농담은 그만두시고요, 엄마. 초등학교 학급이나 견진 교리 교육이나 우연히 모인 운명의 공동체라는 점은 같지만 한 가지 차이점이 있어요. 학교는 국가가 강제하는 정책인 데 반해 견진교리 교육은 그렇지 않다는 점이에요. 저는 견진성 사를 받지 않을 거고, 부모가 자식에게 견진성사를 강요해도 된다는 법은 세상을 다 뒤져봐도 안 나와요."

"그래도 루카와 자라는 매주 교육을 받으러 가서……."

"……책상 밑에서 몰래 포트나이트 게임을 하죠. 매주 출 석할 때마다 부모님에게 20유로씩 용돈을 받고요."

"루카네 부모님이 거기 가는 대가로 용돈을 주신다고?"

어머니는 도저히 못 믿겠다는 표정이었다.

"아니요. 돈을 받는 건 자라 이야기고 게임하는 쪽이 루카 예요."

어머니는 아예 빈 테이블에 자리를 잡고 통화에 열중하고 있는 아버지를 바라봤다. 통화가 오래 걸릴 모양이라 어머니 혼자 싸움에 임하는 수밖에 없었다. 행운을 빕니다, 어머니!

"20유로를 주면 너도 견진교리 교육을 받을 거니?"

"자라처럼 매번 20유로를 받으면요? 물론이죠!"

나는 두 팔을 활짝 펼치고 어머니를 향해 미소를 지었다.

"그러면 더 이상 법석을 떨며 이러쿵저러쿵하지 않을 거 지? 남은 교육도 빠짐없이 출석하고, 견진성사도 받을 거고?"

"여부가 있겠습니까."

어머니는 망연자실하게 테이블을 바라보며 생각을 정리하는 듯했다. 몹시 혼란스러운 눈치였다. 하나님을 믿는 대가로 돈을 받겠다니, 독실한 기독교인인 어머니에게는 상상조차 할 수 없는 요구를 다름 아닌 자신의 아들이 하고 있는 것이다.

그러나 거의 모든 아이들이 견진성사를 덤으로 선물을 받을 수 있는 제2의 생일쯤으로 여긴다는 것은 공공연한 비밀이었다. 견진성사가 생일 파티와 광란의 크리스마스 사이 어디쯤에 위치해 있는 것도 그래서였다.

어머니는 주스를 한 모금 마시고 재차 아버지 쪽을 곁눈질했다. 그러나 아버지는 이제 아예 태블릿까지 펼치고 전화를 건 사람과 뭔가를 심각하게 의논하는 중이었다. 어머니는 어쩔 수 없이 다시금 입을 열었다.

"아무리 생각해도 그건 안 되겠다. 견진교리 교육을 받는 대가로 돈을 줄 수는 없어. 자라네 부모님이 무슨 생각으로 그러시는 건지 모르겠다만, 나는 도저히 용납이 안 돼."

"저도 농담으로 한 소리예요."

"자라도 돈을 안 받는다는 뜻이니?"

"그거 말고요. 교회가 엄마를 얼마나 타락시켰는지 떠본 거라고요."

어머니는 해변으로 떠내려온 해파리를 관찰하는 레나와 조피 쪽을 바라보았다.

"만지면 안 돼!"

어머니가 큰 소리로 외치고는 나를 향해 아주 나직이 말을 이었다.

"그 문제는 당분간만이라도 접어두는 게 어떨까?"

"그러죠, 뭐."

나는 선선히 대답하며 가방을 집었다.

아들이 닌텐도 스위치를 꺼내 들고 한두 시간이나마 게임에 몰두하며 자신에게 시칠리아에서의 꿀맛 같은 휴식을 허락할지도 모른다는 희망의 빛이 어머니의 눈에 반짝 떠올랐다. 그러나 나는 오늘 끝장을 볼 요량이었다. 그래서 두꺼운 책을 꺼내어 테이블 위에 쿵 소리가 나도록 내려놓았다.

옆자리 노인들은 이미 자리를 뜬 뒤였다. 아버지의 태블릿 배터리가 다 되었는지 종업원이 기다란 전선을 아버지 자리까지 끌어다 주고 있었다. 아버지가 배터리를 핑계로 잠깐이라도 손 놓고 있다가는 독일 주가지수가 역사상 최저치로 폭락할지도 모른다.

친절한 종업원과 전선 덕분에 휴가지에서 아이들과 놀아주어야 하는 처지를 면했으니 아버지에게는 참으로 다행스러운 일이다.

제11계명: 네 아버지와 어머니의 심기를 건드려라

어머니는 불신에 찬 눈빛으로 내가 꺼내놓은 1536쪽짜리 책을 바라보았다.

"성경이잖아. 이걸 일부러 여기까지 들고 온 거야?"

"이건 보통 성경과는 달라요. 루터의 힘 있는 언어를 그 어느 때보다도 생생하게 재현한 세상에 하나뿐인 진짜 루터성서의 완전개정판이라고요. 학술 검증을 거쳤음은 물론이고요."

사실인지는 알 수 없지만 어쨌든 아마존의 광고 문구에는 그렇게 쓰여 있었다.

"교회는 안 다니겠다면서 그건 왜?"

어머니가 성경으로 손을 뻗는 순간, 나는 잽싸게 선수를 치며 책을 펼쳤다.

"그야, 몇몇 성경 구절에 대해 엄마와 이야기를 나누고 싶어서죠."

"그걸 굳이 지금……."

"네."

"성경은 앞뒤 맥락도 없이 아무 구절이나 뽑아서 멋대로 해석하라고 있는 게 아니야. 바로 그걸 배우는 게 견진교리……."

"모세오경 제3권 레위기 20장. 정곡을 찌르는 내용이군요. 연쇄살인을 연상시키는. 여기 있네. 무당들도 죽이라고 나오고, 간음한 자도……."

"……그땐 지금과 시대가 달랐잖아. 그걸 지금 그런 식으로……."

"게다가 꼭 돌팔매로 죽이라는군요. 끔찍해라!"

"파울, 제발……."

"……이런 것도 있어요. 13절. 어떤 자가 여성과 동침하듯이 남성과 동침하면 두 사람 모두 가증스러운 짓을 저지른 것이므로 반드시 죽일지니, 그 죄인의 피가 그들 자신에게 돌아갈 것이다."

나는 어머니가 내게 돌팔매질할 돌을 한 바구니 건네기라도 한 것처럼 경악한 표정으로 어머니를 바라보았다.

"엄마는 정말 이런 걸 믿으시는 거예요?"

"복음서에는 동성애를 옹호하는 내용도 나와. 그런 이야기는 못 들어봤니?"

어머니가 쏘아붙이고는 손가락으로 해변을 가리켰다.

"가서 수영이나 좀 하지 않으련?"

조피와 레나는 노란색 플라스틱 삽으로 죽은 해파리를 묻어줄 무덤을 파고 있었다.

"만지면 안 돼!"

어머니가 동생들에게 또다시 외치는 것을 보고 내가 덧붙였다.

"배럴해파리예요. 괜찮아요."

제11계명: 네 아버지와 어머니의 심기를 건드려라

"아는 것도 많아서 좋겠다. 이제 물에 들어가지 그러니?"

"안 들어갈래요. 나중에 예수님처럼 바다 위를 걸으며 산책이나 좀 하려고요. 그 편이 옷도 안 젖고 좋죠."

"단 한 번이라도 그런 식으로 비웃지 않고 진지하게 종교에 대해 이야기를 나눌 수는 없어?"

"전 그냥 마가복음에 나온 내용을 인용한 것뿐이에요."

"너 정말 휴가 내내 이럴 작정이야?"

"뭘요?"

"계속 시비를 걸 작정이냐고."

나는 곧장 대답하는 데 쓸 성경 구절을 찾아냈다.

"여기 아주 생생한 언어로 적혀 있네요. 그 자애로운 분을 위해 어떤 민족 전체가 도살되어야 한다고요. 사무엘상 15장 1절에서 11절. 아니 잠깐, 3절에 다 요약되어 있네. 어느 땅에서는 하나님의 이름으로 몰살이 자행되고 있는데 우리는 휴가나 즐기고 있다니. 이것도 들어보세요. 마찬가지로 마가복음에 실린 내용이에요. 남자와 여자, 어린아이와 젖먹이, 소와 양, 낙타와 당나귀를 모두 죽여라."

"네가 내내 구약성서만 들먹이고 있다는 건 알고 있지?"

어머니가 물었다.

"그럼 엄마는 이 구절에 등장하는 명사가 어떤 순서로 나열되어 있는지 알고 계세요? 1순위는 남자예요. 아무렴, 하나님이 제일 먼저 창조하신 게 누군데. 여덟 번째로 거론된 게 고집스러운 당나귀고요. 젖먹이는 네 번째 순위에 앉히셨네요. 소와 양 같은 가축의 바로 앞에."

"후식 먹을 사람?"

아버지가 머리와 어깨 사이에 휴대폰을 끼운 채 우리에게 소리쳤다. 종업원이 아버지에게 디저트 메뉴판을 가져다준 모양이었다.

조피와 레나는 어디서 주운 아이스크림 막대기로 해파리 무덤에 세울 십자가를 엮는 데 정신이 팔려 대답하지 않았다.

"냉장고에 아직 아이스크림 남았어."

어머니가 짧게 대꾸하고 다시금 나를 바라보았다.

"그런 구절들만 쏙쏙 뽑아서 얘기할 게 아니라 앞뒤 문맥을 봐야 해. 오늘날에는 다르게 해석해야 한다고. 대개는 비유일 뿐이고…….."

"구약성서의 내용이 다 엉터리라면 어째서 그게 견진교리 교육에 쓰이는 이 최신판 성경에 다시 등장하는 건가요?"

"티라미수 먹을 거냐고!"

아버지가 또다시 소리쳤다.

"아니. 냉장고에 아직 아이스크림…….."

"저요! 전 두 개 주세요. 어머니 몫까지 제가 먹어드리겠습니다."

"먹겠다고?"

아버지가 재촉했다.

"그냥 대충 주문해!"

어머니가 버럭 신경질을 냈다.

"알았어, 알았다고. 진정해. 무슨 휴가가 이렇담."

아버지가 목소리를 낮춰 투덜댔다. 그러나 어머니의 귀에 안 들릴 정도는 아니었다. 아니나 다를까 어머니의 화살이 아버지를 향했다.

"그러는 당신은 여기에서도 내내 일만 하면서 무슨 휴가가 어쩌고 타령이야?"

"어디까지 이야기했죠?"

나는 얼른 끼어들었다. 다행히도 어머니는 곧장 다시 나에게 말했다.

"구약성서."

"맞아요. 신약성서만 주문했어도 견진교리 교육에 아무 지장이 없었을 거란 이야기를 하려던 참이었어요. 종이도 아끼고, 환경도 보호하고. 그런데 뭐 하러 그 프로파간다 패키지를 몽땅 구입하느냐 이거예요."

"프로파간다라는 소리, 한 번만 더 해봐."

"그러면 신약성서 이야기를 하죠. 그런데 그것도 이상하잖아요. 하나님이 둘인 것 같다고요. 악독한 구약성서 하나님이

랑 자애로운 신약성서 하나님. 아니면 이 정신 나간 이야기들을 지어낸 게 결국은 사람이라는 뜻⋯⋯."

"파울, 제발 그만 좀 해라."

"⋯⋯예예⋯⋯. 그런데 그 사람들이 지어낸 온갖 마술에 관한 시랄까? 아니지, 시라고 하기에는 운율이 맞지 않네."

"페르 라 시뇨라(Per la signora, 요리 나왔습니다, 부인)! 페르 일 지오바네(Per il giovane, 요리 나왔습니다, 젊은 손님)!"

종업원이 다가와 어머니와 내 앞에 차례로 티라미수 접시를 내려놓으며 말했다.

"그라치에(Grazie, 감사합니다)."

어머니와 나는 동시에 대답했다.

어머니는 자기 앞에 놓인 접시를 말없이 내 쪽으로 밀었다. 입가에 미소가 떠오른 걸 보니 그새 언쟁을 벌일 마음을 다잡은 모양이었다.

"그래서 신약성서는 뭐가 어쨌다는 거니? 할 이야기 있으면 해봐. 말 나온 김에 끝장을 보자꾸나."

"잠깐만요. 신약성서라⋯⋯."

나는 짐짓 심각하게 고민하는 체했다.

"거기에 그 혁신적인 의학 발견에 관한 이야기가 나오지 않던가요? 뭐냐, 마리아가 어떤 생식 행위도 없이 임신을 했다는 이야기, 맞죠?"

어머니는 내게 내밀었던 티라미수 접시를 도로 가져갔다. 나는 얼른 소리쳤다.

"엄마, 줬다 빼앗는 게 어디 있어요!"

"됐으니까 그 이야기나 계속해봐라. 신약성서가 왜 문제인지. 네 이웃을 사랑하라는…….'

"물론이죠!"

나는 책 마지막 부분에 빨간색 메모지로 표시해둔 페이지들을 뒤적거렸다.

"그 위대한 이웃 사랑과 타인을 향한 끝없는 관용은 살육의 광기로 가득했던 암울한 시대에 대단한 발전이 아닐 수 없다니까요. 자, 읽어보겠습니다. 마가복음 16장 16절. 믿음을 가지고 세례를 받는 자는 구원받을 것이오, 불신하는 자에게는 저주가 내릴지니."

나는 일부러 저주라는 단어에 힘을 주며 음침하게 발음했다. 어쨌거나 바람직하지 못한 행위임은 사실이잖은가.

어머니는 물끄러미 책을 응시했다.

"정말 그렇게 쓰여 있다고?"

"그럼 제가 지어냈겠어요? 세례받은 자들만 선량한 인간이라는데요."

"어디 보자."

어머니는 내가 내미는 책을 받아 들고 해당 구절을 비롯해 빨간 메모지가 붙은 부분들을 하나씩 꼼꼼히 읽기 시작했다.

기다리는 사이에 먹어치운 티라미수 때문에 속이 울렁거릴 무렵, 어머니가 책을 덮었다. 어머니는 나와 아버지를 번갈아 바라보았다. 아버지는 어머니를 향해 어깨를 으쓱하다가 귀와 어깨 사이에 끼운 휴대폰을 떨어뜨릴 뻔했다. 한쪽 귀로나마 우리의 대화를 듣고 있었던 모양이다.

나는 아버지의 몸짓을 나는 아무래도 좋으니 당신이 알아서 결정해라는 뜻으로 이해했다.

어머니는 무슨 벽돌이라도 치우듯이 성경을 한옆으로 밀었다.

"하나님 맙소사! 그러면 네가 직접 목사님께 편지를 쓰려무나. 알아서 설명하고 신자 명단에서 빼달라고 해. 그럼 됐지?"

"저를 자극하려고 일부러 하나님 맙소사라고 하신 건 아니죠?"

어머니는 이제 어이가 없어 말도 안 나오는 모양이었다. 나는 손을 휘휘 내저었다.

"아무려면 뭐. 그럼 이제부터 즐거운 휴가 보내세요!"

나는 비어져 나오는 웃음을 들키기 전에 잽싸게 일어나 레나와 조피에게 다가갔다.

"제가 장례식에 너무 늦게 왔나요?"

내 말에 레나가 울먹이며 대답했다.

"조피가 그러는데 해파리가 아직 살아 있었대."

"내가 언제!"

조피가 반박했다.

"아까 그랬잖아!"

"물컹거리는 게 마치 살아 움직이는 것 같다고 한 거지."

우리 셋은 모래 더미로 시선을 고정했다. 어쨌거나 이제 해파리가 부활할 일은 없을 것 같았다.

"고별사라도 할까?"

내 물음에 조피가 제안했다.

"기도하는 게 어때? 할머니가 돌아가셨을 때처럼."

"그래, 그게 좋겠다."

나는 엄숙한 표정으로 고개를 끄덕이고는 두 손을 모은 채 운을 떼었다.

"친애하는 조문객 여러분, 오늘 우리는 좋은 친구를 잃은 슬픔을 나누기 위해 시칠리아의 이 해변에 모였……."

"파울, 그냥 수영이나 하러 가지 그러니?"

어머니가 말을 끊었다. 조피와 레나는 어리둥절해서 어머니를 바라보았다.

"알았어요, 금방 간다고요. 자, 친애하는 조문객 여러분, 우리의 친구 해파리는 길고 충만했으나 늘 호락호락하지만은 않았던, 화학물질에 오염된 지중해에서의 삶을 마치고……."

"지중해가 어떻다고?"

조피가 물었다.

"……이제 하나님 아버지에게로 돌아갑니다. 자애로운 해파리들의 주여, 부디 이 친구의 영혼을 천국으로 받아들여주시옵고……."

"아기 고양이다!"

레나가 소리치며 후다닥 뛰어갔다.

조피 역시 귀여운 고양이를 보고 내 눈치를 살폈다. 그러고는 내가 고개를 끄덕이자 레나를 따라 뛰어갔다.

"아멘."

기도를 끝마친 나는 동생들을 따라가야 할지 고민했다.

나는 고양이라면 사족을 못 쓴다.

위기 도취 둘

내 정신은 어디에 있지?
멀리 물속에서 헤엄치는 그것을 보네.

— 픽시스, 「웨얼 이즈 마이 마인드Where Is My Mind」

예수
3년 후

나는 마돈나의 머리를 쓰다듬었다. 매우 사교적인 성격의 마돈나는 고맙다는 듯 힘차게 야옹 하고 울었다. 벵골 고양이답다.

저스틴과 카타는 이미 정신병원 안으로 사라진 뒤였다. 열린 문 밖에 아직 서 있는 사람은 알리나와 두 엄마들과 나뿐이었다.

"저기…… 파울? 알리나? 어서 들어오겠니?"

아, 맞다. 의사도 있었구나. 그는 엄격해 보이는 얼굴을 감추려 무진 애를 쓰고 있었다. 우리가 수백 가지 규칙을 지키도록 통제해야 하니 엄격한 표정이 습관으로 굳어진 것도 무리는 아니다.

시간 엄수도 그 규칙 중 하나인데 우리는 이미 제한 시간을 2분이나 넘기고 있었다.

나는 또다시 야옹거리는 마돈나의 귀를 작별 인사 겸 가볍게 꾹꾹 눌러주었다.

알리나의 어머니는 뭔가 말하고 싶은 기색이었지만, 입에서 "우리 딸…… 알리나"라는 말만 겨우 새어 나오다가 목소리가 갈라졌다. 다음 수순이 뭔지는 안 봐도 뻔했다.

알리나네 어머니의 어깨를 안고 위로하던 어머니가 재채기를 했다.

그게 오늘 내 외출 시간의 마지막 장면이었다. 위로하면서 재채기하는 어머니, 울먹이는 알리나의 어머니, 그리고 네 발을 쭉 뻗는 마돈나.

드디어 외출이 끝났다는 생각이 나를 홀가분하게 했다. 밖에서 보내는 시간은 참으로 고역이다. 첫 외출 때는 어머니를 따라 집에 갔지만 결과는 영 좋지 못했다.

가족들은 모두 나를 환자 취급했다. 우울증이 있으니 환자인 것은 사실이지만 그런 취급을 받는 건 딱 질색이다. 그러나 병이 내 마음대로 낫지 않으니 문제다.

내가 몇 시간 동안 집에 머무는 것을 본 동생들은 이제 병도 다 낫고 기분도 괜찮아져서 잘 놀아주는 오빠로 되돌아온 줄 아는 모양이었다. 온갖 사소한 것들이 내 신경을 긁고 있다는 것은 까맣게 모른 채.

동생들이 내 허락도 없이 닌텐도를 가지고 노는 것도.

내 침대 위에서 팔딱팔딱 뛰며 노는 것도.

내 만화책을 읽고 아무 자리에나 꽂아둔 것도.

예전 같으면 아무렇지 않게 넘어갔을 텐데 레나와 조피는 이제 내게 화풀이 대상이 되어 있었다.

처음으로 외출하여 집에 간 날, 아버지는 몇 달 전까지 내가 열을 올리던 일본 문화나 데이비드 보위의 생애 따위를 들먹이며 나와 대화하려 애썼다. 어떻게든 대화를 이어가기 위해 마지막에는 보위와 일본이라는 두 가지 주제를 억지로 짜맞추기까지 했다.

그때부터 우리 부자가 서로 치고받는 독특한 대화가 시작되었다. 대화의 양상은 대략 이랬다.

"어디에서 읽었는데 말이다, 보위의 공연에 일종의 일본식 팬터마임이 들어갔다면서? 일본에 있을 때 그런 이야기를 들은 적이 있니?"

"위키피디아에 그렇게 나오던가요, 아니면 다른 데서 읽으신 거예요? 일본어로는 그걸 가부키라고 해요. 보위는 친구린지 켐프에게 배웠고, 70년대의 일이죠. 이야, 50년이나 지나서야 알게 되셨구나. 하긴 그것만도 어디예요."

아버지에게만은 동생들에게 그런 것처럼 상처 주지 않으려 했지만 그마저도 뜻대로 되지 않았다.

내게는 말을 직설적이고 명확하게 내뱉는 습관이 있었다. 나와 많은 시간을 보낸 사람은 그런 내 태도를 잘 이해했다.

그런데 지금의 나는 직설적인 것을 넘어 극도로 경직된 상태였다. 내 얼굴에서 웃음의 흔적이 사라지고 냉담한 비웃음만이 남아 있다는 사실은 그 자체로 이미 고통이었다.

이런 이유 때문에 더 이상 집에 가고 싶지 않았으므로 오늘은 미리 어머니에게 물었다.

"그냥 차에 있으면 안 돼요?"

"동생들이랑 아빠가 기다릴 텐데."

"부탁이에요, 엄마."

"힘들어도 한 번만 용기를 내어보지 않을래?"

"벌써 해봤잖아요. 실패했고요."

어머니는 몇 초간 망설이다가 이윽고 집에 전화를 걸었다. 어차피 동생들과 아버지도 그다지 서운해하지는 않을 것이다. 지금 이 상태의 나는 모두에게 버거운 존재니까.

짧은 통화를 마친 어머니가 차의 시동을 걸었다.

"그러면 어디든 다른 데로 가자. 알겠지? 병원 앞에 이렇게 서 있을 순 없잖아."

"차에서 내리지는 않을 거예요."

"그래, 알았어."

"고마워요."

"어디로 갈까?"

"시립 공원이 좋을 것 같아요."

위기 도취 둘

"배는 안 고프니?"

어머니가 물었다. 집에 잔뜩 차려둔 음식이 다 식었을 거라는 이야기는 하지 않았다. 내 상태가 어떤지는 어머니도 충분히 알아챘을 테니, 이 와중에 요리하는 데 든 자신의 노력을 헛수고로 만들었다는 양심의 가책까지 심어주고 싶지는 않았을 거다.

"피자 사 갈 데가 있을까요?"

"있고말고."

어머니가 대답하고는 이탈리아 식당에 전화를 걸었다.

25분 뒤 어머니는 공원 숲 근처 주차장에 차를 세웠다. 빗줄기가 자동차 지붕을 때리는 이 날씨에 숲을 찾는 사람은 우리 말고는 없었다.

어머니는 시동을 끄고 운전석의 유리창을 약간 내렸다. 나는 딱히 숲 공기를 마셔야겠다는 생각이 들지 않아 곧장 살라미피자를 꺼내어 먹기 시작했다.

"휴대폰은 안 궁금한 모양이네."

"어디 있는데요?"

"네 가방 안에."

나는 한 입 베어 먹은 피자 조각을 상자에 도로 내려놓고 휴대폰을 꺼냈다. 지난 며칠간 누가 전화를 하고 누가 메시지를 보냈는지 궁금해서가 아니었다. 그 누구에 대한 관심도 내게는 남아 있지 않았다. 나는 플레이리스트를 열고 이리저리 스크롤했다.

사람들은 각자의 삶을 살고, 나는 나의 죽음을 향해 가는 것 같았다.

"누가 연락이라도 했니?"

어머니가 피자 한 조각을 집으며 물었다.

"글쎄요."

이 숲과 이 순간에 어울리는 곡을 찾았지만 마땅한 게 없어 불안해졌다. 그토록 좋은 음악들을 꿰뚫고 있었는데 이제 그것마저 할 수 없게 된 것일까?

저스틴은 정신병원에 몰래 휴대폰을 가지고 들어와 (물론 들키지는 않게) 주야장천 트레일러파크의 음악을 들었다. 「하와이 콕스Koks auf Hawaii」(Koks는 코카인을 지칭 – 역주) 같은 매우 난해한 음악이었다. 환각 상태가 아니고서는 도저히 들어주지 못할 음악이었지만, 그렇다고 병원에 대마초를 가지고 들어올 수는 없는 노릇이다. 어떻게 맨정신으로 트레일러파크의 음악을 듣는 건지 의문이었다.

알리나는 람슈타인의 팬이었으나 침대 밑에 감춰둔 휴대폰을 두 번째 압수당한 뒤로는 스스로 람슈타인에 빙의해 「아메리카Amerika」나 「하이피쉬Haifisch」 같은 곡을 목청껏 부르고 다녔다. 다만 r 발음을 잘 하지 못하는 약점 때문에 람슈타인 특유의 길게 굴리는 rrrrrr은 따라하지 못했다.

어머니가 피자 상자를 톡톡 두드리며 말을 걸었다.

"조금 더 먹어. 거의 안 먹었잖아."

"맛있게 먹었어요. 배가 불러서 그래요."

"딱 한 조각만 더 먹을래? 그새 너무 마른 것 같구나."

"그러죠, 뭐."

나는 머릿속에 저장된 플레이리스트를 훑으며 건성으로 대답했다.

"정신이 딴 데 가 있구나?"

"맞다! 고마워요, 엄마!"

나는 환호성을 질렀다.

"뭐가 고맙다는 거야?"

"엄마가 힌트를 주셨잖아요."

"무슨 소린지 도무지 모르겠구나."

"그냥 들어보세요."

나는 자동차 스피커로 픽시스의 「웨얼 이즈 마이 마인드」를 재생했다. 그리고 의자에 앉은 채 몸을 쭉 펴며 비에 젖은 나무들을 바라보았다. 안타깝게도 비는 그친 뒤였다. 이제 곧 사람들이 개를 데리고 하나둘 산책을 나오겠지.

"혹시 마실 것 가져오셨어요?"

"다행히도."

어머니가 대답하며 내 가방 쪽을 가리켰다.

가방 가운데 칸에 스프라이트 한 병과 플라스틱 컵 두 개 그리고 대용량 킨더 초콜릿 한 봉지가 들어 있었다.

"제가 집에 안 갈 거라는 걸 알고 계셨어요?"

"이래 봬도 난 네 엄마야."

스피커에서는 이제 플라시보의 「에브리 유 에브리 미Every You Every Me」가 흘러나오고 있었다. 저만치에 선 검은색 벤츠에서 개 한 마리가 뛰어내리는 게 보였다.

"멍청한 고양이 사냥꾼들 같으니!"

내가 중얼거리자 어머니는 고개를 절레절레 흔들었다. 어머니는 개를 무척 좋아했다.

"저건 복서라는 종이야."

개가 우거진 덤불 속으로 사라진 뒤에도 주인은 내리지 않고 자동차 안에 앉아 있었다. 잠시 뒤 차 문이 열리더니 담배 연기가 뿜어져 나왔다.

"저걸 보니 저도 뭘 좀 피우고 싶어지네요."

"그 얘긴 왜 안 하나 했다."

어머니의 시선은 비에 젖은 숲 가장자리로 사라진 개를 찾고 있었다.

"저도 이제 만 16세예요."

"누가 아니라니."

위기 도취 둘

"독일에서는 법적으로 샴페인과 맥주와 포도주를 마셔도 되는 나이라고요. 밤늦도록 영화관에서 영화를 봐도 되고, 클럽에도 출입할 수 있고, 엄마가 허락해주시면 문신도 할 수 있고요."

"허락하면 무슨 문신을 하고 싶은데?"

"복서 그림만 아니면 뭐."

"만 16세부터는 정당에도 가입할 수 있단다."

"와, 세상에. 그 중요한 문제를 까먹고 있었네요. 입당이라. 그런데 문제가 뭔지 아세요? 만 16세가 되면 마음대로 할 수 있는 게 그렇게 많아지는데 정작 대마초는 안 된다는 거예요. 말도 안 돼."

"흡연은 만 18세부터야. 네 건강과 성장을 위해서도 안 하는 게 좋고……."

"그만! 잠깐만요! 그 이야기는 벌써 골백번은 했으니 안 하셔도 돼요."

"네가 먼저 시작했잖아."

어머니가 차에서 내리며 말했다.

"개 주인과 이야기 좀 하고 올게. 개를 데리고 잠깐 산책을 해도 되는지 물어봐야겠다."

"혹시 고양이도 있는지 물어보세요!"

돌아오는 길에는 섹스 피스톨즈의 음악을 들었다. 어머니는 가사에 여왕이나 파시스트 정권 같은 단어가 등장하는 것이 썩 달갑지 않은 모양이었다. 나는 그저 운율이 멋지게 맞아떨어진다고 생각했다.

어머니는 사이먼 앤드 가펑클의 「미세스 로빈슨Mrs. Robinson」을 듣자고 제안했다. 60년대 말에 나온 곡이기 때문에 내가 그 곡을 꽤 좋게 평가한다는 사실을 어머니도 물론 알고 있었다. 그러나 결국에는 사이먼 앤드 가펑클의 곡이 우리를 한층 더 침울하게 만들고 말았다. 2주 전에 대학병원에서 진단받은 내 병을 악화시킨 셈이었다.

나는 기분 전환 삼아 몬티 파이튼의 「얼웨이즈 룩 온 더 브라이트 사이드 오브 라이프Always Look on the Bright Side of Life」를 틀었다. 그러나 그들이 만든 영화라면 질색을 하는 어머니가 버럭 고함을 치는 바람에 모든 세대가 무난하게 들을 만한 플라시보의 음악을 틀 수밖에 없었다.

갑자기 차가 막히기 시작했다. 전방에 긴급차량의 파란색 표시등이 깜빡이고 있었다.

"이러다 지각하겠어요."

"금방 교통정리를 하겠지. 늦지는 않을 거다."

"늦을 거예요."

"괜찮아."

위기 도취 둘

어머니는 내게 시간 엄수가 절대적으로 중요한 문제임을 잘 알고 있었다. 이 점에서만큼은 정신병원 담당의와도 뜻이 맞았다. 다른 사람들이 늘 아슬아슬한 시간에 복귀하는 게 내 상식으로는 도무지 납득할 수 없는 일이었다.

"이러다 늦겠네, 진짜!"

10여 분이 흐른 뒤 초조해하며 주먹으로 글러브박스를 내리치는 나를 보고 어머니는 어깨를 으쓱했다.

"오늘도 마돈나를 데리고 오려나?"

주의를 돌리기 위해 어머니가 짐짓 딴소리를 했다. 이게 상황을 더 악화시킬 거라는 사실은 꿈에도 몰랐던 모양이다.

"알리나네 고양이 말씀이죠? 상기해줘서 고마워요, 엄마. 스트레스 풀기 딱 좋은 화제네요. 저도 고양이 키우고 싶어요."

옆 차선에서 나타난 구급차가 우리를 스치고 맹렬히 달려갔다.

"알지만 어쩔 수 없잖아."

정체가 서서히 풀리는 듯했다. 맨 앞쪽에 있던 자동차들이 움직이기 시작했다.

"고양이 알레르기에는 약도 없대요?"

"100퍼센트 효과가 있는 약은 없대."

어머니가 대답했다.

"엄마에게 고양이 알레르기가 있는 게 확실해요?"

"고양이 근처에만 가도 눈이 따갑고 콧물이 나고, 피부도 빨개지고 호흡곤란도 오잖니. 상상만으로 이런 증상이 한꺼번에 나타날 리는 없고."

"이렇게 하면 어때요? 고양이 키우게 허락해주시면 자살 안 할게요."

마침내 정체가 완전히 풀렸다. 어머니는 내 말을 못 들은 체했다. 이미 했던 말이기도 하고, 내 심리상담사는 물론이고 어머니의 심리상담사와도 상의가 끝난 문제였다.

아쉽게도 그 전문가 양반들은 내 목숨을 구하는 데 반드시 고양이가 필요하지는 않다는 쪽으로 의견을 모았다. 하기야 고양이를 키우는 알리나가 두 번이나 자살 시도를 한 걸 보면 그 말이 맞는지도 모른다.

"저기 벌써 시설이 보이는구나."

시설이라…….

정신병원이라는 단어를 꺼리는 어머니는 이곳을 처음부터 그런 식으로 불렀다. 누구에게나 자신만의 사전은 있는 법이니까.

우리는 크롬바커 캔을 치켜든 채 목구멍으로 맥주를 들이붓고 있는 저스틴을 지나쳤다.

"저건 되는데 대마초는 왜 안 된다는 거지?"

나는 혼자서 묻고 혼자서 대답했다.

"하긴, 사람들이 쓰기만 하고 칼로리도 높은 쓰레기 음료수 대신 몸에 좋은 허브 담배를 피우게 되면 양조장이 다 망할 테니까."

"그 건강에 좋다는 허브 담배가 뇌를 망가뜨린다는 건 알고 있니?"

어머니가 병원 정문에서 멀리 떨어진 곳에 차를 세우자 우리는 서로 껴안고 작별 인사를 했다. 나는 지난번 정시에 복귀해서 창밖을 바라보다가 알리나와 알리나 어머니가 이렇게 하는 것을 목격했다.

우리 차 뒤로 카타 아버지의 포르셰가 혜성처럼 나타났다. 시속 100킬로미터는 될 속도였으나 정지하는 데는 3초도 채 걸리지 않았다. 나는 크게 손뼉을 쳤다.

"대단하십니다, 골 빈 양반 같으니. 기적적으로 살아남은 자기 딸을 저따위 돈지랄로 죽이려고 하네."

카타와 저스틴이 병원으로 들어가는 모습을 보고 어머니가 물었다.

"우리도 갈까?"

"갈까 하고 묻는 게 아니라 가야 된다고 하셔야지요."

나는 퉁명스레 내뱉었다.

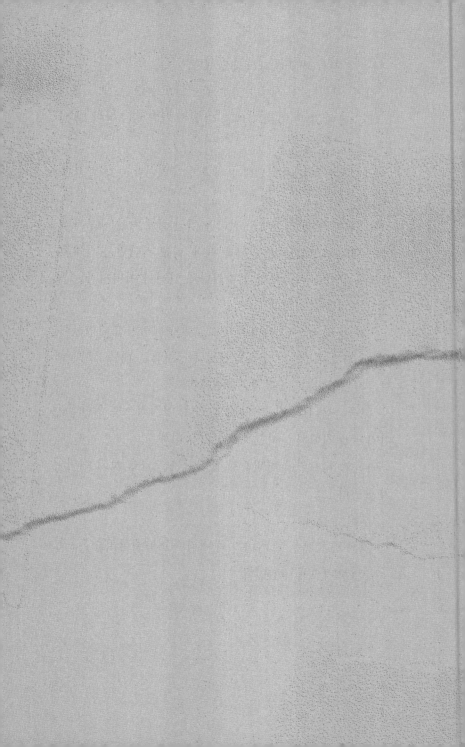

일본 하나

"나는 탈옥을 계획 중이오.
그럼 먼저 이 바에서 탈출해야 하고
다음에는 이 호텔에서, 다음에는 이 도시에서,
그리고 이 나라에서 탈출해야 해요.
같이 가겠소?"

— 「사랑도 통역이 되나요?」에서,
밥을 연기한 빌 머레이의 대사

파울
응급병동 입원 6개월 전

그들이 영화를 고르는 기준이 뭔지 도무지 납득이 가지 않았다. 여러 대륙 출신의 유학생 수십 명이 모인 자리 아니던가. 그것도 일본어를 배울 수 있을 정도의 지적 능력을 가진 학생들이 말이다. 수천 개는 될 문자를 익혀야 하는 일본어는 외국인이 배우기 쉽지 않은 언어다.

우리 기숙사는 멧돼지는 물론이고 (들리는 소문에 의하면) 이따금 곰도 출몰하는, 숨 막히게 아름다운 일본의 어느 산 속에 있었다.

이런 곳에서는 친목을 다지고 다양한 문화와 언어에 대한 이해를 높이며, 현지 학생들과 정신적, 지적 교류를 나눌 수 있는 특별 행사도 물론 빠질 수 없다.

그래서 생각해냈다는 게 고작 기숙사 도서관에서의 심야 영화관이라니!

얼마 뒤면 성인이 되는 사람들이 영화 한 편 보자고 야밤에 도서관에 모인다는 게 내게는 이해할 수 없는 일이었다.

다른 한편으로는 그럴 만도 하다는 생각이 들었다. 학생 누구도 교정에서 책을 들고 다니는 모습을 본 적이 없었기 때문이다. 학생 대다수는 도서관을 그저 편안한 의자와 따뜻한 난방 시설이 구비된 널찍한 공간으로만 생각하는 것 같았다.

작품을 공정하게 선정하기 위해 투표가 진행되었다. 참석한 소수의 일본인 학생들 중 미사키라는 여학생이 진행을 맡았다.

"그럼 시작하죠. 영화 추천할 분 있나요?"

"「사랑도 통역이 되나요?」요!"

캐나다인 잭슨이 외쳤다. 영화의 배경이 도쿄라는 점을 이용해 미사키에게 아부하려는 수작인 것 같았다.

"「공각기동대」!"

텍사스 출신의 에이버리가 제안했다.

"스칼렛 요한슨 주연의 영화 말인가요? 아니면 애니메이션?"

미사키가 묻고는 힘주어 덧붙였다.

"그러니까, 할리우드에 도둑맞은 일본 극장판 말이에요."

일본인 학생들이 여기저기서 웃음을 터뜨렸다. 미사키가 정곡을 찌른 셈이었다. 에이버리는 일본 만화에 관해 잘 알 것 같지는 않았다.

그런데 의외로 에이버리가 침착하게 대꾸했다.

"그거나 저거나 어차피 시로 마사무네의 원작에 비할 바는 못 되니까."

미사키는 이마를 찌푸렸다.

"혹시 그 작가의 본명이 오타 마사노리라는 걸 알고 있어요?"

나는 에이버리도 구하고 분위기도 전환하려 손을 들었다. 미사키가 나를 향해 고갯짓을 했다.

"「분노의 질주」."

사실 그 영화는 유치하기 짝이 없는 대형 옥외광고판에서 본 게 전부였다. 괴기스러우리만치 비현실적인 자동차 액션 영화도, 스테로이드와 보톡스를 집어넣어 피부가 터질 듯 팽팽한 할리우드 스타도 내 관심 밖이었다.

"몇 번째 편?"

내 옆쪽 소파에 앉아 있던 중국인 리엔이 물었다.

이럴 줄 알았다. 그 쓰레기 같은 영화를 모르는 사람이 아무도 없다니.

"8편!"

나는 큰 소리로 외친 뒤에 목소리를 낮추어 덧붙였다.

"8편을 따라갈 만한 작품이 없지."

그러자 리엔이 내게 귓속말을 했다.

"너 그 영화 본 적도 없지?"

"시(是, 네)."

"아는 중국어가 그것뿐이니?"

"시."

나는 한 번 더 대답하고는 잠깐 고민한 뒤에 누구나 다 아는 인사말을 덧붙였다.

"니하오(你好, 안녕)."

"구텐 탁(Guten Tag, 안녕)."

리엔이 독일어로 대꾸했다. 나는 귓속말로 물었다.

"그런데 그 영화 시리즈에 8편이 있기는 해?"

"난들 알아?"

리엔이 씩 웃으며 대꾸했다. 전염성 있는 웃음이었다.

미사키가 진행을 계속했다.

"그럼 「사랑도 통역이 되나요?」와 「공각기동대」 일본 극장판, 「분노의 질주」 중에서 투표로 결정하도록 하죠!"

애니메이션을 좋아하는 나는 당연히 「분노의 질주」 대신 「공각기동대」에 한 표를 던졌지만 다행히도 리엔과 미사키 외에는 아무도 내 괴한 짓을 눈치채지 못했다.

투표수를 센 미사키가 결과를 발표했다.

"「사랑도 통역이 되나요?」 일곱 표, 애니메이션 여덟 표, 「분노의 질주」가 아홉 표."

잭슨이 불만스러운 투로 끼어들었다.

"고작 아홉 명이 투표한 영화를 본다니, 그럼 열다섯 명은 내키지도 않은 걸 봐야 하잖아요."

"그게 민주주의니까."

나는 목소리를 약간 높여 말했다.

도쿄 출신의 아키오가 온라인으로 영화를 구매하고 워싱턴에서 온 윌리엄이 빔프로젝터를 준비하는 동안 나는 리엔을 향해 허리를 숙이고 물었다.

"저 영화 대신 네게 영화사의 중대한 이정표라 할 수 있는 작품을 보여주고 싶은데, 어때?"

나는 리엔이 채 대답하기도 전에 벌떡 일어나 도서관에서 나왔다. 그 애가 따라오지 않으면 혼자서 이미 열 번쯤은 본 영화를 또 혼자 봐야 하는 난감한 상황이 될 터였다. 다행히도 리엔이 뒤따라 나왔다. 그냥 「분노의 질주」를 보고 싶지 않아서 나온 것 같기도 했다.

"어디에서 영화를 볼 거야?"

리엔이 물었다.

내 방에서 보는 게 제일 쉬운 방법이지만 그러기에는 어색하기도 하고 이상한 소문이 날 위험도 있었다. 나는 상관없지만 리엔에게는 거북한 일일지도 모르니까.

우리는 한구석에 소파가 놓인 교실로 갔다. 나는 탁자 하나를 끌어다 놓고 노트북을 펼쳤다.

"「라이프 오브 브라이언」 본 적 있어?"

리엔이 고개를 저었다.

"네가 말한 영화사의 이정표가 그거야? 내용이 뭔데?"

"어쩌다 메시아로 오해받은 남자가 반강제로 그 오해에 맞춰서 살게 되는 내용."

몬티 파이튼의 영화를 처음 보는 리엔은 영국식 유머를 잘 이해하지 못했다.

리엔은 한 번도 웃지 않았다.

십자가에 매달린 등장인물들이 다 같이 노래하고 휘파람을 부르는 마지막 장면에 이르러서는 터무니없다는 표정으로 나를 돌아봤다.

"어땠어?"

내 물음에 리엔이 대꾸했다.

"뭐 이런 정신 나간 영화가 다 있지?"

나는 엔딩곡의 가사를 한 구절 인용하는 것으로 그에 화답했다.

"인생은 엿 같은 거야. 잘 살펴보면 말이지."

리엔이 자리에서 일어나는 순간, 나는 뭔가 큰 실수를 저질렀음을 직감했다.

"다음번에는 네가 고른 영화를 보자. 약속해!"

일본 하나

나는 리엔과 함께 도서관으로 돌아갔다. 내가 제안한 영화는 그때까지도 끝나지 않고 있었다. 자동차들이 빠른 속도로 눈 속을 달리고 잠수함은 꽁꽁 언 얼음 아래 물속을 누볐다.

　"핵무기 장전."

　손톱에 검은색 매니큐어를 칠한 여자 배우가 말했다.

　이에 어떤 남자가 크게 동요하며 소리쳤다.

　"핵무기를 장전했다! 지금 발사하려고 하고 있어!"

　리엔이 내 쪽으로 약간 다가앉는 것을 눈치챈 나는 슬그머니 기분 좋은 웃음을 흘렸다.

　"네가 옳았네. 대사가 진짜 끝내주는걸."

　리엔의 말에 나는 뭐라고 대답해야 할지 몰랐다. 더 이상의 실수는 저지르고 싶지 않았기 때문에 평소의 나답지 않은 방법을 택했다. 나는 그냥 입을 다물고 있었다.

　스크린에서는 크기도 다양한 스노모빌들이 얼음 위를 질주하고 자동차와 잠수함이 폭발했다. 리엔은 다시 한번 내게 속삭였다.

　"오케이. 이건 「라이프 오브 브라이언」보다 더 끔찍하군."

　엔딩크레디트가 올라가기 무섭게 도서관이 어수선해졌다. 잭슨이 나서서 아직 자정도 되지 않았으니 「사랑도 통역이 되나요?」까지 보자고 제안한 탓이었다.

　"그럴 거면 한 표 더 많이 받은 「공각기동대」를 봐야지."

에이버리가 끼어들었다. 그러자 미사키가 수습했다.

"그러면 또 한 번 투표하죠. 다른 제안 있나요?"

"「분노의 질주」7편이요!"

리엔의 외침에 잭슨이 나직하게 욕설을 내뱉었다. 리엔은 말만 던져놓고 이미 밖으로 나가던 길이어서 그 소리를 듣지 못했다.

사람들은 어느새 리엔과 내가 내내 그 자리에 없었다고 수군대기 시작했다. 리엔을 따라 나가는 나를 향해 스페인 유학생 마테오가 휘파람을 불자 도서관은 웃음바다가 되었다.

나는 기숙사 쪽을 향해 걷는 리엔을 뒤쫓아 가서 물었다.

"더 안 볼 거야?"

"너무 피곤해."

나는 기숙사 건물의 커다란 조명을 받아 부자연스러운 노란색을 띤 숲 가장자리를 가리켰다.

"자기 전에 잠깐 산책할래?"

리엔은 손을 휘휘 내저었다.

"지금 시간이 몇 신데."

"몬티 파이튼 노래를 부르지 않는다고 약속할게!"

그 애는 슬며시 웃으며 "완안(晚安, 잘 자)"이라고 중얼거리더니, 무슨 말인지 몰라 우물쭈물하는 나를 위해 이번에는 독일어로 말했다.

"구테 나흐트(Gute Nacht, 잘 자)."

바깥은 매우 추웠다. 나는 티셔츠 한 장과 무릎 위까지 오는 반바지 차림이었다. 그러나 찬 공기는 무척이나 기분 좋게 느껴졌다.

나는 추위를 더 느끼고 싶어 신발과 양말을 벗었다.

차가운 시멘트 바닥을 지나 축축하고 거친 잔디밭으로 들어서자 발바닥이 아팠지만, 통증 덕분에 주의를 다른 데로 돌릴 수 있었다.

오늘 저녁의 일과 일본에서 보낸 지난 2주일에 대해서도 잠시 잊을 수 있었다.

수업은 그런대로 흥미롭고 사람들도 그만하면 괜찮았으나 서로를 잘 이해하지는 못했다. 아니, 전혀 이해하지 못했다.

리엔을 제외한 나머지는 내게 아무래도 상관없었다.

어쩔 수 없는 일이다.

그게 나니까.

인생은 엿 같은 거야. 잘 살펴보면 말이지.

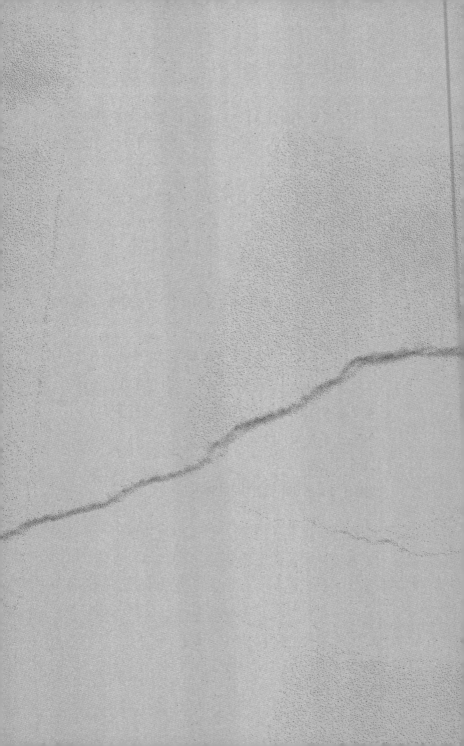

일본 둘

"그녀를 아프게 하면
나도 너를 가만두지 않아."

—「분노의 질주」에서,
도미닉 토레토를 연기한 빈 디젤의 대사

리엔

사흘 전

우리는 여느 때처럼 한껏 수선을 피우는 마테오에게 시선을 집중했다.

"그 커다란 경기장의 모래가 다 시뻘겋게 피로 물들고 나면……."

"그런 걸 반대하는 사람이 아무도 없다고?"

엘라가 말을 끊었지만 마테오는 포기하지 않았다.

"……그 녀석은……."

"브라질에도 그런 게 있다고 들었는데."

이번에는 다비가 말을 끊었다.

"……상금으로 5만 유로를 받는다니까."

마테오가 드디어 말을 끝맺었다. 나는 중국 위안으로 그 돈이 얼마쯤 되는지 머릿속으로 계산해보았다.

커다란 식탁에 모여 앉아 점심 식사를 할 때마다 마테오는 온갖 이야기들로 분위기를 돋우었다. 오리엔테이션 기간이었던 첫째 주부터 늘 그대로였다.

어디에 앉으라고 누가 강요한 것도 아닌데 이 무리는 매번 같은 식탁에 모였다. 그래서 이 자리는 항상 떠들썩했다.

몇 자리 건너에는 외국인과 어울리기를 꺼려하는 일본인 학생들이 앉아 밥을 먹었다. 이쪽에 섞이려면 영어를 해야 하는데 우리만큼 영어가 유창한 학생이 별로 없었다.

그래서 우리는 그냥 우리끼리 어울리게 되었다. 아침, 점심, 저녁 식사는 물론이고 수업 시간이나 여가 활동을 할 때도 몰려 다녔다. 한마디로 온종일 붙어 있는 셈이었다.

사실 세계 각지에서 온 유학생들에게는 결코 좋은 일이 아니었다. 일본어를 배우려고 일본의 기숙사에까지 들어와서 하루 종일 영어만 쓰고 있었으니.

처음 점심을 먹던 날부터 우리는 여럿이 함께 앉을 수 있도록 식탁 여러 개를 붙여두었다. 그러나 우리와 일본 학생 무리 사이에 놓인 식탁들은 늘 띄엄띄엄 떨어진 그대로였다. 아웃사이더 학생들이 두어 명씩 앉는 그 중간 지대는 다소 수수께끼 같은 영역이었다.

나는 대부분 이름도 알지 못했다. 초반에 친해지기 위해 유치한 게임을 그렇게 해댔지만 워낙 새로 온 학생이 많아 큰 도움은 되지 않았다.

마테오가 휴대폰으로 화려한 의상을 입은 남자의 사진을

보여주었다. 무릎까지 오는 양말에 피로 얼룩진 바지 차림이었다.

"**토레로**던가. 이 남자, 그렇게 부르는 거 맞지?"

잭슨이 아는 체하며 나섰다. 그러나 한 손으로는 사람들 몰래 휴대폰을 바지 주머니에 쑤셔 넣는 중이었다.

가상한 노력이 무색하게 마테오는 터무니없다는 표정으로 잭슨을 쏘아보며 식탁을 탕 내려쳤다.

"토레로라고? 구글로 찾아봤구나? 이 사람은 그냥 토레로가 아니야! 반데리예로도 아니고 흔해빠진 피카도르는 더더욱 아니고!(토레로는 직업적 투우사, 반데리예로와 피카도르는 각각 작살과 창으로 소를 찌르는 보조 투우사를 일컬음 – 역주)"

잭슨이 과장스럽게 두 팔을 치켜올리며 대꾸했다.

"아이고, 어련하시겠습니까! 그 반데리…… 어…… 반데르도레스는 아니죠!"

"반데리예로!"

마테오가 버럭 소리를 지르자 모두들 웃음을 터뜨렸다.

"그래서 그 의상을 입은 사람이 누구라고?"

나는 둘에게 물으며 피자를 한 입 베어 물었다. 구내 식당 음식은 대부분 내 입맛에 영 맞지 않았지만 그나마 패스트푸드는 먹을 만했다.

"의상이라고? 이건 그냥 의상이 아니라 **트라헤 데 루체스**라고 하는 거야!"

"뭐라고?"

내가 또다시 묻자 스페인어를 할 줄 아는 엘라가 설명했다.

"빛의 옷이라는 뜻이야. 겉면이 번쩍거려서 붙은 이름인 것 같아."

"알았어, 알았다고. 그래서 그 빛 장식을 달고 다니는 녀석을 뭐라고 부른다는 거야?"

잭슨의 성마른 닦달에 마테오는 한숨을 푹 내쉬며 눈을 흘겼다.

"마타도르. 도살자라는 뜻이야."

마테오가 휴대폰 화면을 누르자 이번에는 화려한 의상을 입고 칼처럼 보이는 도구를 황소의 목에 찔러 넣고 있는 남자의 사진이 나타났다.

"끔찍하니까 저리 치워."

엘라가 소리쳤다. 나는 씹던 피자를 꿀꺽 삼키고 손으로 입을 가렸다. 에이버리도 고개를 절레절레 흔들었다.

"대체 왜 이런 게 금지되지 않는 거지?"

"동물들이 너무 불쌍하잖아."

엘라의 말에 마테오도 고개를 끄덕였다. 스스로도 너무 끔찍한 장면이라고 생각한 모양이었다.

"우리 나라에도 투우가 문화의 일부라는 주장과 동물 학대

일본 돌

라는 주장이 있기는 해."

"네 생각은 어떤데?"

"어떨 것 같아?"

내 물음에 마테오가 대답하며 자신의 접시를 가리켰다. 거기에는 오늘 점심 메뉴였던 미트 러버스 피자 대신에 토마토소스만 넣은 파스타가 담겨 있었다.

그제야 나는 이곳에 처음 왔을 때 했던 자기소개 게임에서 마테오가 자신은 채식주의자라고 이야기한 게 떠올랐다.

"그런데도 투우 경기장에 가서 그걸……."

잭슨이 말을 하다 말고 갑자기 내 쪽을 바라봤다. 아니, 내 뒤쪽을 쳐다봤다고 말하는 편이 정확했다. 나는 몇 초 뒤에야 그 이유를 깨달았다. 중간 지대에 있던 누군가가 우리 자리로 건너온 것이다.

이름도 기억나지 않는 남학생 한 명이 내 뒤에 서 있다가 나를 향해 허리를 숙였다.

"뭐 좀 물어봐도 돼?"

굳이 돌려보낼 마음은 없었지만 여럿이 모인 식탁에서 뜬금없이 질문을 받는 것은 썩 유쾌한 일이 아니었다. 나중에 물어봐도 될 것을.

그러나 덕분에 끔찍한 투우 이야기도 중단되었고, 그 자리에서 거절하기도 뭣해서 나는 선뜻 대답했다.

"물론."

남학생은 내 쪽으로 조금 더 몸을 굽히더니 알아듣기도 힘들 정도로 나직이 속삭였다.

"정확히 10분 뒤에 지구가 폭발한다면 어떻게 할 거야?"

"뭐?"

"정확히 10분 뒤에 지구가 폭발한다면……."

"아니, 그건 알아들었어. 무슨 뜻으로 그런 걸 묻는 거냐고."

"사람은 이렇게 충격적인 이야기를 들으면 제각기 다르게 반응해. 어떤 사람은 울부짖으며 식당에서 뛰쳐나가 부모님에게 전화를 걸 거야. 또 어떤 사람은 음식 쪽으로 달려가서 후식을 가져다 먹겠지."

나는 웃음을 터뜨렸다. 그러나 그는 정말 중요한 질문이라는 듯 사뭇 진지한 표정으로 내 대답을 기다리고 있었다.

식탁에 앉아 있던 사람들은 벌써 우리에게서 관심을 돌린 뒤였다. 여자들도 투우를 보러 오느냐는 엘라의 물음에 마테오가 관중들의 사진을 보여주었다. 중간 지대에서 온 남학생은 고집스레 자리를 지키고 서 있었다.

"자, 너는 어떻게 할 거야?"

나는 어딘가 괴짜 같은 그에게 호기심이 생겼다. 이 기회에 그를 중간 지대에서 빼내어 우리 무리와 어울리게 할 수도 있을 것 같았다. 나는 의자를 옆으로 당겨 자리를 만들었다.

"의자 하나 가져와서 우리랑 같이 밥 먹을래?"

"벌써 먹었어. 내 자리는 저쪽이고."

그가 가리키는 쪽을 보니 마찬가지로 이름이 기억나지 않는 다른 남학생이 앉아 있었다. 따로 앉아 밥을 먹지 않는 것을 보니 그래도 둘이 친한 모양이었다.

"저 애하고 무슨 내기라도 한 거야? 왜 일부러 여기까지 와서 이상한 질문을 하는 건데?"

"내기 아니야."

"그럼 장난이야?"

"당연히 아니지."

"진지한 대답을 듣고 싶어?"

그는 지구 멸망에 관한 질문에 황당해하는 나를 오히려 이상하다는 듯 바라봤다.

"식사하고 나서 같이 산책할래?"

내 제안에 그는 고전영화 주인공 같은 말투로 대답했다.

"그럴 수 있다면 영광이지."

"그러면 10분 뒤에 정문 앞에서 만나자."

"좋아."

그가 대답하고 돌아섰다.

"잠깐만. 너 이름이 뭐였지?"

"폴. 런던에서 온 폴이야."

리엔

그 말대로 그는 에이버리의 텍사스 사투리와는 확연히 구별되는 강한 영국식 억양을 쓰고 있었다. 그러나 나는 왠지 그가 거짓말을 하는 것 같았다.

그 애가 자기 자리로 돌아가 앉기도 전에 잭슨이 내 옆구리를 쿡 찔렀다.

"쟤는 런던에서 온 폴이라는 애야."

"방금 본인한테서 들었어."

"저 애가 내 수학 과제를 도와준 적이 있는데 진짜 천재더라니까. 문제는 괴상한 이야기를 끝도 없이 늘어놓는다는 거지. 좀 괴짜 같아."

잭슨이 귀 옆에다 손가락을 대고 빙빙 돌렸다. 나는 폴이 그걸 본 것은 아닌지 걱정됐다. 그러나 잭슨은 그의 기분 따위는 신경 안 쓴다는 듯 계속해서 떠들었다.

"한번 입을 열면 멈추지를 않아. 그냥 혼자서 계속 얘기하는 거야. 아무도 관심 없는 음악 장르를 꿰뚫고 있지를 않나. 이를테면 데이비드 보위 말이야. 이 중에 데이비드 보위 아는 사람 있어? 에이버리, 텍사스에는 보위를 아는 사람이 많아? 아니, 너희 동네는 어차피 컨트리음악만 듣나? 아무튼 70년대에 나온 보위의 곡 하나를 들먹이더니 그게 어떻게 탄생했는지부터 시작해서 끝도 없이 혼자서 주절대더라고."

"지금 네가 주절대는 것처럼 말이지?"

내가 쏘아붙이자 잭슨은 자존심이 상한 듯 자리에서 일어나더니 후식을 받기 위해 줄을 섰다. 에이버리가 물었다.

"오늘 후식 뭐였지? 망고무스였나?"

"그건 내일이고, 오늘은 코코넛케이크야."

잭슨은 학생 식당의 주간 메뉴를 늘 외우고 다녔다. 그야말로 지구가 10분 뒤에 멸망한다면 뷔페에서 남은 시간을 보낼 사람이었다.

"나도 한 조각 가져다줘!"

그는 내 외침을 못 들은 체했다. 사실 나도 후식은 필요 없었다.

식당 밖으로 나가자 폴이 한 손에 우산을 들고 서 있었다. 나는 화창한 하늘을 올려다봤다.

"비가 올 것 같지는 않은데."

그는 보란 듯이 우산을 펼쳤다.

"런던 사람들은 변덕스러운 날씨 때문에 항상 우산을 가지고 다녀. 게다가 안개가 자욱해서……."

나는 그의 말을 끊었다.

"잠깐. 솔직히 말해봐. 너 어디에서 왔어?"

"런던에서 온 폴이라고 했잖아."

"그렇게 말하고 다니는 거 알고 있어. 그런데 솔직하게 말해봐. 나는 런던에서 온 폴이야라니, 마치 연극 대사 같잖아."

"연기만 잘하면, 뭐."

"넌 학예회에서 처음 연극을 해보는 여덟 살짜리 꼬맹이처럼 어설프니 문제지."

내 말투가 꽤 공격적이었는지 그는 2초도 되지 않아 대답했다.

"독일에서 왔어."

"영국 영어 억양은 누구한테 배운 거야?"

"몬티 파이튼한테."

처음 들어보는 이름이었지만 미처 묻기도 전에 폴, 아니 파울이 덧붙였다.

"역사상 최고의 영국 코미디언 그룹이야."

"그 사람들한테 영국식 억양을 배웠다고?"

"유머도 배웠지."

"아까 말했던 지구 멸망 이야기도 몬티 파이튼한테 배운 농담이야?"

"아니. 그건 더글러스 애덤스."

나는 어깨를 으쓱하고 앞서 걷기 시작했다. 파울은 우산을 활짝 펴 든 채 곧장 나를 따라잡았다.

"『은하수를 여행하는 히치하이커를 위한 안내서』를 쓴 작가야."

이 말을 신호탄으로 이후 30분 동안 파울은 쉬지 않고 그

책 이야기를 늘어놓았다. 우리는 어느덧 기숙사를 벗어나 숲을 한 바퀴 크게 돌고 있었다. 나는 내내 머리 위로 드리워진 우산을 치워달라고 거듭 부탁했지만 소용이 없어 포기했다.

비도 오지 않았고 나무에서 물이 떨어지는 것도 아닌데 대체 뭘 막으려는 것인지 알 수가 없었다. 숲에 멧돼지와 곰이 산다는 소문이 돌았지만, 더글러스 애덤스에 관한 파울의 끝없는 강의에 질려 곰도 진작 도망쳤을 것 같았다.

30분이 지나자 나는 그 책의 주요 등장인물들은 물론이고 그것이 다섯 권으로 구성된 시리즈물이며 원래는 라디오드라마로 만들어진 작품이라는 것도 알게 되었다. 20년 전 영화로도 제작되었다는 이야기를 파울이 막 시작하던 참에 나는 그를 가로막고 우뚝 멈춰 섰다. 파울은 멈춘 채로 이야기를 계속했다.

"더글러스 애덤스는 시나리오 작업에도 참여했지만 도중에 사망…… 왜 그래? 곰이라도 봤어?"

"파울, 도대체 뭐 때문에 산책을 나온 거야?"

파울은 잠시 말을 멈추고 곰곰이 생각에 잠겼다. 몇 킬로미터를 걷는 내내 열중하던 더글러스 애덤스 작품의 등장인물들처럼 파울도 뭔가 본질적인 대답을 찾는 모양이었다. 세상 만물에 대한 본질적인 대답을 찾기 위해 고심하던 등장인물들이 결국 슈퍼컴퓨터에서 얻은 결과는 고작 두 자릿수 숫자

뿐이었다고, 앞서 파울이 이야기했던가?

"도대체 산책을 왜 온 거냐고."

"힌트를 주자면 아까 구내 식당에서 있었던 일과 관련이 있어."

파울은 내 질문의 의도를 정말 이해하지 못하는 모양이었다. 마음 같아서는 혼자서 기숙사로 돌아가고 싶었다. 파울은 순간적으로 생각이 막힌 것일 수도 있고 뭔가를 이해하지 못한 것일 수도 있지만, 공감 능력에 심각한 문제가 있을 가능성 또한 빼놓을 수 없었다.

"나한테 질문을 던지고 꼭 대답을 들어야겠다고 했잖아. 지구 멸망 어쩌고 하는 질문. 아니야? 나보고 어떻게 하겠느냐고……."

"……정확히 10분 뒤에 지구가 폭발한다면 말이지. 맞아, 그랬어. 그런데 왜 대답을 안 하는 거야?"

어이가 없어진 나는 양팔을 들고 거의 고함치듯 대답했다.

"계속 너 혼자서 떠들었잖아!"

"나는 너한테도 그 질문이 흥미로울 줄 알고……."

"당연히 흥미롭지. 그런데 대화는 최소한 두 명이서 하는 거 아니야? 서로 이야기를 나누는 게 대화잖아."

고개를 끄덕이고는 망연자실하게 땅바닥을 내려다보는 파울을 보자 또 안됐다는 생각이 들었다. 어쩌면 굉장히 부끄

러움을 많이 타는 성격이라 그걸 감추려고 쉴 새 없이 떠드는 건지도 모른다.

　나는 파울에게 물었다.

　"이제 그 질문에 대답해도 돼?"

　"물론이지."

　"좋아. 10분 뒤에 지구가 멸망한다면 나는 남자친구에게 전화를 걸어서 내가 얼마나 사랑하는지 말해줄 거야."

　파울은 그때까지 펼쳐 들고 있던 우산을 올려다봤다. 그에게는 아무런 감정도 읽히지 않았다. 내게 남자친구가 있든 없든 신경 쓰지 않는 것 같았다. 정말 산책을 하고 싶던 것뿐이었을 수도 있다.

　남자친구가 있는지는 중요하지 않고 그저 자기 이야기를 들어줄 사람이 필요한 거라면 한 번 더 함께 산책할 의향이 있었다. 단, 강의를 듣는 게 아니라 대화를 나눈다는 전제 하에.

　파울의 이야기는 지루하다고는 할 수 없으나 굉장히 독특한 데가 있었다. 독특한 것을 좋아하는 나로서는 그것도 문제 될 게 없었다.

　"나는 네가 무슨 사이비 종교 신자라도 되는 줄 알았어."

　내 말에 파울이 쿡쿡 웃으며 물었다.

　"왜?"

　"왜긴, 종말 이야기를 하니까 그렇지! 그러던 차에 설교까지 늘어놓으니 더 의심스럽잖아."

"나는 사이비 종교는 안 믿지만 설교에는 자신 있어."

그러자 나도 모르게 웃음이 나왔다.

"더글러스 애덤스교의 설교자님 같은데요."

파울이 대답하지 않아서 나는 정색하고 물었다.

"종교는 있어?"

"우리 나라에서 두 번째로 큰 사이비 집단에서 탈퇴했어."

"그게 뭔데? 사이언톨로지?"

"아니."

"그러면?"

"개신교."

파울은 우리 가족에게 종교가 어떤 의미인지, 내가 어떻게 교육받고 자랐으며 무엇을 믿는지 묻지 않았다. 대신에 여름 휴가지에서 부모님에게 수많은 성경 구절을 읽어주고 담당 목사에게 손수 저는 신을 믿지 않으므로 더 이상 교회에 가지 않겠습니다라고 쓴 편지를 보냈다는 이야기를 들려주었다. 목사에게 답장이 오지 않아 파울은 교회에 대한 자신의 비판적인 견해에 한층 더 확신을 갖게 되었다고 한다.

파울의 이야기는 어딘지 흥미를 끌었으나 이 상황은 내가 생각했던 것과는 달랐다. 당분간은 또다시 함께 산책할 일이 없을 것 같았다. 상대방의 이야기를 듣기만 한다는 건 생각보다 괴로운 일이었다.

한 시간이 지나 기숙사로 돌아왔을 때는 이미 오후 수업이 시작된 뒤였다.

파울이 드디어 우산을 접었다.

"내일 또 만날까? 함께 산책해서 즐거웠어."

건물 쪽을 바라보자 유리문 건너 엘라와 잭슨이 손을 잡고 있는 게 보였다. 처음 보는 모습이었다.

"내일도 점심 먹고 나서 만날까?"

파울의 물음에 나는 대충 둘러댔다.

"요즘 바빠서. 산책은 다음에 하자. 어차피 수업 때도 보잖아."

"내일모레는 어때?"

"글쎄…… 확답은 못 해주겠다."

"사흘 뒤가 또 영화 보는 날이잖아."

"그래, 도서관에서."

"갈 때 같이 가자."

"그냥 도서관에서 보자."

"왼쪽에 있는 소파에 앉을 거야, 아니면 가장자리에 있는 안락의자? 카펫 위에 앉으면 불편하기도 하고……."

"소파."

나는 건물 쪽으로 걸음을 옮기며 파울에게 손을 흔들었다.

어차피 잠시 후에 교실에서 마주치겠지만 일단은 조금 거리를 두고 싶었다. 거의 정문까지 왔을 때 파울이 나에게 외쳤다.

"나는 데이비드 보위의 곡 두 개를 들을 거야."

무슨 의미인지 고민하는 사이에 파울이 내 쪽으로 몇 발짝 걸어왔다.

"지구가 10분 뒤에 폭발한다면 말이야.「스페이스 오디티 Space Oddity」랑「스타맨Starman」. 두 곡의 재생 시간을 합하면 정확히 9분 29초야. 이 곡들은 보위의 창의력이 절정에 달했던 시기에 만들어졌는데, 나중에 그는 이런저런 유행 속에서 길을 잃고 방황하게 되었어. 초기에 무대에 섰을 때 보위가 아무런 반응도 얻지 못했다는 거, 알아? 뒤늦게 눈에 띄기 위해 특이한 의상을 입고 화장을 하기 시작했는데⋯⋯."

"자기방어 목적도 있었나?"

나는 말을 끊었다. 그러지 않으면 말할 기회가 없었다.

파울은 곰곰이 생각하다가 반문했다.

"자기방어? 그럴 가능성도 있지."

나는 입을 닫고 유리문으로 들어가며 속으로 중얼거렸다.

네가 그 이상한 우산으로 스스로를 방어하듯, 보위는 의상으로 스스로를 방어한 거겠지.

위기 도취 셋

이제 그는 지구가 아직 존재한다면
위치해 있었을 지점에서
6광년 떨어진 곳에 있었다.

— 더글러스 애덤스, 『은하수를 여행하는
히치하이커를 위한 안내서』

예수(예전의 파울)
6개월 뒤 응급병동에서

저스틴이 화장실 쓰레기통에 불을 질렀다. 여러 측면에서 멍청하기 짝이 없는 짓거리였다. 불을 끈 지 몇 시간이 지난 뒤에도 병동 전체에 플라스틱 타는 냄새가 진동했고, 남자 화장실이 폐쇄돼서 우리는 여자 화장실을 써야 했다. 추측건대 알코올에 푹 절여진 저스틴의 뇌가 문제였다. 정상적인 사고를 하는 사람이 이런 사고를 칠 리는 없으니까.

"그러게 술 좀 그만 처마시라니까."

알리나도 같은 생각인 모양이었다. 그 애는 공용 휴게실의 소파 뒤에서 요가를 하고 있었는데, 등을 한껏 뒤로 꺾는 낙타 자세라는 동작이 정말 건강에 도움이 되는지 의문이었다.

"그러니까 대마초로 갈아타라고 진작 얘기했잖아."

나는 말문을 연 김에 조금만 더 이야기하기로 작정했다.

"과학적으로 볼 때, 나아가 사회 전반적인 차원에서 볼 때 대마초의 폐해는 음주의 폐해에 비해 훨씬 적다고 할 수 있어. 예를 들어 축구 경기장을 봐. 원초적인 난투극의 시작을 알리는 폭죽이 터지고 휘슬이 울리기를 기다리는 동안 광팬들이 하는 일이 뭐지? 헥토리터 단위의 알코올 함량 음료를 마시고, 그로 인해 터지기 일보 직전인 방광을 부여잡은 채 빈틈없이 들어찬 좌석 사이를 헤치며 뻔질나게 화장실에 들락거리는데, 이것만 봐도 음주는 경솔한 행동임이 증명돼. 경기장 화장실은 그나마 제대로 관리라도 되겠지만 이 정신병원 화장실은 그렇지 못한데, 그 문제의 원인 또한 저스틴의 음주로 귀결되잖아. 테스토스테론의 지배를 받는 알코올 중독 축구광들에 관한 단상으로 이 화제를 마무리 짓자면, 경기 시작 전에 품질 좋은 대마초를 한 대 피울 경우 관중들은 훨씬 더 차분해지고 상대 팀의 득점에도 훨씬 여유롭게 대응할 수 있게 되며, 3 대 0으로 지고 있는 와중에 상대 팀이 노련한 코너킥을 헤딩골로 연결하는 것마저도 즐거운 마음으로 지켜볼 수 있을 거야."

얇은 탱크톱 차림의 알리나가 내 옆에 털썩 앉았다. 내가 앉아 있는 소파는 병동 전체에서 가장 편안한 장소였다.

"네, 예수님. 강의 잘 들었습니다. 내일 꿀벌 칭찬 스티커를 드리라고 주치의 선생님께 건의하지요. 그나저나 네가 축구 팬인 줄은 몰랐네."

"난 축구를 혐오해. 저스틴을 설득하기엔 의학 통계를 인

용하는 것보다 그 편이 쉬울 거라고 생각해서 예로 든 것뿐이
야."

카타가 소파 팔걸이를 펄쩍 뛰어넘어 우리 곁으로 왔다.

"나는 양쪽 다 나쁘다고 생각하는데, 음주든 대마초든 약
이든. 왜냐하면……."

카타의 말은 늘 그랬듯 흐지부지 끊겼다. 기적이 일어나기
를 기대하며 몇 초 더 기다리던 알리나의 희망도 흐지부지될
참이었다.

"카타, 넌 지금 세 가지를 말했잖아."

"어?"

카타는 어리둥절한 모습이었다.

"넌 방금 **양쪽** 다 나쁘다고 말했잖아. **양쪽**이라는 말은 두 개
를 의미하고. 그런데 네가 말한 건 세 가지, 그러니까……."

그 순간 소파 옆 바닥에 뻗어 있던 저스틴이 구토를 하는
바람에 알리나와 나에게 토사물이 분수처럼 튀었다. 저스틴
이 또 한 번 구역질을 하자 카타는 내 등 뒤로 후다닥 피했다.

"당장 화장실로 꺼져!"

알리나가 버럭 고함을 질렀다.

"화장실…… 화장실이 잠겨서……."

저스틴은 녹초가 된 채 창백한 얼굴로 토사물 옆에 주저앉
아 횡설수설했다.

"그럼 여자 화장실을 쓰라고, 멍청한 자식아!"

"멍청한 자식 말고 미친놈이라고 해줘. 그런데 여기는 왜 구토 봉투도 없는 거야? 그런 건 구석구석에 갖다 둬야지."

저스틴이 스웨터 소매로 입가를 쓱 닦으며 대꾸했다.

"무슨 일이야? 이런 세상에!"

야간 근무를 서던 우리의 전담 보호사 에드거가 달려와 그 꼴을 보고 소리쳤다. 그는 저스틴을 끌고 가 화장실과 욕실을 차례로 들른 뒤 깨끗한 옷을 가져다주며 말했다.

"토한 건 네가 알아서 치워라."

저스틴은 고개를 푹 숙인 채 시키는 대로 대걸레를 집었다. 에드거뿐 아니라 모두가 저스틴 때문에 있는 대로 짜증이 난 상태였지만 더 이상 아무도 그를 들볶지 않았다. 이미 가혹한 대가를 치르고 있으니 그걸로 충분했다.

중요한 건 그 멍청한 쓰레기통 방화 사건이 그보다 몇 배나 더 멍청한 탈출 계획에서 시작됐다는 사실이다. 저스틴은 쓰레기통이 불타며 화재경보가 울리면 모든 문이 자동으로 열릴 거라고 생각했던 모양이다. 그러나 연기에 앞서 고약한 냄새가 순식간에 건물을 채웠고, 냄새를 맡은 카타가 소화기를 들고 쏜살같이 뛰어가 쓰레기통에 붙은 불을 꺼버렸다.

심지어 저스틴은 다른 환자들에게 미리 탈출 계획에 관해 귀띔해주지도 않았다. 하나부터 열까지 멍청하기 짝이 없는 녀석이었다.

겨우 청소를 마친 저스틴이 또다시 구역질을 했다.

그러자 신경이 있는 대로 곤두선 카타가 튕기듯 소파에서 일어났다. 불길한 신호였다. 나는 그 애를 잡으려고 손을 뻗었지만 한 발 늦은 바람에 손가락으로 허공을 움켜쥔 꼴이 되었다. 나보다 적극적인 알리나는 곧바로 카타를 쫓아가며 소리쳤다.

"안 돼! 카타, 그러지 마!"

휴게실에 남아 있던 에드거가 즉각 상황을 파악하고 카타를 잡으려 했으나 역시 실패하고 말았다. 카타는 무시무시한 기세로 벽을 향해 돌진하더니 머리를 쿵 들이박았다. 그러고는 알리나가 카타에게 채 다가가기도 전에 고개를 치켜들고 또 한 번 벽에 머리를 박았다. 그제야 카타를 붙잡은 알리나와 에드거는 그 애를 꼭 껴안고 가쁜 호흡이 서서히 잦아들 때까지 기다렸다.

"뭐 좀 가져올게, 알았지?"

에드거가 말했다. 이 병동에서 뭐를 가져온다는 말은 그냥 아무거나 가져온다는 뜻이 아니다. 그들은 누구에게 그 뭐가 몇 밀리그램 필요한지 매우 정확히 파악하고 있었다.

물론 정신병원에서도 우리에게 그 행복해지는 약을 강요할 수는 없었으나 나 빼고는 다들 기꺼이 약을 먹었다. 가끔 알약 몇 개를 먹으면 부모님들도 기뻐하고 제약 회사에도 좋은 일이겠지만 나는 항우울제를 거부했다.

에드거가 알루미늄 포장을 벗기지 않은 알약 한 개를 물 한 잔과 함께 가져왔다. 병동에서는 약을 20정짜리 한 통으로 처방하지 않고 반드시 한 알씩만 준다. 예측 불가한 정신병자들이 무슨 짓을 벌일지 모르니 다른 도리가 없었을 것이다.

에드거는 카타의 손에 알약을 쥐여주고 그 애가 확실히 약을 삼키는지 지켜보았다. 저스틴의 구토와 카타의 발작만으로도 피곤한 마당이라 더 이상의 말썽은 무슨 수를 써서라도 막겠다는 결의가 엿보였다. 마음을 가다듬고 오늘의 소란을 일지에 기록할 시간도 필요할 터이다. 아침 교대 근무자에게 인수인계를 할 때 밤새 무슨 일이 있었는지 알려줘야 하기 때문이다.

카타는 이마에 쿨 팩을 대고 있었다. 알리나가 나에게 큰 소리로 뭐라고 이야기했다. 나는 그 애가 뭔가 말한다는 것만 겨우 인지했다. 저스틴이 사고를 치고 카타가 발작까지 일으킨 이 상황 때문에 스트레스를 감당하지 못하고 한계를 넘어버린 것이다.

그 목소리가 깨어났다.

최악의 상태에서 목소리가 울리자 알리나의 목소리를 비롯한 다른 모든 소리는 묻혀버렸다.

위기 도취 셋

그 목소리가 거슬릴 정도로 크게 들리기 시작한 것은 일본에 머물 때부터였다.

목소리는 실제 소리는 아니지만 극도로 강렬하게 울려 퍼졌다. 그것은 소리를 내지 않고도 내 머릿속의 모든 것을 몰아내고 무시무시한 기세로 머릿속을 지배하는 생각이었다.

목소리가 나에게 말했다.

너는 여기서 영영 벗어날 수 없어! 너는 이 정신병원에서 죽을 거야. 그래, 이 정신병원 말이야. 넌 미치광이니까. 공식적으로 진단까지 받았잖아. 그 치명적인 병을.

어느새 내 곁으로 다가온 에드거가 걱정스러운 표정으로 내 얼굴을 들여다보고 있었다. 우리를 돌보며 산전수전을 겪은 덕분에 문제가 생겼다는 것을 빠르게 간파한 모양이었다. 오늘 밤만도 여러 차례 소동이 벌어지지 않았는가.

"……괜찮니?"

"뭐가요?"

내가 반문했다.

"너 지금 괜찮은 거냐고. 기분은 어때?"

저 사람은 네 기분 따위에 관심 없어! 일이니까 묻는 것뿐이야. 직업이니까. 저 사람에게 너는 아무 가치도 없는 인간이야. 누구에게든 넌 똑같아.

"파울?"

"아, 네. 괜찮아요. 좀 자야겠어요."

예수(예전의 파울)

1초도 못 잘걸. 탄 플라스틱 냄새와 저스틴의 토사물 냄새가 진동하는데 잔다고? 너는 두 번 다시 잠을 잘 수 없을 거야.

에드거가 자리를 뜨자 나는 이마에 맺힌 땀을 닦았다.

병동에 들어온 첫날 나를 진료한 의사는 내가 그 목소리에 관해 이야기하자 이렇게 설명했다.

"그런 목소리는 누구에게나 들려. 자기 생각이 목소리로 인식되는 거지. 어떤 사람한테는 목소리가 아주 나직하고 다정하게 들리고, 누군가에게는 시끄럽고 거칠게 울리기도 해."

"제 경우는 후자예요. 소리를 질러대거든요."

"하지만 늘 그런 건 아니지?"

"상태가 좋지 않을 때 들리니까, 거의 늘 그렇다고 할 수 있죠."

단답형의 대답은 내 상태가 좋지 못하다는 증거였다. 평소라면 대답 하나에 쉰 단어 이상을 썼을 터이다. 이제는 의사도 그걸 알고 있다. 내가 일장연설을 늘어놓으면 현재 상태가 양호하다는 의미고, 말수가 줄어들면 나쁘다는 의미다.

"정말로 상태가 늘 안 좋은 것 같아? 그렇다고 느끼니?"

"거의 늘이라고 했잖아요."

"무슨 말인지 알겠다, 파울. 하지만 그래서 네가 여기 있는 거잖니. 나쁜 순간에 잘 대처하는 법을 배우면 목소리도 작아

위기 도취 셋

질 거야. 그렇게 되도록 이곳에서 함께 노력해보자."

"그거 흥미롭네요. 나쁜 순간들을 없애려고 여기 온 줄 알았는데, 그게 아니라 제가 거기에 익숙해져야 한다고요?"

"여기는 호그와트가 아니라 응급병동이야. 우리는 마법사가 아니고. 우리가 하는 일은 네가 밖에서 맞닥뜨릴 일들에 대비하도록 돕는 것뿐이야. 하지만 여기서 나가도 너는 혼자가 아니야. 멋진 가족도 있고, 좋은 치료사 선생님도 계시니까."

쿨 팩을 계속 잡고 있느라 팔이 떨어져 나갈 지경이 된 카타를 대신해 알리나가 쿨 팩을 받쳐주었다. 카타가 고개를 끄덕여 고마움을 표했다.

진짜 친구란 바로 저런 거지! 그런데 넌? 넌 친구가 없잖아. 너에게는 미래도 없어. 너는 구제불능이야.

입 닥쳐! 나는 온 힘을 쥐어짜 머릿속으로 외쳤다.

네 병이 뭔지 너도 알잖아.

날 좀 가만히 내버려둬!

너는 나약해 빠져서……

그렇지 않아!

……병 앞에서도 무기력할 뿐이야.

알리나가 남은 한 손을 내 앞에 휘휘 내저었다.

"이봐 예수님, 또 그 목소리?"

나는 고개만 끄덕였다.

여기에 있는 우리 모두가 내면에서 고함을 질러대는 목소리를 품고 산다.

"심심하면 가서 자위나 하라고 말해줘."

알리나가 말했다. 나는 고개를 흔들었다.

"그건 물리적으로나 심리적으로나 불가능한 일이야."

알리나는 내 머리칼을 쓰다듬더니 갑자기 음흉한 말투로 속삭였다.

"넌 자위에도 관심이 없는 모양이구나. 너 아직 경험 없지? 어떻게 하는 건지 가르쳐줄까?"

내 시선이 자동으로 토사물 얼룩이 묻은 소파를 향했다. 나는 저스틴과 카타가 사흘 전에 거기서 뭘 했는지 알고 있었다. 알리나와 나는 그들에게서 3미터쯤 떨어진 탁자 앞에 앉아 구겨진 카드로 카드놀이를 하고 있었고, 야간 근무 보호사는 코빼기도 보이지 않았다. 보호사들도 가끔 그렇게 너그러울 때가 있다.

머리카락 사이에서 꿈틀대는 알리나의 손 때문에 온몸이 굳는 것 같았다. 내 몸에 다른 사람의 손이 닿는 게 너무나 견디기 어려웠다.

"그 일본 여자애한테는 연락 안 왔어? 가만있자, 이름이…… 내가 코끼리처럼 기억력이 좋거든……. 리 뭐라고 했지? 리로 시작하는 이름…… 리엔! 리엔이라는 여자애."

알리나가 말했다.

"알츠하이머를 앓는 코끼리인가 보군. 리엔은 일본인이 아니라 중국인이야. 바로 그런 게 타 문화를 대하는 유럽중심주의적인 발상인데, 이때……."

"그래서 걔가 연락했어, 안 했어?"

"안 했어."

리엔은 너를 혐오해. 너는 패배자니까.

닥쳐! 나는 목소리를 향해 속으로 말했다.

네가 재미도 없는 코미디 이야기를 주절대서 리엔을 지겹게 했잖아. 「라이프 오브 브라이언」 말이야.

나는 목소리를 떨치려고 그 영화의 마지막 장면에 나오는 노래 가사처럼 휘파람을 불었다. 휘파람은 멜로디와 잘 어울렸다. 그러나 목소리를 떨쳐내기에는 역부족이었다. 빌어먹을 목소리는 내 휘파람보다 크게 울렸다.

네가 보위와 애덤스 이야기 따위를 지껄여서 리엔이 지루해진 거라고. 그나마 이제 네가 그런 행동을 하는 게 병 때문이라는 건 알게 됐구나.

휘파람 부는 장면을 떠올리려 애쓰자 귓가에 노랫소리가 들리는 것 같았다. 언제나 인생의 밝은 면을 봐. 그 말대로 해보려고 온 힘을 끌어모았지만 목소리는 점점 커질 뿐이었다.

난 네가 왜 그 꼴인지 알아.

목소리가 빈정대더니 내 멜로디에 맞추어 노래를 불렀다.

인생은 엿 같은 거야, 파울! 너는 엿 같은 인생의 한 조각이야!

"……먹여."

알리나가 귓가에 대고 속삭였다.

"뭐?"

"엿 같은 목소리한테 엿 먹이라고! 너는 예수님이야! 잊지 마."

"말 나온 김에 그 예수 어쩌고 하는 게 어디서 나온 생각인지 물어보자."

그러자 알리나가 나를 소파 쪽으로 끌어당겼다.

저스틴은 자기 방으로 돌아갔고, 목소리는 어느새 잠잠해져 있었다.

에드거는 카타 곁에 앉아 방영된 지 한참이 지난 「왕좌의 게임」 시즌 4의 어느 에피소드에 관해 질문을 던졌다. 카타는 그 에피소드에 등장하는 음모, 갈등, 웨스테로스와 에소스의 전투까지 속속들이 꿰고 있었다. 그 이야기만 나오면 신기할 정도로 차분해졌지만 안타깝게도 우리 중 판타지를 좋아하는 사람은 에드거 말고는 없었다.

알리나가 소파에 편안히 자리를 잡자 나는 그에게서 1미터쯤 거리를 두고 앉았다.

"나를 예수님이라고 불러줘서 영광이기는 한데, 그냥 내 머리가 길어서 그러는 거지?"

내가 먼저 물었다.

"머리는 둘째치고 넌 모르는 게 없는 천재잖아! 지난주에 주치의 선생님이랑 수학 퀴즈 푼 거 기억 안 나?"

"그건 오일러의 공식처럼 복잡한 것도 아니었는데 뭘."

"오일 뭐라고?"

알리나가 물었다.

"오일러의 공식을 이용하면 삼각함수와 지수함수의 관계를……."

"어휴, 예수님. 머리가 터질 것 같으니 강의는 그만하시고요. 수학뿐 아니라 가로세로 낱말 퀴즈를 풀 때도 넌 모르는게 없잖아."

"그거야 낱말 퀴즈에 나오는 질문이 다 거기서 거기니까. 겨우 그런 걸로 나를 예수님이라고 부르는 거야?"

"지난번에 그, 뭐였더라? 알파벳 여섯 자짜리 아프리카 국가의 수도 이름."

"마세루."

"이것 봐. 난 그게 어느 나라의 수도였는지도 벌써 잊어버렸……."

"레소토."

"너는 그냥 메시아라니까."

알리나가 말했다.

"난 불가지론조차 수용하지 않는 무신론자야."

"또 나왔네."

"뭐가?"

나는 어리둥절했다.

"네가 늘 어려운 전문용어를 쓴단 소리야. 삼각함수니 지수함수니. 혹시 그게 뭘 비유하는 건 아니었지?"

그때 에드거가 끼어들었다.

"방해해서 미안하지만 이제 잘 시간이야."

"뭐라는지 안 들려요."

알리나가 대꾸했다.

"시끄럽고, 이제 물러들 가시죠."

"보호사님, 혹시 성경 읽어보셨어요?"

나는 에드거에게 물었다. 알리나가 대답을 가로챘다.

"무신론자를 만들기 위한 최고의 교과서죠."

우리는 하이파이브를 하며 알리나가 한 말의 출처를 동시에 외쳤다.

"『어느 건방진 캥거루에 관한 고찰』!"

에드거는 머리를 절레절레 흔들고는 커다란 두 손을 메가폰처럼 입에 대고 소리쳤다.

"야간 당직자가 알립니다. 병동의 모든 환자분들은 집합하세요. 주목, 주목! 취침 시간입니다!"

알리나는 듣는 둥 마는 둥 호들갑스럽게 기지개를 켜며 하품을 했다.

"예수님, 우리 둘 다 고양이와 캥거루를 좋아하는 걸 보면 우린 운명의 짝인 게 틀림없어!"

거짓말이야. 저 애는 너를 혐오스럽다고 생각해. 널 가지고 노는 거야. 저 애는 너 따위에게서 벗어나 행복해지겠지. 너와 함께는 어림도 없어.

"정신 차려, 예수님! 그놈한테 엿이나 먹이랬잖아!"

알리나가 퍼뜩 소리를 질렀다. 목소리가 깨어날 때면 으레 그렇듯 또 멍하니 앉아 허공을 응시한 모양이었다. 알리나의 고함 소리는 그 목소리보다 몇 데시벨이나 높았다. 에드거가 소파 뒤에 떡 버티고 섰다.

"음…… 좋아, 알리나. 하루를 멋지게 마무리하는 최고의 명언이었어. 그럼 이제 잘들 자거라!"

알리나는 자리에서 일어나더니 내 이마에 입을 맞추고 자기 방으로 사라졌다. 나는 에드거가 내미는 손을 잡고 몸을 일으켰다.

"오야스미(おやすみ, 잘 자)."

그는 내가 가르쳐준 일본어 단어를 몇 개 알고 있었다. 여러 번 부탁해서 가르쳐주기는 했지만, 그게 카타에게 써먹는 「왕좌의 게임」 수법 같은 것이었음을 슬슬 눈치채던 참이었다. 나를 진정시킬 때 사용하려는 것이다. 에드거는 일본이 내게 매우 큰 의미를 갖는다는 아니, 정확히 말하면 가졌었다는 사실을 알고 있다.

맞아. 일본은 이제 네게 아무 의미 없지. 너는 두 번 다시 일본에 가지 못할 거야. 네가 자초한 일이고, 네가…….

나는 머릿속으로 저항하려 애쓰며 에드거를 향해 가볍게 허리를 숙였다.

"오야스미나사이(おやすみなさい, 안녕히 주무세요)."

"나사이? 그거 혹시 욕은 아니지?"

에드거가 웃으며 농담을 건넸다.

"아니, 그럴 리가요! 잘 자라는 인사의 존대어, 그러니까 안녕히 주무세요라는 뜻이에요. 이걸 가르쳐드리지 않은 이유는, 그냥 일본어가 워낙 복잡하다 보니."

"알았어, 알았어. 그리고 이건 아까 어머니가 주고 가시더구나."

에드거가 여태 겨드랑이에 끼고 있던 책 두 권을 내밀었다.

"자기 전에 읽으려고 주문한 책이네요!"

에드거는 책 표지를 훑어봤다.

"『은하수를 여행하는 히치하이커를 위한 안내서』그리고 성경이라. 재미있는 조합이군."

위기 도취 셋

곤니치와

"젠장, 퍼즐 한 조각이 아직 남았어."

— 아오야마 고쇼,
『명탐정 코난』 1권

파울
응급병동 입원 6개월 전

안녕, 리엔!

무슨 일이야??????

반응을 보니 바쁜가 보네.

지금 새벽 두 시잖아!!!!!!!!!!!!!!!!!!!!

그러네.

이 늦은 시간에 뭐 하는 거야?

이른 시간이라고 하는 건 어때? 관점의 문제니까.

야!

리엔은 이 메시지에 괴상한 표정의 이모티콘을 잔뜩 붙였다. 눈을 크게 뜨고 토하기 일보 직전의 표정을 한 초록색 이모티콘이 그나마 평범해 보일 정도였다.

안 자고 있을 줄 알고 연락한 거야.

네가 그걸 어떻게 알아?

텔레파시.

언제부터 그런 걸 믿었다고.

그래. 사실은 네 휴대폰 해킹했어.

네가 똑똑하긴 해도 그런 짓은 안 하잖아.

그럴 것 같아?

그래!!! 그러니까 내가 깨어 있다는 걸 어떻게 알았는지 말해!

알았어. 간단해. 보고 있거든.

내 대답에 리엔은 책상 앞에서 벌떡 일어나더니 자고 있는
룸메이트 곁을 지나쳐 창가로 다가갔다. 바뀐 헤어스타일 덕
분에 내가 있는 곳에서도 쉽게 알아볼 수 있었다.

그 멍텅구리 같은 자식과 헤어지기가 무섭게 리엔은 1미터
는 됐을 긴 머리를 밀어버렸다. 그리고 민머리 사진을 전 남
자친구에게 보낸 모양이었다. 진실은 알 수 없지만 잭슨이 떠
들고 다닌 바에 의하면 그랬다.

너 지금 어디야?

리엔에게 메시지가 왔다. 숲 언저리에 있던 내가 휴대폰 불
빛으로 신호를 보내자 곧바로 전화가 걸려 왔다.

"한밤중에 밖에서 뭐 하고 있어?"

"기숙사 안에서는 한시도 더 못 버티겠어서."

"숲에 있는 게 낫다는 거야?"

"그건 아니고, 도쿄에 가려고."

이렇게 말하며 나는 리엔이 내 말을 이해할 수 있도록 가방

을 치켜들었다.

"도쿄에 간다고? 밤 두 시에 무슨…….'

"……관점에 따라 새벽이라고 볼 수도…….'

"됐어! 도쿄라고? 정신 나갔구나?"

"기차역까지 걸어가자. 한 시간이면 돼. 그리고 첫차를 타는 거야."

"방금 가자라고 했니?"

"응. 이 시간에 혼자서 숲길을 걷고 싶지는 않거든. 내가 그 정도로 바보는 아니라서."

"파울, 꿈도 꾸지 마."

"당일치기로 다녀오자."

"싫어."

"너도 머리를 좀 비워야 하잖아."

"네가 뭘 안다고 그래?"

"다들 알고 있는 것 정도는 알지. 누구에게도 상관없는 이야기가 제일 빨리 퍼지는 법이니까."

"아하. 그런데 넌 그런 문제에 그다지 밝지 못하잖아."

"썩 기분 좋은 소리는 아닌데."

"그래. 미안."

"괜찮아. 난 누굴 사귄 적은 없지만 그 자식이 개자식이라는 것쯤은 알겠으니까. 세상에 메신저로 이별을 통보하는 사람이 어디 있니? 게다가 2년이나 사귄 사람한테! 그것도 모자라서 새 여자친구가 생겼다니."

"그건 누구한테 들었어?"

"잭슨. 아마 걔도 엘라한테서 들었을 거야. 그게 아니라도 네 머리를 보면 누군들 그런 생각이 안 들까. 궁금해하는 게 당연하잖아."

"도쿄에 가서 뭘 할 생각이야?"

"이제야 제대로 대화가 되는군."

"그럼 너도 제대로 대답해줄래?"

"하라주쿠에 가서 군것질거리를 잔뜩 사고, 긴자에서 스시다운 스시를 먹고, 그다음에는 아키하바라에서 최신 일본 만화를 찾아볼 거야."

"수업은 어떻게 하고?"

"우리가 없다고 수업이 파투 나진 않으니까."

"나중에 골치 아파질 텐데."

"아파서 빠진 걸로 해두고, 누가 눈치챈들 뭐 어쩌겠어? 학교도 우리 부모님이 내는 돈이 필요하니 기숙사에서 쫓겨나지는 않을 거야."

"작년에 어떤 학생이 쫓겨났대."

"그 애는 기숙사에 몰래 마약을 반입해서 그래. 말이 마약이지 대마초 몇 그램이 다였지만 마약 문제는 워낙 엄격하니

곤니치와

까 말이야. 밤늦게 술 파티를 벌이는 건 말로만 금지라고 하고 매번 눈감아주면서. 집단 음주가 사회적으로 용인된 마약 남용이기 때문인데, 내 생각에는…….”

“나도 같이 갈게. 단, 세 가지 조건이 있어.”

“좋아.”

“일단 들어보고 대답해!”

“알았어.”

“첫째, 마약 합법화가 정당한지에 대해 이러쿵저러쿵하지 말 것. 둘째, 데이비드 보위 이야기도 하지 말 것. 셋째, 몬티 파이튼의 노래를 듣지 말 것. 그리고…….”

“세 개라며!”

“그럼 말을 바꿔야겠네. 너는 그냥 아예 말을 하지 마. 그리고 음악은 내가 고를 거야.”

“그 정도쯤이야.”

“하나 더 있어.”

“뭐든지 말해.”

“기대 같은 건 품지 마. 우리는 아무 사이도 아니야. 내가 같이 가는 이유는 그냥…… 그냥…….”

“도쿄를 너무 좋아해서?”

“그냥 지금 내 감정이 어떤 것인지 스스로도 알 수 없어서야. 나 자신도, 너도, 전 남자친구도, 세상에 대해서도, 그냥

파울

모든 것에 대해서…….”

“좋아.”

나는 간단히 대꾸하고 화제를 바꾸었다.

“그런데 혹시 멧돼지 무서워해?”

“아니.”

리엔은 거리낌 없이 대답했다.

“나는 무서운데. 그럼 반달가슴곰은?”

“곰이 있다는 건 헛소문일 거야. 본 사람이 아무도 없잖

아.”

“밤중에 혼자 숲에 가본 사람이 있기는 하대?”

“어차피 우리 말소리를 들으면 동물들이 먼저 피할 거야.”

“아무 말도 하지 말라며?”

“음악을 크게 틀면 돼.”

리엔이 말하더니 전화를 끊었다. 그리고 5분 뒤에 무릎까

지 내려오는 잭울프스킨 바람막이를 입고 나타났다.

리엔은 물병 두 개를 내 가방에 쑤셔 넣었다.

“너는 왜 항상 그 티셔츠에 반바지 차림인 거야?”

“여기가 그린란드는 아니니까. 그러는 너는 왜 XXL 사이

즈의 겨울 외투를 입고 다녀?”

“이건 원래 길이가 긴 패딩이야.”

한 시간 반 뒤에 우리는 도쿄행 신칸센에 몸을 실은 채 지

곤니치와

굿지굿한 사람들로 가득한 지긋지긋한 기숙사로부터 시속 258킬로미터로 멀어지고 있었다.

독일 고속 열차에 비해 자리가 넓은 것은 아니었지만 적어도 일본인 승객들은 매우 조용했다. 아마 독일인들처럼 잦은 연착을 걱정할 필요가 없어서인 듯했다.

숲을 지나는 동안 다행히 멧돼지나 곰과 마주치지는 않았다. 어쩌면 이런 동물들은 이미 사라진 지 오래지만 나와 리엔처럼 한밤중에 도쿄로 달아나는 학생들이 생기는 것을 막으려고 기숙사에서 일부러 소문을 퍼뜨리는지도 모른다.

리엔은 쉬지 않고 머리를 긁었다. 긴 머리카락을 되돌리고 싶어 하는 것 같았으나 아무 말도 하지 않기로 약속했기 때문에 묻지 않았다. 어차피 오래가지는 못할 테지만 최소한 기차를 타는 동안만은 노력해보기로 했다.

리엔이 마침내 패딩을 벗어 둘둘 말았다. 패딩만큼이나 두꺼워 보이는 울 스웨터를 하나 더 껴입고 있었다.

"들통났어."

리엔이 말하며 휴대폰을 접이식 탁자 위에 내려놓았다.

어디야?

리엔의 룸메이트 디나가 보낸 메시지였다. 방금 잠에서 깬 모양이었다.

"뭐라고 답장하지?"

리엔이 물었다.

"갑자기 샤먼에 가게 되었다고 해. 거기서……."

"내 고향이 샤먼이라는 걸 기억하는 사람은 아마 전교에서 너 하나뿐일 거야."

"고마워. 어쨌든 이렇게 보내. 갑자기 샤먼에 가게 됐어. 전 남자 친구를 반죽음으로 만들려고."

리엔은 너털웃음을 짓더니 별말 없이 시키는 대로 답장을 보냈다. 그러나 아쉽게도 디나가 뭐라고 대답했는지는 말해 주지 않았다.

리엔이 턱으로 내 휴대폰을 가리켰다.

"너는? 네 룸메이트가 비상벨이라도 울린 거 아니야?"

"라이언은 내가 어디 가든 관심도 없어. 옷장에서 잔 적이 있는데 걔는 눈치도 못 채더라."

"옷장에서 잤다고? 계단 방에서 자는 해리 포터처럼?"

"맞아. 라이언은 약간 더들리 더즐리 같은 데가 있고. 네가 보기에도 그렇지 않아?"

"체형이 비슷하다고 해두지, 뭐. 말 나온 김에 간식 어때?"

"좋지."

내 대답에 리엔은 둘둘 말았던 패딩을 다시 펼치더니 주머니에서 초콜릿 바 두 개를 꺼냈다. 나는 리엔이 내 가방에 넣어둔 물병을 꺼냈다. 우리의 아침 식사였다.

곤니치와

리엔은 초콜릿 바를 한 입 베어 문 게 다였다. 물은 한 모금
도 마시지 않았다.

"그런데 어째서 하필 오늘 도쿄에 가는 거야?"

나는 이에 끔찍히 달라붙는 초콜릿 바를 물과 함께 삼켰다.

"혹시나 오해할까 봐 말해두지만, 오늘 있을 일본어 시험
때문은 아니야."

리엔이 화들짝 놀라는 바람에 물병이 쓰러졌다. 리엔의 얼
굴이 순식간에 새파랗게 질렸다.

"망할! 그랬었지. 까맣게 잊고 있었어. 진짜 골치 아프게
됐잖아."

"물론 그렇겠지. 하지만 말했듯이 시험 때문이 아니야. 더
이상 견딜 수가 없었어. 사람들도, 그곳도, 모든 게 다 스트레
스라서."

누가 너한테 스트레스를 준다고.

심술궂은 목소리가 내게 속삭였다. 아까부터 말하고 있었
나? 내가 너무 지쳐 있었거나, 다른 데 주의를 빼앗기고 있었
거나, 아니면……

네가 모두에게 스트레스를 주는 거지! 듣고 있어? 스트레스의 원흉은
너야.

"……피곤하지?"

리엔 뒤쪽의 아득히 먼 어딘가를 보고 있던 나는 그제야 리

엔이 무언가 말하고 있음을 깨달았다.

"뭐라고 했어?"

"피곤하지 않느냐고 물었어."

그러거나 말거나 그 애는 관심 없어!

"그런 것 같기도 하고."

리엔이 내게 패딩을 내밀었다.

"이거 베고 자."

"너는?"

리엔은 둘이 함께 머리를 받치고 잘 수 있도록 패딩을 길게 말았다. 그러고는 부드러운 천에 머리가 닿기 무섭게 잠이 들었다. 나도 자려고 했으나 목소리가 내뱉은 악의적인 말들이 머릿속에 끊임없이 맴돌며 괴롭히는 통에 잘 수가 없었다.

넌 이제 영원히 잠들지 못할 거야! 영원히!

그 말이 옳았다.

도쿄에 도착하기 30분쯤 전에 리엔이 팔을 긁는 게 보였다. 깨지는 않는 걸 보니 습관적으로 하는 행동 같았다. 손이 소매 안으로 파고들면서 울 스웨터가 몇 센티미터쯤 밀려 올라갔다. 오른팔 아랫부분이 드러났다.

리엔의 손가락은 이미 피가 나도록 긁어댄 불그스름한 선 자국을 문지르고 있었다. 붉은 선들은 각각 5밀리미터 정도의 간격으로 나 있었다. 나는 리엔이 왜, 어떻게 그 상처를 냈

곤니치와

는지 알고 있었다.

내 양쪽 허벅지도 리엔의 팔목과 다를 바 없다.

나는 리엔의 곪은 상처가 보이지 않도록 스웨터 소매를 조심스럽게 끌어내렸다. 그리고 하나둘 모습을 드러내는 도쿄의 고층 건물들을 보며 마침내 잠이 들었다.

리엔이 나를 흔들어 깨웠다.

"다 왔어! 빨리 일어나."

고작 몇 분 잔 것뿐인데도 몸이 훨씬 가뿐했다. 내가 잠을 잤다니! 그 목소리가 틀렸어. 나한테 거짓말을 한 거야! 그저 나를 괴롭히기 위해 끊임없이 거짓말을 하는 것이다.

네 다리에 난 상처들을 봐. 그게 진실을 말해주잖아. 내가 너를 괴롭히는 게 아니라 네가 너 스스로를 괴롭히는 거야!

"빨리 오라니까!"

이미 기차 문 앞까지 간 리엔이 나에게 외쳤다.

플랫폼에 내려선 나는 가방에서 우산을 꺼냈다.

"설마 그걸 쓸 생각은 아니지?"

리엔이 물었다.

"양산으로 쓸 수도 있는 거니까."

내가 대꾸하며 우산을 펼쳐 들자 리엔은 고개를 절레절레 흔들더니 내게 다가와 팔짱을 꼈다.

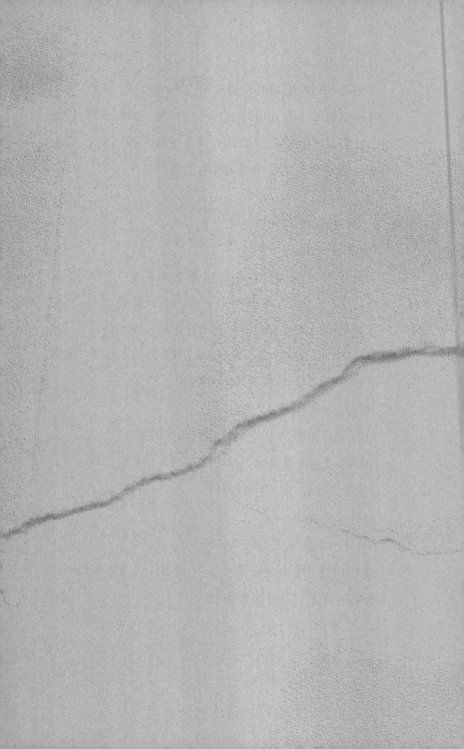

고양이는 일본어로
네코입니다

"우리는 누구를 우리의 세상에
들여보낼지 선택할 수 있어."

— 「굿 윌 헌팅」에서, 숀 매과이어를 연기한
로빈 윌리엄스의 대사

리쿠
파울을 가르친 일본어 학원 교사

온 도시에 붙어 있던 전단지는 저도 보았습니다. 두 장의 사진에 찍힌 파울을 바로 알아보았지요. 제목에 실종이라는 단어가 보이더군요.

저는 곧바로 파울을 찾는 자원봉사자 무리에 합류했습니다. 어학원을 함께 다녀 파울을 아주 잘 기억하고 있던 학생들도 함께했어요.

학생들은 파울을 늘 센파이라고 불렀습니다. 일본에서 쓰는 호칭인데 자신보다 나이가 많거나 적거나에 관계없이 경험이 더 많은 사람을 그렇게 부릅니다.

다른 학생들은 가끔 저와 함께 나들이를 가거나 특정한 목적 없이 모이기도 했지만 파울은 약간 아웃사이더 같았습니다. 언젠가 다 같이 모였던 날이 기억나네요. 아마 아이스크림을 먹으러 갔었지요. 어디 보자…… 여기 사진이 있네요.

(리쿠는 휴대폰으로 사진을 보여주었다.)

뭔가 눈에 띄는 점이 있지 않나요?

모두들 카메라를 보며 활짝 웃거나 장난스러운 표정을 짓고 있는데 파울만이 예외지요. 파울은 이렇듯 늘 심각한 표정이었지만 저와 단둘이 있을 때는 약간 편안해 보였습니다. 이야기하는 것도 좋아하고, 가끔 농담도 했고요. 농담도 정말 똑똑하게 하는 학생이었어요.

제가 가르친 학생들 중 파울만큼 빠르게 일본어를 배운 학생은 없었습니다. 그냥 하는 말이 아니라 독일에서 20년 동안 일본어를 가르치면서 그런 학생은 본 적이 없어요.

파울에게 복습 따위는 필요 없었습니다. 배우는 즉시 머릿속에 저장했다가 다음 시간이 되면 바로 불러오는 것 같았어요. 아무리 진도가 빨라도 마찬가지였죠. 게다가 발음도 무척 정확했어요.

이해를 돕기 위해 일본어에 관해 잠깐 설명해도 될까요?

일본어에는 관사나 복수형이 없기 때문에 문법은 그리 어렵지 않습니다. 다만 문자 수가 어마어마하게 많다는 점이 외국인에게 가장 큰 장벽이지요.

가끔 아이가 배우는 언어가 어떤 것인지 궁금해하는 부모님들이 있는데, 그분들에게 저는 일단 문자 표를 보여드립니

고양이는 일본어로 네코입니다

다. 거부감을 일으킬 의도는 없고 그저 난이도를 현실적으로 짐작할 수 있도록 말입니다.

하루 두 시간씩 일본어 공부를 한다고 가정하면 보통 200일은 지나야 첫 번째 기초 시험을 치를 정도의 수준이 됩니다. 평균은 그렇지만 파울은 뭐랄까, 애초에 남들과는 수준이 달랐습니다.

파울이 일본어를 배우게 된 계기요? 언젠가 벼룩시장에 갔다가 일본 만화의 세계를 접했다더군요. 어린아이들에게 인기가 아주 많은 『명탐정 코난』 시리즈를 거기서 처음 보았다고 파울이 제게 직접 이야기했습니다. 첫눈에 반했다는 표현이 맞을 겁니다. 파울이 그렇게 표현한 것은 아니지만, 이후로 어머님이 매주 새 책을 구해 나르기 바빴다고 했거든요. 한 종류만 구입한 것도 아니고 닥치는 대로 사 모은 모양입니다. 파울의 집에 있는 어마어마한 일본 만화 컬렉션을 제 눈으로도 본 적이 있습니다. 파울이 발견된 후에 말입니다…….

파울의 부모님은 아들이 세상을 떠난 후에 저와 자주 대화를 나누었습니다. 어떤 마음이었는지 충분히 이해가 갑니다. 저 역시 3년이 넘는 시간 동안 파울과 아주 가까이 지낸 사람이니까요. 그 아이는 정말이지 특별했습니다.

제가 그 아이의 방에 들어가보게 된 것도 그래서입니다. 책꽂이에는 『나루토』의 거의 모든 판본이 꽂혀 있더군요.

리쿠

선생님도 그 만화 시리즈를 아시나요?

닌자가 등장하는 키시모토 마사시의 걸작이지요. 물론 일본 만화를 좋아하는 사람에게는 그렇다는 겁니다. 게다가 너비가 2미터는 돼 보이는 책장이 아오야마 고쇼의 『명탐정 코난』 시리즈로만 채워져 있었습니다. 이 작품 이야기는 아마 앞에서도 했었지요?

선생님에게는 재미없는 화제일지 모르지만, 제 학생들은 거의 중독 수준으로 일본 만화를 좋아해서 저도 학생들과 항상 그에 관해 이야기를 나눕니다.

그러고 보니 지금 선생님이 앉아 계신 자리가 파울의 자리였네요.

일본어를 배우는 사람들이 그리 많지 않아서 보시다시피 강의실이 좀 작습니다.

파울은 선생님이 지금 드시는 일본산 녹차를 즐겨 마셨습니다. 일본 과자들이나 복숭아 맛, 녹차 맛 같은 이국적인 맛의 킷캣 초콜릿도 무척 좋아했고요. 요즘에는 몇몇 독일 상점에서도 그런 제품을 팔더군요.

파울은 또 저 그릇에 담긴 과일 맛 젤리도 좋아했습니다. 귀여운 고양이 그림이 그려진 포장지가 보이시나요? 잘 보면 고양이 발바닥 모양 젤리도 있답니다.

파울 하면 또 고양이지요!

언젠가 제 휴대폰에 있던 고양이 사진을 보여주었더니 무척 좋아하더군요.

참고로 고양이는 일본어로 네코라고 합니다. 초급 과정에서 가장 먼저 배운 단어 중에 이게 있었던 것 같은데, 어쩌면 고양이에 관해 이야기한 적이 워낙 많아서 제가 착각하는 것일 수도 있고요.

기억은 우리에게 장난을 친다는 독일 속담이 있잖습니까. 저는 이 속담이 꽤 마음에 듭니다.

한번은 파울이 이탈리아 어딘가에서 여름휴가를 보냈을 때의 이야기를 들려주었어요. 여동생들과 놀다가 굶어 죽어가던 아기 고양이를 발견했다고요. 3주 동안 밥을 주며 돌본 모양입니다.

그런데 부모님이 허락하지 않아서 집에는 데려올 수 없었대요. 저도 아이를 키우다 보니 물론 부모님 입장도 이해가 갑니다. 휴가지에서 매번 유기된 고양이나 떠돌이 개를 데려오면 집이 동물 보호소나 다름없어질 테니까요.

저 앞쪽 벽에 걸린 그림이 보이시나요? 왼쪽에 고양이 그림이 있지요. 파울이 그려서 제게 선물한 겁니다. 배경에 쓰인 글씨는 도모 아리가토라고 읽는데 감사합니다라는 뜻의 일본어입니다. 마지막 수업 시간에 제게 주더군요. 한 달 뒤에는 3차 일본어 시험에 합격해서 마침내 일본 학교로 유학 갈 수 있는 자격을 얻었습니다.

　마침내 꿈꾸던 나라에 가게 된 거지요.

　꽤나 낭만적으로 들리지만 사실 파울은 낭만과는 거리가 먼 성격이었습니다. 다만 쉼 없이 일본에 관해 이야기하며 일본 학생들과 같은 학교에 다니고 싶어 했습니다. 도쿄를 구경하고, 틈나는 대로 일본 만화의 천국으로 유명한 아키하바라에서 쇼핑을 하고 싶다고도 했어요. 아키하바라에는 만화책뿐 아니라 만화 캐릭터가 그려진 옷이나 피규어, 그 밖의 온갖 것들이 있습니다.

　파울이 일본으로 출국한 뒤로는 만난 적이 없습니다. 귀국한 뒤에도 그 애는 저를 만나고 싶어 하지 않았어요. 워낙 오랜 시간을 알고 지낸 터라 제게는 안타깝기 그지없는 일이었어요. 참으로 아쉬웠지요. 저의 모국에 실제로 간 소감이 어땠는지 들을 수 없다는 것도 조금 아쉬웠고요. 일본에 갈 날을 그렇게나 손꼽아 기다렸던 아이니까요.

　파울의 상태가 그리 좋지 못했다는 사실은 나중에 부모님을 통해서야 알게 되었습니다. 일본에서부터 한참 힘든 시간을 보냈고 귀국한 뒤에도 마찬가지였다는 것을 말입니다.

　그러고 나서 몇 달 뒤에 도시 곳곳에서 파울의 사진이 실린 전단지를 보았고요.

　　　　　　　　　　　고양이는 일본어로 네코입니다

(리쿠는 여기까지 말한 뒤 한참 동안 침묵하며 창밖을 바라보았다.)

가끔은 파울이 여전히 이곳, 이 교실에 앉아 있다는 느낌이 듭니다. 그 아이의 존재가 느껴지는 것 같아요. 이상한 일이지요. 저는 종교 같은 것도 딱히 믿지 않거든요. 그런데도 여기 앉아 있는 그 아이의 모습이 너무나 생생히 보입니다.

공부하던 모습도……

고양이 이야기를 하던 모습도……

그리고…….

잠깐만 쉬었다가 해도 될까요?

(약 5분 뒤)

실례했습니다, 선생님. 아직도 파울의 이야기를 하는 게 쉽지 않네요. 눈물이 그리 많은 편도 아닌데.

어디까지 이야기했죠?

수업에 관해 조금 이야기해드릴까요?

저는 이 교실에서 파울과 일대일 수업을 했습니다. 단체 수업은 반복 학습도 많고 다른 학생들이 파울만큼 배우는 속도가 빠르지 않아 파울에게는 맞지 않았거든요. 아마 얼마 못가 지루해했을 겁니다. 외국어를 배울 때는 자기 역량에 맞게 자극받지 못하는 것만큼 독이 되는 게 없어요. 외국어뿐 아니라 인생의 모든 일이 그렇겠지만 말입니다.

그런데 단독 수업이 파울을 더 아웃사이더로 만든 것 같기도 합니다. 다른 학생들이 파울에게 센파이라는 별명도 지어주었지만 다 같이 아이스크림을 먹으러 가거나 해도 늘 그 아이만 곁도는 느낌이었습니다.

옷차림도 또래 아이들과는 달랐고…… 여기 아이스크림 가게에서 찍은 사진이 있네요!

파울은 늘 무릎 길이의 남색 반바지와 어두운 색의 반팔 셔츠를 입었습니다. 너무 평범한 복장이라 오히려 더 눈에 띄었다고나 할까요.

이 교실에 다른 수업이 있을 때면 저는 이따금 파울과 카페에 가서 개인 수업을 했습니다. 파울은 항상 코코아를 시켰고 때로는 한 잔을 더 주문했어요. 자신에게 주의가 집중되는 일을 즐기는 것 같았습니다. 집에 가족이 많아서 그랬을 수도 있죠. 여동생이 두 명이다 보니 누군가와 단둘이 몇 시간을 보내는 일이 파울에게는 특별한 일이었는지도 모르고요.

파울이 출국하기 전까지는 파울의 어머님만 가끔 뵀었고 아버님은 한 번도 만난 적이 없었습니다. 어학원에서는 드문 일이 아니죠. 자녀들을 데려다주고, 다시 데리러 오고, 수업

고양이는 일본어로 네코입니다

준비물을 구입하고, 아이들의 공부를 돕고, 단어 시험을 도와주는 사람은 대부분 어머니입니다. 아이가 아플 때 제게 문자를 보내거나 시험에 대비해 추가 과외를 해줄 수 있는지 전화를 걸어 묻는 쪽도 어머니들이고요. 독일에는 공인 일본어 능력 시험을 치를 수 있는 도시가 세 곳뿐이라서, 시험 당일에 아이를 데리고 그곳까지 가는 것도 어머니들의 몫입니다.

파울의 아버님에 대해서는 사업가라는 것 말고는 아는 바가 없었습니다. 이곳에서는 그런 일이 흔하지요. 아버지들은 주 60시간을 일하고 주말에 집에 와서 아이들과 시간을 보낸 뒤 일요일 저녁에 다시 출장을 떠나는 경우가 많습니다. 저도 학생들의 아버지와는 사실상 연락할 일이 없습니다.

일본도 이와 다를 바 없고 제 아버지 역시 예외는 아니었습니다. 더욱이 일본에서는 일을 중시하는 경향이 이곳보다 훨씬 더 강합니다. 혹시 과로사라는 말을 들어보셨나요? 과도한 노동으로 인해 사망한다는 뜻입니다. 어마어마한 압박감과 스트레스에 시달리다 보니 30대에 심장마비로 사망하는 경우도 허다합니다. 자살 역시 일본의 심각한 사회문제이고요.

이야기가 다른 데로 샜군요.

무슨 이야기를 하던 중이었지요?

아, 부모님 이야기였죠.

파울의 어머님은 정성을 다해 자녀를 보살피는 분이었습

니다. 다른 학생들 중에는 점심도 거르고 온종일 굶다가 저녁 수업에 오는 아이들도 있어요. 그럴 때는 일단 허기라도 달래라고 저 그릇에 있는 군것질거리를 나눠주곤 합니다.

하지만 지금은 그런 이야기를 하는 게 아니니 넘어가기로 하지요. 적잖은 어학원 수업료를 내려면 누군가는 돈을 벌어야 하지 않겠습니까. 어쨌거나 파울의 경우는 달랐습니다. 어머님이 늘 보살펴주었어요.

나중에 파울의 집에 방문했을 때 아버님을 처음 만났습니다. 그즈음 아버님은 집에서 더 많은 시간을 보내는 듯했습니다. 깊은 상념에 잠겨, 아들의 생전에 더 많은 시간을 함께하지 못한 것을 후회하는 모습이었어요. 하지만 아버진들 그렇게 되리라는 걸 짐작이나 하셨을까요?

이건 제 개인적인 생각이라는 말을 꼭 덧붙여야 할 것 같습니다! 제게는 그 누구도 탓할 권리가 없습니다. 지금 여기에 앉아 선생님과 대화를 나누고, 선생님의 질문에 대답하며 차를 마시는 동안 제 아이들도 집에서 저를 기다리고 있으니까요. 그사이에 아이들에게 밥을 차려주고 숙제를 도와주는 사람이 누구겠습니까? 바로 제 아내지요!

파울의 아버님에 관해 생각나는 것이 또 하나 있네요.

한번은 그분이 제게 **파크 하얏트 도쿄 호텔**이라는 글자가 인쇄된 메모지를 보여주었어요. 아시는지 모르겠지만 스칼렛

고양이는 일본어로 네코입니다

요한슨과 빌 머레이가 출연한 영화「사랑도 통역이 되나요?」의 촬영지입니다.

그 종이에 무슨 목록이 길게 적혀 있었습니다. 아버님이 파울과 함께 도쿄에 갔을 때 아들을 위해 쓴 것이었습니다. 기숙사를 둘러보기 위해 미리 일본에 갔던 거지요. 제 생각에는 매우 잘한 일인 것 같습니다. 꽤나 중대한 결정이니까요.

나중에 아버님에게 들은 바로는 부자가 단둘이서 일주일을 보낸 것도 그때가 처음이었다고 합니다.

그런데 그 목록이 뭐였냐고요? 파울이 호텔에서 아버님에게 아빠는 지금까지 어떤 영화들을 보셨어요?, 어떤 영화를 감명 깊게 보셨나요? 같은 질문을 던지더랍니다.

아버님이 뭐라고 이야기했는지는 자세히 기억나지 않지만 메모지에 적혀 있던 글은 지금도 또렷이 기억납니다.「은하수를 여행하는 히치하이커를 위한 안내서」에서「굿 윌 헌팅」까지, 여남은 편의 영화 제목을 적어두셨더군요.「굿 윌 헌팅」은 제가 가장 좋아하는 영화 중 하나이기도 합니다.

종이를 들여다보고 있노라니 이상한 기분이 들더군요. 파울은 그 영화의 제목을 몽땅 외운 걸까요? 아니면 목록을 사진으로 찍어두었던 것일까요? 어쨌거나 나중에 그 영화들을 다 보았답니다. 로빈 윌리엄스의 영화도요. 영화에서 로빈 윌리엄스는 엄청난 수학 천재인 동시에 너무나 다루기 까다로운 청년을 치료하는 심리상담사 역을 맡았지요.

선생님도 그 영화를 아시나요?

영화 목록을 보고 나서 저는 파울이 영화 속 젊은이에게 스스로를 투영한 게 아닐까 싶었습니다. 맷 데이먼이 연기한, 여러 가지 문제를 겪는 천재 윌 헌팅 말입니다. 제 기억에 아마 90년대 말에 제작된 영화지요. 주인공 윌은 돈 잘 버는 수학 천재로 사는 미래와 사랑이라는 선택의 기로에 놓입니다. 그 젊은이가 어떤 선택을 하고 영화가 어떤 결말을 맺었는지는 선생님도 잘 아실 거라 생각합니다.

파울에게는 러브 스토리가 없었다는 게 차이점이지만 이건 제가 단언할 수 없는 일이지요. 일본에서 지내는 동안, 그리고 귀국한 뒤로 무슨 일이 있었는지 저는 전혀 모르니까요. 부모님도 그런 이야기는 하지 않으셨고 사생활이니 저도 캐묻지 않았습니다. 독일에서 오래 살았어도 저는 여전히 뼛속까지 일본인이라 스스럼없이 그런 질문을 던지는 건 어렵거든요.

(어학원이 문을 열 시간이 되었다. 복도에서 웅성거리는 소리가 들렸다. 리쿠는 휴대폰을 들여다봤다.)

아이고, 시간이 벌써 이렇게 됐군요.

고양이는 일본어로 네코입니다

지금은 성인반 수업 시간입니다. 다음에 한 번 더 뵙도록 하지요. 제 동료 유마가 곧 이 교실에서 수업을 시작하거든요.

(리쿠는 자리에서 일어나며 문 위에 걸린 커다란 시계를 쳐다보았다.)

그러고 보니 생각나는데 파울은 항상 손목시계를 두 개씩 차고 다녔습니다. 둘 다 작은 디지털시계였어요. 하나는 독일 시간, 하나는 일본 시간에 맞춰두었더군요.
뭐랄까, 파울다운 행동이었어요.

(리쿠는 그렇게 대화를 끝맺고 처음 만났을 때처럼 허리를 깊이 숙여 작별 인사를 했다.)

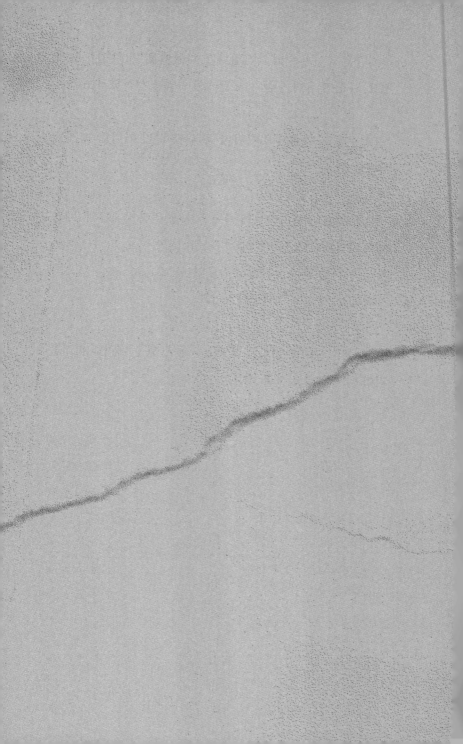

결전의 날

"물론 싸울 줄 알죠.
나는 네 명의 형제자매와
함께 자랐는걸요."

— 게임 리그 오브 레전드에서,
칼춤 추는 무희 이렐리아의 말

파울
일본에 가기 2년 반 전

조피와 레나는 새끼 고양이를 향해 달음박질쳤다. 나는 내 앞에 있는 모래 무덤을 바라보았다. 해파리가 죽을 때마다 이렇게 날림으로 매장한다면 이 아름다운 해변이 온통 모래 무덤과 십자가로 뒤덮일 거라는 생각이 들었다.

"파울 오빠! 빨리 와봐!"

조피가 소리쳤다. 그런데 걸음을 떼기도 전에 피자 가게 테라스에서 뛰쳐나온 어머니가 내 앞을 가로막았다.

"동생들에게 절대로 고양이를 집에 데려가지 않을 거라고 이야기해라. 다시 한번 말하지만 절대로 안 돼!"

어머니들이란 어째서 하나같이 자기 아이에게 최악의 상상을 하는지 의문이었다. 아니면 어른들이 워낙 매사를 자기 기준으로 생각하다 보니 아이들도 최소한 자신의 어린 시절만큼 형편없으리라 단정 짓는 것일까?

"오빠, 뭐 해! 빨리 와보라니까!"

이번에는 조피 곁에서 아기 고양이 앞에 무릎을 꿇고 있던 레나가 소리쳤다.

내가 고양이였다면 진작 놀라서 달아났을 것이다. 저리 귀가 따갑게 법석을 떨어대는데 누군들 옆에 있고 싶을까. 그러나 새끼 고양이는 선인장이 늘어선 담장 위의 화단에 가만히 웅크리고만 있었다.

레나와 조피에게 다가간 뒤에야 나는 고양이가 달아나지 않는 이유를 알아챘다. 흰색과 검은색 얼룩무늬의 고양이는 미동도 없이 따뜻하게 달구어진 돌바닥에 드러누워 있었다.

"피곤해서 그러나? 어쩌면 이렇게 작고 가벼울까. 가엾기도 해라."

레나가 고양이를 조심스럽게 품에 안으며 말했다.

나는 피자 가게로 돌아가 종업원에게 차가운 우유 한 잔을 부탁했다. 어머니는 내가 스스로 뭔가를 주문하는 게 기특했는지 아무 말도 없었다.

그러나 나는 어머니가 앉아 있는 탁자에서 우유를 마시는 대신 서둘러 레나와 조피 그리고 아기 고양이가 있는 곳으로 뛰어갔다. 그제야 어머니는 신경질적인 투로 외쳤다.

"안 돼, 파울. 그만둬! 분명 주변에 어미 고양이가 있을 거야. 우유든 뭐든 어미가 알아서 할 거라고."

나는 머리를 흔들며 짐짓 과장스럽게 대꾸했다.

결전의 날

"혼자서 움직이지도 못하고 있는데 무슨 말씀이세요. 어미 고양이는 틀림없이 차에 치여 죽었을 거예요."

조피가 울음을 터뜨렸다.

"차에 치였다고?"

레나는 원망스레 어머니를 바라보며 말했다.

"엄마! 너무 야박하신 거 아니에요? 엄마 고양이가 차에 치였다는데!"

"파울, 내가 뭐라고 했었지?"

내 속셈을 모를 리 없는 어머니의 화살이 나를 향했다. 그러자 훌쩍훌쩍 울던 조피가 자신의 조그만 코를 아기 고양이의 코에 맞대며 거들었다.

"이렇게 귀여운 아기가 혼자 남겨졌다니, 불쌍해라."

어린 여동생이 있으면 좋은 점이 이거였다. 내 말이라면 무조건 믿는다는 것.

고양이는 우유를 단숨에 반이나 먹어치웠다. 그러고는 수염이 우유 범벅이 된 채 앞발로 땅을 딛고 조그마한 머리를 내 손에 꾹꾹 눌렀다. 이루 말할 수 없이 기분 좋은 감촉이었다.

"엄마! 고양이가 벌써 힘이 나는 모양이에요! 오빠한테 애교를 떨어요."

조피가 소리쳤다.

"그래, 그거 참 잘됐구나. 그럼 이제 가자. 오늘 어디를 가려고 했더라……."

"네, 엄마. 갈게요."

레나가 고양이를 안고 어머니 쪽으로 향하는 것을 보고 우리도 뒤를 따랐다.

"레나 공주님, 고양이는 두고 가야지요."

어머니는 짐짓 상냥하게 레나를 달랬다.

"그건 어디서 찾았니?"

어느새 우리 식탁으로 되돌아와 있던 아버지가 딸의 품에 안긴 조그마한 고양이를 보고 물었다. 나는 아버지가 휴대폰을 도둑맞았거나 아니면 볼일이 드디어 끝난 모양이라고 생각했다.

"엄마 고양이가 차에 치여 죽었대요. 그래서 저희가 돌봐 주려고요."

레나의 대답을 시작으로 옥신각신 입씨름이 벌어졌다. 레나가 화를 내며 날뛰고, 내가 나서서 동물 구조가 주는 교육 효과에 관해 일장연설을 늘어놓은 뒤에야 부모님은 포기했다. 레나와 조피와 나는 남은 2주일의 휴가 동안 우리 숙소에서 고양이를 돌보는 쪽으로 타협했다.

"하지만 그 뒤에는 이곳 시칠리아에 두고 가야 해. 고양이의 고향은 여기야."

아버지의 말에 어머니도 나서서 거들었다.

결전의 날

"그때 가서 소란 떨면 안 돼!"

하나 마나인 말이었다. 소란은 어차피 벌어지게 돼 있다. 그럼에도 나는 선선히 대답했다.

"그럼요. 여기가 고양이의 고향이죠. 아기 고양이도 이곳 지리에 익숙할 테고요. 게다가 이탈리아어만 알아들을 거 아니에요."

레나가 의아하다는 듯 나를 바라보자 어머니는 나를 향해 눈을 흘겼다. 조피는 뭣도 모르고 환한 표정이 되었다.

"고양이에게 이탈리아어로 이름을 지어주는 건 어때요?"

"그냥 고양이라고 부르는 게 좋을 것 같구나. 이탈리아어로는 가토라고 하지."

아버지가 말하며 휴대폰을 꺼냈다. 도난당했나 했더니 그럴 리가 없지.

나는 물이 반쯤 남은 어머니의 컵에 손가락을 담갔다가 고양이의 이마에 살짝 성호를 그어주었다. 어머니가 즉시 반응했다.

"그건 또 뭐야? 견진교리 교육도 안 간다고 하더니."

"그냥 상징적인 거예요. 주입식 교육까지 해가며 종교를 강요하는 데 시간을 낭비하진 않을 테니 걱정 마세요."

"잘났다, 그래."

어머니가 쏘아붙였다.

"친애하는 아기 고양이여, 이로써 너를 지니라 명하노라."

"뭐? 어째서 오빠 마음대로 정하는 거야?"

지니라는 영어식 이름을 들은 레나가 따졌다. 나는 짤막하게 대꾸했다.

"가토보다는 낫잖아."

"지니라는 이름은 어디서 딴 거야?"

조피의 물음에 어머니가 고개를 푹 숙이며 끼어들었다.

"설마 팔코의 곡에 나오는?"

"한발 늦으셨네요. 고양이는 이미 세례를 받았어요. 이제 이 고양이의 운명은 고양이 신이 결정할 거예요."

"팔코는 또 누군데?"

조피가 또다시 묻자 이번에는 아버지가 손을 내저으며 대답했다.

"오스트리아 가수야."

「지니Jeanny」라는 곡의 가사를 알고 있던 부모님은 나를 한층 더 나무라는 눈빛으로 바라보았다.

아버지가 조피와 레나를 데리고 렌터카를 가지러 주차장으로 간 사이에 어머니는 목소리를 낮추어 내게 물었다.

"왜 하필 그 이름이야? 그 노래는 지니라는 여자가 숲 한가운데서 살해당한 채 발견되는 내용이잖아."

"노래라니요. 작품이라고 해주세요."

어머니는 관자놀이를 문지르며 과장스럽게 숨을 훅 내쉬었다. 그 바람에 입술이 푸르르 떨렸다.

"노래든 작품이든, 그게 중요하니? 지니가 숲에서 죽은 채 발견되는 내용 아니냐고 물었잖아."

"맞아요. 저 새끼 고양이도 죽을 운명이거든요. 우리가 집으로 데려가지 않으면요. 그래서 지니라고 부르는 거예요!"

"2주일 동안 별장에서 돌봐주면 건강해질 거야. 그 뒤에는 얼마든지 혼자 살 수 있어."

"그럴 리가요. 세상이 얼마나 험한데."

별장으로 돌아가는 길에 노아에게 문자가 도착했다.

어디 처박혀 있는 거야? 팀원들이 기다리고 있다고!

망할!

방학 때면 우리는 매일 정오마다 온라인게임을 했다. 하루도 빠짐없이 해온 일이었다. 팔레르모 시내 관광을 하기로 한 날에도 나는 한낮에는 너무 뜨거우니 오후에 나가기로 부모님과 타협한 뒤, 낮 동안 게임을 했다. 날이 너무 더운 게 사실이기도 했다.

그런데 지니에게 정신이 팔려 그걸 깜빡한 것이다. 나는 서둘러 노아에게 답장을 보냈다.

미안. 구조 활동을 하느라 정신이 없었어. 금방……

여기까지 쓰던 나는 아버지에게 물었다.

"숙소까지 얼마나 걸려요?"

"올 때 걸린 시간만큼."

"엄마, 엄마가 대답해주실래요?"

지니를 무릎에 앉히고 목덜미를 쓰다듬던 조피가 말을 끊었다.

"커브 돌 때 속도 좀 줄이세요. 지니가 무서워해요."

언제 올 거야??? 다들 기다린다니까!!!

노아가 또다시 재촉하는 바람에 나는 일단 아무렇게나 둘러댔다.

정확히 6분 15초 뒤에.

재들이 그때까지 기다려줄 것 같아?

15분 뒤에야 나는 헤드셋을 쓰고 노트북 앞에 앉을 수 있었다. 그러나 팀원들은 이미 나간 지 오래였고 노아는 잔뜩 화가 나 있었다. 새 팀을 꾸린 뒤에 노아가 역할을 정했다.

"파울은 정글로 가고, 나는 탑라인을……."

"아니, 왜 내가 정글이야?"

나도 모르게 불평이 터져 나왔다.

"파울, 죄를 지었으면 죗값을 치러야지."

"말투가 애늙은이 같네."

베를린에서 로그인한 누군가가 한마디를 던졌다. 다른 두 사람이 더 있었으나 노아가 재촉하는 바람에 더 말할 틈도 없이 게임이 시작되었다.

5분도 채 지나지 않아 HELDENTIM21이라는 유저가 큰 소리로 외쳤다.

"이제부터 저쪽에 엄청난 데미지를 입혀줄 테니 기대하시라!"

"무슨 수로?"

베를린 유저가 물었다.

"내 챔피언이 오버파워라 스펠 쓰면 저 녀석 체력을 3분의 2는 떨어뜨릴 수 있거든!"

"뭔 소리야. 어차피 반밖에 안 남은 걸 가지고."

"물약 마셨는데."

노아가 막 끼어든 찰나, 언제 온 건지 조피가 내 옷깃을 잡아당겼다. 그 바람에 나는 팀원들의 대화를 제대로 들을 수 없었다.

"……그건 훨씬 나중에 궁극기를 써서 파밍할 때……."

"……헛소리. 어느 세월에. 그리고 어차피 타워 밑에서 먼저 파밍……."

"오빠!"

조피가 헤드셋을 잡아당겼다.

"뭐야?"

나는 버럭 소리쳤다. 깜짝 놀란 조피의 눈에 금세 눈물이 그렁그렁해졌다.

맙소사, 또 시작이구나. 눈물은 조피의 막강한 무기였다. 거대한 검이나 암살자의 무기, 드락사르의 황혼검 따위도 필요 없었다. 그냥 울면 그만이었다.

"미안."

나는 얼른 조피에게 사과하며 모니터를 가리켰다.

"게임이 끊기면 안 돼. 끝나고 이야기하자. 노아도 같이하고 있어. 너도 아는…….."

"지니가 몸을 덜덜 떨어."

"지금 어디 있어?"

"소파에."

"옷장에서 내 스웨터 꺼내서 동굴처럼 만들어줘."

"동굴이라고? 지니는 고양이잖아."

"그래. 그럼 둥지처럼. 알겠지?"

"둥지?"

"그냥 대충 깔아줘!"

나는 대답도 듣지 않고 얼른 헤드셋을 썼다. 한바탕 잔소리를 늘어놓을 줄 알았던 노아는 베를린 유저와 이야기하느라 내가 한눈판 것도 눈치채지 못한 모양이었다. 둘은 원래 아는 사이 같았다.

"……걔가 그때 그걸 가져왔더라면…… 밸류가 더 높았을

　　　　　　　　　　　　결전의 날

텐데…… 그것보다…….”

“……그룬보다?”

베를린 유저가 물었다. 나는 다시 게임에 집중하며 상대편의 미드라이너를 처치했다. 그런데 이번에는 레나가 문 앞에 나타났다.

“지니가 토했어!”

썩 좋지 않은 소식이었다. 부모님이 보면 고양이를 다시 거리로 내쫓을 게 분명했다.

“노아, 아니…… 얘들아, 나 잠깐만 나갔다 올게.”

“나간다니?”

HELDENTIM21이 어이없다는 듯 물었다.

“급한 일이 생겼어.”

“설사라도 해? 누가 게임하다가 자리를 비워? 이러면 틀림없이 진다고.”

그러자 노아가 끼어들었다.

“그 정도는 파울도 알아. 리그 경력이 백만 년이거든.”

잠시 뒤에 노아가 휴대폰으로 메시지를 보냈다.

너 폭염 때문에 머리가 돈 거 아냐?

그때 베를린 유저가 물었다.

“그런데 얘들아, 불화살 한 방으로 아이스 위즈로브를 죽일 수 있을까?”

"뭐? 설마 지금 젤다의 전설을 동시에 하고 있는 거야?"

HELDENTIM21이 나무라듯 언성을 높이자 베를린 유저가 얼른 대답했다.

"동생이 옆에서 물어봐서."

"난 모르겠는데, 집에 닌텐도 스위치가 없어서. 파울, 넌 있지 않아? 파울? 야!"

노아가 나를 불렀다. 레나는 문 옆에 서서 울고 소파 쪽에서는 "어떻게 해!"라며 법석을 떠는 조피의 목소리가 울렸다. 침실에서 쉬고 있던 어머니의 짜증 섞인 목소리가 뒤를 이었다.

"레나, 조피! 제발 한 시간만 조용히 쉬자. 부탁이니 딱 한 시간만! 오디오북이라도 틀어놓고 놀고 있어."

노아가 나를 가만두지 않을 게 분명했지만 지니를 잃는 것보다는 그 편이 나았다. 나는 정전이라도 된 것처럼 보이게 하려고 게임도 종료하지 않은 채 노트북을 꺼버렸다.

아니나 다를까 곧장 노아의 메시지가 날아들었다.

너 미쳤어? 무슨 짓이야?

나는 휴대폰을 침대 위에 던지고 지니에게 뛰어갔다. 지니는 수건 위에 누워 힘없이 가르랑거리고 있었다. 바닥에는 우유 토사물로 얼룩진 내 스웨터가 구겨진 채 나뒹굴었다.

조피가 자신의 태블릿으로 오디오북을 찾는 동안 레나와

나는 부모님의 태블릿으로 고양이에 관한 모든 것을 닥치는 대로 검색했다.

우유를 먹인 것이 화근인 모양이었다. 하지만 난들 고양이에게 유당불내증이 있다는 사실을 알았겠는가?

그런데 지니는 태어난 지 얼마나 됐지?

나이에 따라 먹는 것도 크게 달라지는 모양이라서, 우리는 지니의 나이를 추정하기 위해 인터넷으로 고양이 사진을 검색했다.

"우리 고양이가 저것보다 큰 것 같아. 살 찐 정도는 이 고양이랑 비슷해 보이고."

레나가 말했다.

"한 4, 5개월쯤 되지 않았을까?"

동생들도 같은 의견이었다. 그러면 더 이상 새끼는 아닌 셈이었다.

"호칭을 바꿔야겠어!"

"뭘 바꾼다고?"

「탐정 삼총사」 시리즈의 주제곡을 따라 부르던 조피가 물었다. 태블릿에서는 "소녀들은 예리한 눈을 가졌지. 결코 포기하지 않는 영리한 소녀들……"이라는 노래가 흘러나오고 있었다.

"아기 고양이라는 명칭은 적절하지 않다는 뜻이야. 그냥 어린 고양이라고 하면 모를까. 아니 잠깐, 여기에 나오는 내용은 또 다르네. 아, 전문가들도 의견이 갈리는 모양이구나."

어쨌거나 우리는 할 일이 많아졌다. 시칠리아에 반려동물 용품을 파는 가게가 있는지조차 알 수 없었다.

구글에 이탈리아어로 반려동물 용품이라고 검색어를 입력하자 섬 곳곳에 빨간색 점들이 나타났다. 그러나 우리가 머물고 있는 지역에는 한 군데도 없었다.

근처 버스 정류장의 맞은편에 있는 슈퍼마켓에 가면 고양이 사료 정도는 틀림없이 있을 것이다.

레나와 나는 고양이를 구한다는 게 그리 만만치 않은 일임을 서서히 실감하고 있었다. 조피만이 태평하게 지니를 쓰다듬으며 「탐정 삼총사」의 주인공들이 사건을 해결하는 이야기에 귀를 기울일 뿐이었다. 태블릿에서는 33화 '눈 속의 입맞춤'이 재생되고 있었다. 화면에는 보라색 썰매가 얼음 위를 질주하는 그림이 떠 있었다. 썰매 위에서는 파란 스웨터를 입은 남자가 채찍을 휘두르고, 분홍색 장갑을 낀 빨간 머리 프란치는 그에게 동경의 눈빛을 보내고 있었다.

"유치하기 짝이 없는 젠더마케팅이로군."

내가 중얼거렸다. 조피와 레나는 아무 반응도 하지 않았다.

"무슨 뜻이니?"

결국 낮잠을 포기한 어머니가 어느새 곁에 서서 물었다. 나

결전의 날

는 태블릿을 가리켰다.

"저라면 지니가 암컷이라고 분홍색 밥그릇을 사주지는 않을 거라고요."

조피의 눈초리가 심상찮은 것을 보고 어머니가 목소리를 낮추어 대답했다.

"마음은 알겠다만 동물들은 어차피 색깔 같은 건 신경도 안 쓸 거야."

"쉿!"

조피가 외쳤다.

나는 자리에서 일어나 어머니와 함께 주방으로 갔다.

"그러면 사람은 뭐가 다른데요? 사람은 영장류 중에서 구세계원숭이에 속하고, 결국은 고양이와 마찬가지로 포유류잖아요."

"다시 가서 낮잠이나 자야겠다."

어머니는 이 한마디를 남기고 다시 침실로 들어가버렸다.

분노에 차서 메시지 폭탄을 퍼붓던 노아도 그새 잠잠해져 있었다. 메시지를 다 읽는 데만도 한 시간은 걸릴 것 같았다. 화난 것도 무리는 아니다. 빨리 골드를 모아서 레이팅을 높여야 하는데 내가 뜬금없이 정전 어쩌고 하며 사라졌으니.

"지니한테 뭘 먹여야 해?"

조피가 오디오북의 재생 중지 버튼을 누르고 물었다. 그 소리가 멎은 것만으로도 살 것 같았다.

나는 구입할 물품 목록을 들여다보았다.

"건식, 습식 사료를 둘 다 사 오고 조리도 직접 해야 해. 레나가 고양이 먹이 조리법을 찾았어."

"뭐가 그렇게 많이 필요해?"

"여러 가지를 조금씩 먹여서 익숙해지게 해야 한대. 여기 그렇게 나와 있어."

나는 태블릿 화면을 가리켰다.

"그리고 생후 몇 개월 동안은 하루 스무 번까지 밤낮으로 먹이를 줘야 하고……."

"내가 밤에 깨어 있을게."

조피가 내 말을 끊었다.

"그럴 필요 없어. 자기 전에 준비해두면 돼."

고양이 돌보기에 관한 정보는 여기까지였다. 다음으로 레나와 나는 고양이의 심리에 관한 글을 읽었다. 머리와 귀, 앞발, 꼬리, 몸통의 특정한 자세가 무슨 의미인지, 절대 건드리면 안 되는 신체 부위가 어디인지, 절대 하면 안 되는 행동은 무엇인지도 설명되어 있었다.

조피의 오디오북에서는 다시 눈사태가 일어나 스키 강사 토니가 실종되는 내용이 흘러나왔다. 그리고 우리의 소녀 탐정 프란치, 킴, 마리가 사건을 파헤치려는 참이었다.

결전의 날

레나와 나는 숙소에서 나와 버스 정류장 맞은편의 작은 슈퍼마켓으로 갔다. 다행히 건식 사료와 캔 먹이 몇 개를 살 수 있었다. 레나가 보채는 바람에 ("지니는 배가 엄청 고플 거야!") 고양이 먹이를 직접 조리하는 데 필요한 재료도 사야 했다.

숙소로 돌아가니 조피의 오디오북에서는 이제 펠리페가 새해를 맞아 프란치에게 사랑 고백을 하는 대목이 흘러나오고 있었다. 나는 어리둥절했다. 그림에서는 프란치가 스키 강사 토니와 함께 썰매를 타고 있지 않았던가? 순진한 애청자들을 혼란에 빠뜨리려는 짓궂은 속임수였나?

"이렇게 단둘 시간에 입 맞추는 게 어때?"

펠리페의 달콤한 속삭임 때문에 하마터면 고양이 토사물 옆에 내 토사물이 추가될 뻔했다.

탐정 소녀들이 오두막에서의 마지막 밤을 즐기는 장면을 끝으로 끔찍한 오디오북이 드디어 끝났다.

휴식을 끝낸 아버지가 주방으로 들어섰을 때 나는 조피, 레나와 함께 김이 모락모락 솟는 냄비 앞에 서 있었다. 지니는 이미 캔 먹이의 절반을 먹어치운 뒤였다.

아버지는 놀라서 입을 딱 벌렸다.

"너희가 요리하는 거니?"

따라온 어머니가 찬장에서 커피잔 두 개를 꺼내며 말했다.

"그거 멋진데. 메뉴는 뭐니?"

양 조절 실패였다. 냄비에는 소고기 500그램, 쌀 세 숟가락, 당근 반 개가 들어간 죽이 끓고 있었다. 많아도 너무 많았다.

"지니 밥이에요."

레나의 말에 부모님은 대꾸조차 않고 커피가 가득 든 컵을 든 채 소파 쪽으로 가버렸다.

집 안에 모처럼 평화가 찾아왔다.

「탐정 삼총사」의 침묵.

동생들의 침묵.

부모님의 침묵.

이번에는 나도 침묵했다.

고양이만이 야옹거리며 텅 빈 밥그릇을 앞발로 툭툭 치고 있었다.

짧은 평화는 어머니의 재채기와 함께 끝났다. 처음에는 한 번, 그리고 연거푸 세 번. 나는 문제가 생겼음을 직감했다.

그로부터 채 한 시간도 지나지 않아 지니는 테라스로 쫓겨났다. 정작 당사자인 지니는 아무렇지 않아 보였으나 동생들과 내게는 괴롭기 짝이 없는 일이었다.

"고양이 알레르기야. 나도 몰랐어."

눈이 새빨개진 어머니가 팔뚝을 피가 나게 긁으며 말했다.

"혹시 심리적인 문제 아닐까요?"

지푸라기라도 잡는 심정으로 의혹을 제기했지만 돌아오는 것은 어머니의 따가운 눈총뿐이었다.

2주일이 흐르고 휴가도 끝날 무렵, 지니는 정원을 이리저리 뛰어다니거나 발톱으로 나무껍질을 긁으며 놀 수 있게 되었다. 쓰다듬어달라는 의미로 배를 드러내고 눕기도 했다.

우리는 별장 주인에게 다섯 달치의 고양이 사료를 맡겼다. 그는 지니에게 먹이를 주고 돌보겠다고 조피와 레나에게 약속하면서 아버지를 향해 못마땅함을 넘어 약간은 분노에 찬 시선을 던졌다. 왜 댁의 딸들에게 거짓말을 하게 만드는 겁니까?라는 눈빛이었다.

공항에 렌터카를 반납하고 세 시간 뒤에 우리는 비행기 안에 앉아 있었다. 나는 어머니의 의지와는 상관없이 굳이 어머니 옆자리에 앉았다.

"시칠리아 고양이들은 평균 수명이 1년 6개월밖에 안 된대요."

"나도 알아!"

어머니가 접이 탁자를 펴며 대꾸했다.

"야생 고양이의 수명은 보통 10년이라고요!"

"그걸 따지려고 내 옆에 앉았구나."

"집고양이는 15년까지도 살아요."

"그만하자. 휴가 초부터 견진성사 문제로 엄마를 달달 볶은 건 벌써 잊어버렸니? 고양이 문제로 입씨름하면서 휴가를 끝맺고 싶지는 않구나."

"지니는 예방주사도 안 맞았어요. 앞으로도 못 맞겠죠."

어머니는 휴대폰으로 뭔가를 검색하더니 입을 열었다.

"자, 여기 나오네! 이탈리아에는 약 4백만 마리의 길고양이가 있는 것으로 추정된대. 이 많은 고양이를 다 구조할 수는 없어."

"그 웹사이트는 저도 알아요. 맞아요, 길고양이가 많은 남유럽 국가에서는 고양이 수를 추정할 때 15를 나누는 값으로 써요. 즉, 그 숫자는 인구수를 15로 나누어 나온 몫이에요."

"길고양이 수를 말하는 거야?"

어머니가 딱히 알고 싶지 않다는 투로 물으며 레나와 조피 곁에 앉은 아버지를 돌아보았다. 나는 어머니를 원망의 눈길로 바라보았다.

"가엾은 지니의 목숨값을 어떻게 숫자로 계산해요?"

"네 아빠한테 자리 좀 바꿔달라고 해야겠다."

어머니가 자리에서 일어나며 말했다. 나는 팔코의 노래를 흥얼대는 것으로 대답을 대신했다.

"오, 지니. 차디찬 세상에 홀로 버려진 작은 소녀여."

결전의 날

외침

심연이 나를 끌어당긴다.
그러나 나는 심연보다 강하다.

— 볼프강 헤른도르프, 『네 위대한
사랑의 그림Bilder deiner großen Liebe』

노아
파울의 가장 친한 친구

가장 친한 친구라고요? 글쎄요, 그렇게 쉽게 말할 문제는 아니라서. 한때 꽤 친하게 지내기는 했죠. 그 뒤에는 같은 반이면서도 서먹해진 채 몇 년을 보냈고요. 원인은 파울이었어요. 제 탓이 아니에요. 그때도 저는 파울을 무척 좋아했으니까요. 그런데 파울에게는 제가 그다지 중요하지 않은 것 같았어요. 적어도 제가 느끼기에는요.

파울의 그 마지막 밤, 그 애의 전화를 받기 전까지 그렇게 생각하고 있었어요. 실은 그 전화도 처음엔 받지 말까 했어요. 그냥 자버렸다면 어땠을지…… 생각하고 싶지도 않아요.

어쨌든 저는 전화를 받았어요. 파울은 한번 말을 시작하면 끝이 없기 때문에 조금 꺼려지기는 했어요. 너무 늦은 시간이라 오래 통화하고 싶지 않았거든요. 코로나로 휴교 중이기는 했지만 그래도 잠은 자야 하잖아요.

그런데 파울은 뭔가 평소와는 달랐어요. 보통 보위라든지 아니면 무슨 일본 만화 작가에 대해 한 시간은 주절댔거든요. 작가의 이름은 잊어버렸지만 설령 기억했어도 저는 발음을 제대로 못 했을 거예요. 파울이야 워낙 일본어가 유창하니까 그 애한테 그런 것쯤은 식은 죽 먹기였어요.

그런데 그날은 파울이 전혀 다른 이야기를 꺼냈어요. 가깝기도 하고 멀기도 했던 우리 사이에 대해서 말이에요.

내가 다 망친 거야라고 했던가.

그 비슷한 말을 했어요.

아니, 생각해보니 정확히 그렇게 말하지는 않았어요. 제가 그렇게 기억하는 것뿐이에요. 제가 그 애라면 그렇게 말했을 테니까요.

저는 무슨 말이든 그냥 나오는 대로 하는 편이에요. 반면에 파울이 하는 말에는 굉장히 많은 의미가 들어가 있었어요.

어쨌든 파울은 제게 무척이나 미안해했어요. 지난 몇 년 동안 저와 더 많은 시간을 보냈어야 했다고, 어쩌다 보니 제게 신경 쓰지 못했다면서 사과하더군요.

저는 괜찮다고 대답했어요. 사과까지 할 필요는 없다고요.

정말 이상하기는 했어요. 파울을 아는 사람이라면 이런 일이 매우 드물다는 것도 알거든요. 사과 같은 것을 할 친구가 아니었어요. 감정을 말로 표현하는 일 자체가 드물다고 해야하나, 드문 정도가 아니라 아예 없었어요.

외침

아니지, 그러고 보니 일본에서 돌아와 정신병원에 입원했다가 나온 뒤에는 조금 달랐어요. 정신병원이라는 말은……파울이 그렇게 불렀어요. 저는 늘 약간 순화해서 병원이라고 했거든요. 그런데 파울은 빙빙 돌려 말하지 않더라고요.

한번은 병원은 어땠어? 친구라도 생겼어?라고 물어봤어요. 그런데 그 말에 파울이 정신병원이야!라면서 흥분하는 거예요.

본인이 굳이 그렇게 부르겠다면야.

친구를 사귀기는 했대요. 그 애들과 정신병원 주제가도 만들었다나요. 들어본 적은 없지만요. 퇴원한 뒤에 통화하다가 파울이 지나가듯 말해서 알았어요.

이렇게 말하면 조금 이상하지만 퇴원한 뒤에는 파울이 감정을 표현하는 일이 늘었어요. 제 추측에는 입원해 있는 동안 뭐가 바뀐 게 아니라 퇴원하고 나서 대마초를 많이 피워서 그랬던 것 같아요. 어떻게 보면 그게 그 애한테는 도움이 된 셈이지요.

저도 해봤다는 말이 아니니 오해하지는 말아주세요. 전 맥주 정도는 마실 줄 알아도 그런 건 안 해요. 반면에 파울은 술이라면 질색을 했어요. 대체 술을 왜 마시는지 이해를 못 했지요. 대신에 대마초 옹호자였어요.

통화하면서도 "위드(대마초를 일컫는 속어 – 역주)…… 위드가 더 필요해!"라는 말을 자주 했어요. 우리 학교 학생 하나가 최

상품 위드를 판매하니 시험 삼아 한번 해보라고 저한테도 권했어요. 하지만 저는 그런 데는 관심이 없어요.

파울은 병원에서 자폐스펙트럼장애 진단을 받았대요. 혹시 조인트(대마초 담배를 일컫는 속어 - 역주) 때문에 자폐스펙트럼 증상이 더 심해진 게 아닐까요?

마지막 통화 때도 대마초에 취해 있다는 게 확연히 느껴졌으니까요.

파울은 감정 표현도 많이 했어요. 누가 자기한테 상처를 주었다느니, 학교의 어떤 점이 너무 신경에 거슬렸다느니, 일본에서는 무슨 일이 있었다느니, 이런 이야기요.

일본에서 어떤 여자애를 좋아하게 되었다는데 듣자 하니 그리 기대할 관계는 아닌 듯했어요. 중국인 여학생이고 이름은 리엔이었대요. 제가 기억하는 건 이게 다예요. 그때 말고는 저와 그런 이야기를 나눈 적이 없어요. 이상하게 들리겠지만 사실이에요.

그날 밤은 거의 불길할 정도로 분위기가 낯설었어요.

저는 그 애가 일본 만화 이야기를 늘어놓을 때와 마찬가지로 그냥 듣기만 했어요. 전 듣기만 하는 것도 상관없었고 또 파울의 이야기가 흥미롭기도 했거든요. 어떻게 지내냐, 요즘은 뭘 하냐고 제 안부를 묻는 법도 없었지만 그런 건 원체 익숙했어요. 그 애와는 처음부터 늘 그랬으니까요.

그렇게 한 시간쯤 지나고 파울이 통화를 끝내더군요. 몹시 졸음이 쏟아지던 참이라 내심 안도하는데 그 애가 한마디를 덧붙였어요. 노아, 너는 내게 최고의 사랑이었어라고요.

이상하게 들리지만 정말 정확히 그렇게 말했어요.

저는 뭐라고 대답해야 할지 몰랐어요. 하지만 그 애가 정말 그런 뜻으로 한 말은 아니었을 거예요. 또 설령 그런 뜻이었다고 해도 전 아무렇지 않아요. 그럼 뭐 어떤가요.

중학교 2학년 때였나 파울이 조이라는 친구와 토론을 벌인 적이 있어요. 동성인 여자애들을 좋아하던 조이는 친구들 앞에서 커밍아웃을 하려 했어요. 저희에게도 누가 동성애자이고 누가 이성애자이며 또 누가 양성애자냐고 물었지요.

그때 파울이 자기는 범성애자라고 대답했어요.

저는 바로 옆에 있었는데 저와 조이를 비롯해 반 아이들 누구도 그게 무슨 뜻인지 알지 못했어요. 파울은 늘 그렇게 선생님들도 알아들을까 말까 한 단어를 썼죠.

조이가 "이성애자가 아니라는 뜻이야?"라고 다시 한번 물었어요.

그러나 파울은 이미 다른 이야기를 하고 있었어요. 지금 생각하면 파울은 논바이너리가 아니었나 싶어요. 한 가지 성별로 자신을 정의하지 않는 사람들 있잖아요.

제가 알기로 파울은 남자든 여자든, 누구와도 사귄 적이 한 번도 없었어요. 물론 당시에 그런 경험이 없는 친구가 파울뿐인 건 아니었죠. 저희 반 아이들은 대부분 고등학교 2학년쯤이 되어서야 연애를 시작했거든요. 파울이 이미 세상을 떠난 뒤였죠.

저는 여자친구에게 파울 이야기를 자주 했어요. 파울이 얼마나 많은 것을 놓쳤는지에 대해서요. 여자친구를 사귄 것은 나중의 일이니 그 애는 파울을 본 적도 없지만, 파울이 어차피 연애에 관심이 없었을 거라고 하더군요.

하지만 제 생각은 달라요.

저는 여자친구에게 당시 실종 수색에 관한 기사와 파울이 발견되었다는 경찰의 발표가 실린 기사를 보여줬어요.

사실 저는 그 실종 수색에 참여하지 않았어요. 수백 명의 자원봉사자가 참여했지만 그중에 저는 없었죠. 그 상황을 감당할 수 없어서 집 안에 틀어박혀 침대에 드러누운 채 내내 울기만 했어요. 파울이 살아서 돌아오지 않으리라는 걸 어렴풋이 느끼고 있었던 것 같아요. 그리고 그 애가 마지막으로 연락한 사람 중 하나가 저였다는 사실을 그제야 깨달았어요.

제가 그 일로 너무 괴로워해서 파울의 부모님도 뒤늦게야 제게 그 이야기를 해주셨어요.

여자친구가 파울에 관해 아는 거라곤 저한테 들은 이야기가 전부예요. 병원에서 어떤 진단을 받았는지, 그런 것도요.

외침

나중에 자폐스펙트럼에 관한 영화를 보고 나서야 여자친구는 파울을 전혀 다른 눈으로 보게 되었어요. 인간관계나 친구관계를 맺는 일이 파울에게 얼마나 어려웠을지 그제야 어렴풋이 짐작이 되었나 봐요.

사실 그런 내용은 구글로 5분만 검색해도 대강 알 수 있어요. 자폐스펙트럼이 발달장애의 일종이고 사회성에 어려움을 겪는다는 정도는. 저도 그때 곧바로 책 몇 권을 주문해서 읽어봤어요.

파울은 자폐스펙트럼 중에서도 아스퍼거증후군이었는데 그것만으로도 많은 게 설명되더군요. 아스퍼거증후군이 있는 사람들은 지나치게 똑똑해서 오히려 문제가 되는 경우가 많다고 하잖아요. 똑똑하면 사람들 앞에서 자신의 본모습을 감추는 데도 능숙하니 아무도 그 뒤에 숨은 문제를 눈치채지 못하죠.

이전까지는 파울이 자폐일 수 있다고 의심한 적이 한 번도 없었어요. 그런데도 그 소식이 전혀 놀랍지 않더라고요. 파울은 좀 너드 같다고나 할까, 아무튼 혼자서 뭔가에 골몰해 있는 때가 많았으니까요. 자기 세계에 갇혀 산 것도 그렇고요.

그렇지만 그 나이 때는 반 아이들 3분의 1이 비슷했어요. 반 전체가 뭉쳐서 뭘 하지도 않았죠. 초등학교 때면 모를까, 중학생쯤 되면 다 그렇지 않나요? 다들 따로 놀잖아요!

뭉쳐 다니는 무리가 서넛쯤 있었는데 무리들끼리는 사이가 그다지 좋지 않았어요. 그 밖에 너드 같은 아이들도 반에 최소 다섯 명은 있었어요.

파울의 문제를 축소하려는 게 아니에요. 파울에게는 실제로 문제가 있었잖아요. 저는 그 애가 정신병원에 입원했을 때, 그러니까 일본에서 돌아온 뒤에야 비로소 그 애가 얼마나 큰 고통을 겪고 있었는지 알게 됐어요.

지금도 그런 생각을 자주 해요. 자폐 진단을 일찍 받았더라면 그 애가 도움을 받을 수 있지 않았을까?

우리 모두가 조금 더 신경 써서 살펴보고 한 번쯤 물어봤더라면 어땠을까?

이 그랬더라면이라는 생각이 아직도 저를 미치게 만들어요.

한편으로는 어차피 파울이 자신을 꽁꽁 감추고 내보이지 않았을 거라는 생각도 들어요. 저도 딱히 그 애를 위해 노력한 게 없으니 이것도 변명밖에 안 되겠지만요.

좋았던 시절의 이야기를 하는 편이 나을까요?

얘기할 수는 있지만 그때 있었던 모든 일을 다른 눈으로 보게 되는 건 어쩔 수 없어요. 제 여자친구처럼 저도 항상 자폐를 염두에 두고 이야기하다 보니 모든 걸 예전과는 다르게 해석하게 되네요.

주말마다 만났던 일도 그중 하나예요. 저는 어렸을 때 축구를 배우느라 일주일에 두 번 훈련을 하러 다녔는데 파울은 축구에 눈곱만큼도 관심이 없었어요. 할 일 없이 공을 쫓아다니는 바보 같은 짓거리로 여겼거든요. 그런데도 제가 경기를 할 때마다 따라오는 거예요!

항상 만화책을 들고 와서 경기장 가장자리에 앉아 있었죠. 처음에는 디즈니 만화책 같은 것을 가져오다가 디즈니에 싫증이 나자 최신 일본 만화를 들고 왔어요. 디즈니 만화는 저도 어릴 적에 즐겨 읽었지만 파울처럼 늦은 나이까지 읽지는 않았어요.

저는 파울이 매번 경기장에 따라와 앉아 있어도 전혀 신경 쓰지 않았어요. 그 애가 와주는 게 오히려 반가웠죠. 진심으로요!

제가 아는 파울은 처음부터 늘 그렇게 자기 세계에 빠져 있는 아이였어요. 파울이 그때 경기 결과를 물어본 적이 있는지도 기억나지 않아요. 제가 경기에서 이겼는지 졌는지도 그 애한테는 관심 밖이었죠. 그럼에도 그냥 와 있었던 거예요.

경기가 끝나면 보통 파울의 집이나 저희 집으로 가서 컴퓨터게임을 하거나 너프건을 가지고 전쟁놀이를 했어요. 저희 집에 파울의 칫솔까지 따로 있을 정도로 그 애는 저희 집에 자주 와서 자고 갔어요. 나중에는 그렇게 만나서 노는 일이 드물어졌지만 여전히 온라인게임은 자주 했어요. 과장이 아니고 리그 오브 레전드만 수백 시간은 했을 거예요.

파울은 다른 모든 것과 마찬가지로 게임에도 천재였어요. 어떻게 하면 특정한 챔피언에게 치명적인 데미지를 입힐 수 있을지 완벽히 계산하고 있을 정도였어요.

게임은 주로 낮에 했지만 가끔 금요일이나 토요일에는 밤 늦게까지 한 적도 있어요. 나중에야 저는 파울이 주중에도 밤 늦도록 혼자 게임을 했다는 걸 알게 됐지요. 그러고도 다음 날 아침 일찍 학교에 왔고 시험만 쳤다 하면 만점짜리 성적표를 들고 유유히 집에 가는 녀석이었어요.

아니지, 유유히가 아니라 뜀박질로 집에 갔다는 표현이 맞겠네요. 그 밖에도 파울은 초등학교 때 쓰던 책가방을 그대로 들고 다니는 유일한 학생이었죠. 등에 멘 초등학생용 책가방을 들썩이며 집으로 달려가는 모습이 괴상하게 보이지 않았다면 거짓말이에요. 몇몇 멍청한 녀석들은 그걸 가지고 놀리기도 했어요.

하지만 파울은 그런 멍청이쯤은 말발로 꼼짝 못 하게 만들 수 있었죠. 그럴 때조차 외래어를 많이 써서 아무도 그 애의 말을 이해할 수 없는 경우가 많았어요. 대명사 정도만 겨우 알아들었을까.

파울과 저 모두 선택 과목으로 라틴어를 배웠는데 그 애는 단어든 문법이든 배우는 속도가 월등하게 빨랐어요. 누가 어

외침

리석은 짓을 하면 **호물루스 엑스 아르길라 에트 루토 픽투스**(Homul-lus ex argilla et luto fictus, 점토와 진흙으로 빚어진 작은 인간)라고 중얼거리는 게 마치 『해리 포터』에 나오는 마법 주문 같았어요.

파울이 나중에 그 문장을 적어줘서 저도 외웠는데 신기한 일이죠. 학교에서 배운 것은 대부분 잊어버렸거든요. 이를테면 독일 초대 대통령이 누구였죠? 성이 H로 시작하는 것 같은데. 누구였나요? 정말로 기억이 안 나요.

생물에서는 유사분열과 감수분열의 차이가 무엇인가 같은 문제가 어렴풋이 기억나는데 주요 내용은 다 잊어버렸어요! 그런데 또 **정원 장식용 난쟁이**를 라틴어로 뭐라고 부르는지는 기억나네요. 왜 이리 쓸데없는 것만 기억나는지.

어쨌거나 파울은 누굴 모욕할 때 곧잘 라틴어를 활용했지만 이 작전도 나중에는 통하지 않았어요. 몇 번 쓰고 난 뒤에는 남들도 무슨 뜻인지 알게 되니 매번 새로운 것을 생각해야 하잖아요.

파울을 날마다 심하게 괴롭히던 녀석이 한 명 있었어요. 그러자 파울은 전략을 바꿔서 그 멍청이의 숙제를 도와주더군요. 심지어 프랑스어 단어 시험을 대신 봐준 적도 있어요. 맨 앞줄에 있던 파울의 자리에서 멍청이가 있는 뒷줄까지 쪽지가 전달되는 것을 봤어요. 녀석은 파울을 이용하고 파울은 성가신 녀석을 해치우기 위해 기꺼이 이용당해준 거죠.

파울에게는 조용히 자기 시간을 갖는 게 아주 중요했나 봐요. 그러니 수업이 끝나면 곧장 집으로 달려갔겠죠. 그쯤이면 스트레스가 한계에 달한 거예요. 저희 반이 또 전교에서도 시끄럽기로 손꼽히는 반이긴 했어요. 선생님들이 하나같이 그런 말을 하면서 저희 반을 피하더라고요. 담임이 계속 바뀌고 바뀐 뒤에도 하나같이 오래 버티지 못했어요.

자폐가 있는 파울에게는 그런 환경이 더 고역이었을 거예요. 소음도 그렇고, 담임이 끊임없이 바뀌는 것도요. 자폐인들은 뭐든 보통 사람들보다 훨씬 강렬하게 받아들인다고 하잖아요.

지금은 그 애가 자폐였다는 것을 아니까 이런 말도 할 수 있는 거겠죠. 파울에게 자폐가 있었다는 것, 그리고 자폐인들에게는 자극이 적은 환경이 필요하다는 것을 알게 되었으니까요. 그들은 과도한 자극을 못 견딘대요. 그걸 알고 나서야 그때 파울이 학교의 소음에서 달아난 거였구나, 싶었어요. 종이 울리자마자 책가방을 낚아채고 쏜살같이 사라지던 것 말이에요.

물론 다른 누군가와 게임 약속을 했거나 집에 살라미피자를 주문해놨거나 다른 무슨 일 때문이었을 수도 있지만요.

그때 그 애가 어떤 상태였는지 잘 상상되지 않아요. 파울이 원체 속내를 내보이지 않던 아이라 그런 것도 있어요.

외침

심지어 우는 것도 딱 두 번밖에 본 적이 없어요. 첫 번째는 초등학교 때였어요. 3학년인가 4학년 때 반장 선거를 하던 날이었죠. 저희는 그 전부터 친하게 지내고 있었고요. 파울은 선거에서 한 표밖에 얻지 못했는데 아마 자기 표였거나 제 표였을 거예요. 지금은 파울 말고 또 누가 후보였는지, 누가 뽑혔는지도 기억이 안 나고 파울이 울던 것만 기억나요.

저는 화장실에 갔다가 우연히 그 모습을 봤어요. 파울이 거울 앞에 서서 눈물을 닦고 있더라고요.

두 번째로 우는 모습을 본 건 중학교 1학년 때, 성적표를 받는 날이었어요. 파울은 항상 A가 가득한 성적표를 받았는데 그날은 유일하게 체육에서 B를 받았더라고요. 그게 파울에게는 충격이었나 봐요.

제 성적은 C로 도배되어 있었기 때문에 저는 도무지 그 애를 이해할 수 없었어요. 왜 꼭 전 과목에서 A를 받아야 하지? 의대에 가고 싶은 거라면 또 모르지만.

부모님이 성적에 엄하셨을까요? 그런 기미는 전혀 못 느꼈어요. 그냥 파울은 완벽주의자였어요.

그렇다고 의사가 되고 싶어 한 건 아니고, 교대에 가고 싶다고 저한테 말한 적이 있어요. 늘 사람들한테 종일 뭘 설명하던 친구니 선생님도 그런대로 어울릴 것 같았죠. 그런데 거기에 또 조건이 붙더군요. 반드시 사립학교 선생님이어야 한

대요! 사립학교 학생들이 더 바르기 때문이라나요. 저는 그 말을 믿지 않았지만 어차피 파울이 제 의견을 들을 것도 아니니 아무 말 않고 넘어갔지요.

여하간 그 두 번 말고는 운 적이 없어요. 제가 아는 한은 말이에요. 심히 좌절하면 울기보다는 다른 행동을 했어요. 이를테면 주먹으로 자기 머리를 마구 친다든지요. 진짜 아파 보였는데 멈추지 않더라고요.

뭔가가 계획대로 되지 않으면 고함을 지르기도 했어요. 수학 문제 한 개만 틀려도 그랬죠.

고함치는 건 사실 멍청이들이나 하는 행동이었는데 파울이 별안간 그런 행동을 해서 저도 무척 놀랐어요.

그래도 그 무렵에는 예전의 멍청이들도 더 이상 파울을 건드리지 않았어요. 앞서 말했듯 그중 한 명과는 친해지기까지 했고요. 단어 시험을 대신 치러준 녀석 말이에요. 물론 그 녀석은 파울을 이용했으니 진짜 우정은 아니었어요. 파울도 그걸 모르진 않았지만 아시다시피 그 애는 그렇게 해서라도 조용히 지내고 싶었던 거예요.

그 밖에는 결코 뒤로 빼는 법이 없었어요. 멍청이들이 괴짜라고 아무리 놀려도 아랑곳하지 않고 선생님들이 뭘 질문하면 항상 손을 들었지요. 왜, 한 번도 손을 들지 않고 늘 조용히 있는 학생들도 있잖아요.

외침

파울의 손은 항상 공중에 떠 있다시피 했어요. 선생님들도 파울에게 배우는 게 많았다면 말 다 했죠.

제가 수학에는 영 소질이 없었던 터라 수학을 예로 들기는 어렵겠네요. 대입 시험에서 수학이 어찌나 끔찍했는지 지금도 악몽을 꾼다니까요. 꿈에서 백지를 제출하기도 하고, 몇 시간이 몇 초처럼 지나간 걸 깨닫고 소스라치기도 하고, 무슨 말인지도 모를 암호가 가득 적힌 시험지를 받아 들기도 해요.

그나마 국어는 괜찮았어요. 최고점에 가까운 성적을 받은 적도 있어요. 그 무렵 저희는 소설 『우리들의 발라카이』를 읽고 주인공들이 별을 바라보는 장면에 대해 아주 오랫동안 토론했답니다. 마이크와 칙이 밤하늘을 보며 외계인에 관해 이야기하는 장면 말이에요. 지금 이 순간에 외계인들도 우리를 바라보고 있을까 하는 내용이었어요.

모두들 그 장면에 푹 빠져서 심지어 멍청이들 무리까지 열심히 귀를 기울였죠. 그런데 파울은 또 혼자 저 멀리 앞서가고 있었어요. 『우리들의 발라카이』보다 훨씬 뒤에 나온 헤른도르프의 최신작까지 이미 다 읽었더라고요.

제목이 『네 위대한 사랑의 그림』인가 그랬는데 이자의 이야기로 이어지는 『우리들의 발라카이』의 후속작이에요. 이자는 쓰레기장에 방치된 소녀였고 전편에서 마이크가 이자를 좋아하는 걸로 나와요. 그런데 그땐 국어 선생님도 이 신작에 대해 모르고 있었어요. 교육과정에 포함되지 않았으니 당연히 몰랐겠죠. 제가 그 책을 예로 드는 이유도 바로 그거예요. 선생이고 학생이고 항상 파울에게서 뭔가를 배웠다는 이야기를 하려고요.

그게 진짜 파울이었어요. 그 애는 쉬지 않고 온갖 것에 대해 설명했고 저도 그런 파울에게 배운 게 많았어요.

그런데 그 친구가 이제 세상에 없네요.

당연한 일이지만 저희 반 아이들도 그 뒤로 파울 이야기를 많이 했어요. 그러면서 전에는 다들 무심히 넘겼던 일들이 하나둘 떠오르더군요.

6학년 아니면 중학교 1학년 때였을 거예요. 파울이 갑자기 나는 열여섯 살에 자살할 거야라고 했죠. 무슨 이야기를 하다가 그런 말이 나온 건지 모르겠어요. 실은 저도 잊고 있었는데 뒤늦게 그 기억을 떠올린 조이가 이야기해줘서 생각난 거예요. 조이는 그즈음에 파울이 스스로 손목을 그은 것도 기억하고 있었어요. 남들이 알아챌 정도도 아니고 여러 번 긋지도 않았지만, 어쨌든 팔에서 피가 났어요. 뭘 가지고 어떻게 그었는지도 전 알아요. 안타까운 일이지만 손목을 긋는 데 대단한 도구가 필요하지는 않거든요. 제가 유튜브에 올릴 자해 영상을 만들 것도 아닌데 그 애는 그걸 하나부터 열까지 구체적으로 설명해주고 시범까지 보이더라고요.

외침

그즈음에 그런 식으로 자해하는 아이들이 반에 몇몇 있었어요. 앞서 여자애들 두 명이 하는 것을 보고 파울도 시작하지 않았나 싶어요. 사실 파울에게는 전혀 어울리지 않는 행동이었어요. 돌이켜보면 나중에 앓은 심한 우울증까지는 아니어도 그때 이미 우울증 초기 단계였던 것 같아요.

뭔가가 파울을 슬프게 만들었고, 그에 대한 반응이 자해로 나타난 거겠지요.

그때 말고는 자해를 한 적이 없고 주먹으로 머리를 치는 정도가 다였어요. 물론 그것도 아프기는 하죠.

그래도 파울이 남을 때린 적은 한 번도 없었어요. 그 멍청이 무리를 비롯해 몇몇 반 아이들이 심심찮게 싸움을 벌일 때도.

남자애들은 워낙 치고받고 싸우는 게 일상이었어요. 어떤 아이는 손목이 부러진 적도 있는데, 사실은 싸우다가 하필 계단 쪽으로 넘어져서 마침 지나가던 생물 선생님 앞으로 굴러 떨어진 거였어요. 그래도 당연히 부모님들이 소환되셨죠. 그 밖에 싸우다가 이가 부러진 애도 있었고요. 저는 멍 한두 개 드는 정도로 그 시기를 넘겼어요.

파울은 주먹을 휘두르는 게 아니라 바게트 쇼를 벌였어요. 거의 매일 슈퍼마켓에서 바게트 한 개를 사 와서 그걸로 다른 아이들을 때린 거예요. 당연히 아프진 않죠. 크림치즈 한 통

도 같이 사 와서 마지막 종이 칠 때쯤이면 바게트는 다 먹어
치우고 없었어요.

파울은 합기도를 오래 배웠는데 남들 앞에서는 그런 티를
내지 않았어요. 저야 당연히 알고 있었죠. 처음에 시범 수업
도 같이 갔는걸요.

그게 정확히 언제였는지도 이제는 가물가물해요. 하지만
마지막으로 파울을 두어 번 만났을 때의 기억은 생생하네요.
그중 한 번은 파울 집에서 묵었어요.

중학교 3학년 때였나? 아무튼 파울이 일본에 가기 전의 일
이에요.

새벽 두세 시까지 게임을 한 뒤에 파울이 자기 침대에 누웠
고 저는 그 옆 바닥에 매트리스를 깔고 누웠어요. 그리고 막
불을 끄려는데 갑자기 그 애가 제 곁에 와서 눕더니 제게 한
팔을 두르더군요. 그냥 갑작스럽게. 그게 다였어요.

우리는 나란히 누운 채 잠들었어요. 다음 날 아침 눈을 떴
을 때 그 애는 자기 침대로 돌아가 있었던가 아니면 이미 컴
퓨터 앞에 앉아 있었던가 그랬어요.

겨울잠에서 깨어

다음 문장은 구간 분할의 세분화가
0에 가까워질 때 적분 가능한 함수의
리만 합이 적분값으로 수렴함을 명시하고 있다.

— 오토 포르스터, 『해석학 1 Analysis 1』

파울
크리스마스 2주 전, 일본에서

똑똑.

똑똑. 똑똑.

나는 문을 열지 않았다. 라이언이 심장마비로 방바닥에 드러누워 있어도, 심지어 내 손에 그를 구할 심장충격기가 있어도 나가지 않을 것이다.

나는 옷장 안에 있었다. 선반에 달아둔 엘이디등 덕분에 적당히 밝았고, 「마리아 온 어 크로스Mary on a Cross」를 틀고 에어팟 볼륨을 최대로 높이면 다른 소음도 차단할 수 있었다.

똑똑. 똑똑. 똑똑.

"그만둬, 라이언!"

똑똑.

한술 더 떠 라이언은 옷장 문을 흔들기 시작했다. 명백히 선을 넘는 행동이었다. 인류 역사에서 선을 넘는 행위는 두 차례의 세계대전까지 일으켰다. 물론 각 전쟁의 이면에는 훨씬 더 많은 본질적인 원인이 숨어 있고 선을 넘은 것, 그러니까 국경선 침범은 트리거가 되었을 뿐이다.

나는 2인실을 함께 배정받던 순간부터 내내 라이언이 거슬렸다. 기숙사에는 1인실이 없다. 기숙사 내에서는 누구도 혼자 있어서는 안 된다는 게 전능한 결정자의 운영 철학이라도 되는 모양이었다. 사전에 그가 심리학 전문가에게 자문은 구했는지 의문이었다.

틀림없이 그 전능한 결정자는 평생 남들과 한방을 같이 써본 적이 없을 것이다. 설령 있다 해도 그 상대가 라이언 같은 캐나다인 룸메이트는 아니었을 것이다. (물론 캐나다인이 다 라이언 같을 거라는 소리는 아니다.)

나를 런던에서 온 폴로 알고 있던 라이언은 방을 배정받은 첫날 아침부터 내게 런던에 관해 천 개쯤 되는 질문을 쏟아냈다. 그리고 깨끗한 하얀 벽을 (초록색 폭포수, 안개 낀 숲 따위의) 유치한 풍경 사진으로 도배하려 들었다. 라이언의 휴대용 마샬 스피커에서는 (저스틴 비버, 빌리 아일리시 등의) 끔찍한 음악이 끊임없이 흘러나왔다. 그것도 모자라 노래를 따라 부르기까지 했는데 (아일리시를 말이다!!!) 정말이지 음치도 그런 음치가 없었다. 욕실이 공용이라는 것은 아는지 모르는지 한번 들어가면 거울을 들여다보느라 나올 줄을 몰랐다. 그중에서도 최악은 룸메이트가 있건 말건 매일 최소한

겨울잠에서 깨어

두 시간씩 방 안에서 엄마와 통화한다는 점이었다. 심지어 통화 중에도 비버와 아일리시의 음악을 시끄럽게 틀어놓고 볼륨조차 낮추지 않았다.

똑똑. 똑똑.

옷장 문 안쪽에 나사 두 개와 노끈으로 잠금장치를 만들어 두었기 때문에 바깥에서는 문을 열 수 없었다.

기숙사 관리인이 이걸 보면 야단법석을 할 게 분명했다. 그러나 관리인에게 옷장 안을 마음대로 들여다볼 권리는 없을 것이다. 혹여 보게 되더라도 안에 무엇이 있는지 함부로 말하고 다녔다가는 분명 골치 아픈 일이 생길 테다.

라이언의 어머니는 내가 옷장 안에서 지낸다는 사실을 알고 있었다. 룸메이트가 약간 정신이 이상한 녀석이라는 이야기를 아들에게 전해 들은 덕분이다. 그러나 나는 그저 촌스러운 사진이 붙어 있지 않은 깨끗한 벽과 수준 높은 음악을 선호하고, 조용히 지내고 싶으며, 내가 필요할 때 화장실을 쓰고 싶은 것뿐이다.

그게 어째서 이상하단 것인가?

라이언의 어머니는 아들의 일이라면 속속들이 다 알고 싶어 했고, 아들은 어머니의 낯 두꺼운 호기심에 장단을 맞춰 온갖 이야기들을 술술 쏟아냈다.

그의 어머니는 아침 식사부터 저녁 식사까지 하루 메뉴를 묻고 맛과 (레몬소스를 곁들인 연어 요리는 맛이 어땠니?) 양까지 (된장국은 몇 그릇이나 먹었니?) 확인했으며, 학교에서는 뭘 배웠는지, 일본어 실력이 얼마나 늘었는지도 궁금해했다. (온종일 틈만 나면 전화를 걸면서 도대체 공부는 언제 하라는 말인가?) 친구가 생겼느냐는 질문에 아들이 네라고 대답하면 그때부터 그 친구들에 관해 꼬치꼬치 묻고 그날 친구들과 무엇을 했는지 알아내려 들었다. 아들이 무슨 책을 읽고 어떤 음악을 듣고 어떤 영화를 보는지도 일일이 말해주어야 직성이 풀리는 모양이었다.

급기야는 아들의 소화 기능에 관해 캐묻는 바람에 나까지 세세한 내용을 알게 되었지만 그것까지는 굳이 언급하고 싶지 않다.

똑똑.

라이언이 이 정도로 천사 같은 인내심을 발휘할 줄은 미처 몰랐다. 나 같은 무신론자가 누굴 천사에 비유하는 것도 이상하지만.

나는 나사에 감겨 있던 노끈을 풀고 옷장 문을 열었다.

눈앞에 나타난 사람은 리엔이었다.

"너 정말 옷장 안에서 지내는 거야?"

리엔이 물었다.

"미안. 라이언이 또 귀찮게 하는 줄 알았어."

겨울잠에서 깨어

"정신 나간 행동이라는 생각 안 들어?"

"무슨 소리. 제 왕국에 오신 것을 환영합니다. 커피나 차라 도 내올까요?"

"그 안에서 잠도 자는 거야? 다리 뻗을 공간도 없어 보이는 데."

"그렇기는 하지만 이렇게 아기 자세를 하고 옆으로 누워서 자면 생각보다 편해. 의학적 관점에서 보면 건강에도 더 좋고. 그렇지 않다면 우리 모두 아홉 달 동안 배 속에서 살아남지 못했겠지."

"선생님하고 상담이라도 해보는 게 어때?"

"무슨 상담?"

리엔은 나를 내려다보며 옷장 문을 다시 똑똑 두드렸다.

"아니, 괜찮아. 이 교육기관의 운영 방침이 이 모양인데 어쩌겠어. 사생활은 없고, 조용한 환경도 보장되지 않고, 우리가 형편없는 곳에 내던져져 있다는 사실을 깨닫지 못하게 하려고 끊임없이 다른 데로 주의를 돌리면서 바쁘게 뭔가를 하게 만드는 것."

"눈이 참 예쁘게 내렸어."

"그거 멋진데. 도쿄에 한 번 더 가야겠다."

"또 한 번 소란을 일으킬 작정이야?"

"어차피 이곳에서 벌어지는 모든 일이 연극인걸, 뭐. 학생들이 뭘 하든 신경 쓸 사람도 없어. 그게 자기들 의무니까 법석을 떠는 거지."

"도쿄에는 쉬는 날에 가도 되잖아."

"그렇게 하면 재미가 없지."

라이언이 장난감 전화기에 대고 이야기하는 어린아이처럼 큰 소리로 통화하며 방 안으로 들어왔다.

"볶음밥이요. 네…… 닭고기도 들어갔을 거예요. 네…… 맛있었어요. 음…… 2인분이요……. 브로콜리랑, 음…… 그리고……."

"곰 똥!"

내가 큰 소리로 외쳤다.

리엔은 나무라는 눈빛으로 나를 바라보고 라이언은 휴대폰을 든 채 잽싸게 욕실로 들어갔다.

나는 한 손으로 턱을 괴고 라이언이라는 인간을 분석하는 심리분석가 흉내를 냈다.

"화장실까지 어머니를 대동하고 가는군. 위대한 프로이트 박사가 이 광경을 보았더라면 뭐라고 했을까?"

리엔이 옷장 앞에 쭈그리고 앉았다. 두 사람이 들어오기에는 옷장이 좁은 탓이었다. 그 애가 나를 흉내 내며 턱을 괴고 말했다.

"프로이트 박사가 옷장 안에 들어가 있는 너를 보면 뭐라고 할까?"

"말이야 바른 말이지, 매일 다섯 시간씩 엄마하고 통화할 거면 도대체 일본에는 왜 온 거야?"

그러자 리엔은 또다시 내 말을 따라 했다.

"말이야 바른 말이지, 옷장 안에 틀어박혀 있을 거면 도대체 일본에는 왜 온 거야?"

나는 손사래를 쳤다.

"심리분석은 여기까지만 합시다, 리엔 교수님. 제 여행자 보험은 상해에 한해서만 보험금을 지불하거든요. 제게 무료로 심리치료를 제공할 마음은 없으시겠죠. 아니면 교수님께서는 지구상에 몇 안 되는 이타주의자 중 한 명이신가요?"

"그냥 작별 인사하려고 온 거야. 언제 비행기 타러 가?"

"내일모레."

"그럼, 메리 크리스마스!"

리엔이 말하고 일어서더니 내 어깨를 가볍게 두드렸다.

그러자 늘 그랬듯 온몸이 경직되기 시작했다. 참으로 곤란한 일이다. 리엔도 눈치챘을 테고, 나도 사실은 정반대의 반응을 보이고 싶은 마음이었다. 이렇게 표현할 수밖에 없을 정도로 마음이 복잡한데 행동으로 옮기는 것은 불가능에 가까웠다.

나 역시 경직된 반응 대신 리엔이 내게 했듯 그의 어깨를 두드려주고 싶었다. 어차피 리엔은 무심히 작별 인사를 건네는 것뿐이니 내 반응에 딱히 신경 쓰지 않을 테지만.

평소에 나는 여동생들조차 안아주지 않았다. 도쿄행 비행기를 타러 공항에 갔을 때 배웅 나온 동생들과 포옹한 게 유일했을 정도니, 리엔이라고 다를 리 없었다.

리엔은 옷장 벽에 다닥다닥 붙은 알록달록한 고양이 스티커를 가리켰다.

"저건 떼는 게 낫지 않을까? 예전에 여기가 유치원이었나?"

"내가 붙인 거야."

"네가 고양이 스티커를 갖고 있다고?"

"고양이를 정말 좋아하거든. 귀엽지 않아?"

"귀엽기야 하지만⋯⋯."

"하지만 뭐?"

"아니야."

리엔은 말을 끊고 자리를 떴다.

"네, 그럼요⋯⋯."

라이언이 여전히 통화를 하며 욕실에서 나왔다. 열린 문 너머로 화장실 물 내려가는 소리가 메아리처럼 울렸다.

"잭슨도 같이 가요⋯⋯ 네, 그 애요⋯⋯. 토론토로 간대요⋯⋯. 경유지는⋯⋯ 뉴욕이요⋯⋯. 네⋯⋯."

그새 방문 앞까지 간 리엔이 다시 한번 나를 향해 돌아섰다.

"그런데 무슨 책을 읽는 거야? 수학 공부하시는 건가요, 괴짜 선생님?"

리엔은 나를 그렇게 불러도 괜찮았다. 그 애라면 무엇을 해도 상관없다. 라이언은 뭘 해도 거슬렸지만 리엔은 뭘 해도 괜찮았다.

나는 리엔에게 책을 들어 보였다.

"『해석학 1』."

리엔은 제목을 소리 내어 읽고 나머지 부분도 읽어보려 했지만 독일어를 모르는 탓에 쉽지 않아 보였다. 나는 리엔을 대신해 읽어주었다.

"하나의 변수에 대한 미분과 적분 계산."

"독일에서 쓰는 교과서야?"

리엔이 재차 물었다.

"아니. 대학교 수학과 전공 교재야. 수학 선생님한테 얻었어."

"일본 유학 생활이 지루할까 봐 어지간히도 걱정하셨나 보네. 정말이지 이상한 괴짜라니까!"

리엔은 말을 마치고 웃으며 나갔다.

리엔이 사라지고 라이언과 나만 남자 순식간에 불쾌한 기분이 들었다. 리엔이 떠나고 나면 이 건물에 정말로 멍청이들만 남을 거라고 생각하니 위경련이 날 것 같았다.

나는 저녁 식사를 걸렀다. 오늘 점심 때도, 어제와 그제도 식당에 가지 않았지만 나를 찾는 사람은 없었다. 리엔조차 아무것도 묻지 않았다.

리엔은 너한테 눈곱만큼도 관심이 없어.

아무도 내가 없다는 것을 눈치채지 못한다.

너는 누구에게든 무의미한 존재야.

음악을 틀었다. 내 머릿속을 잠식하는 이 악랄한 목소리를 잠재울 수 있는 것은 음악뿐이다!

책을 뒤적여 읽다 만 부분을 펼치고 수첩을 꺼내 들었다. 수학은 주의를 다른 데로 돌려준다. 내일모레면 비행기를 탄다. 드디어 집에 가는 것이다.

하지만 이 생각도 편치 못하기는 마찬가지였다. 라이언의 어머니만큼은 아니겠지만 내 부모님 역시 궁금한 게 많을 테니 분명 질문 세례를 쏟아낼 것이다. 나는 지옥 같은 이곳에서 도망치고 싶은 것뿐이다. 딱히 집에 가고 싶은 것은 아니다.

내가 원하는 게 도대체 뭐지?

그건 너와 나 모두 알고 있잖아!

옷장에서 나오니 방 안이 어두컴컴했다. 나는 15분가량을 창문 앞에 꼼짝 않고 서 있었다. 밖에는 아직도 눈이 내리고 있었다. 며칠 동안 그치지 않고 내리는 셈이다.

겨울잠에서 깨어

옆방에서 요란한 소리가 울렸다. 음악이라고 부르고 싶지도 않은 소음에 맞추어 에이버리가 노래를 부르고 있었다. 곡은 형편없었지만 에이버리의 노래 실력이 뛰어나다는 사실은 인정하지 않을 수 없었다.

나는 닛신 라면을 꺼냈다. 마루찬보다 이게 내 입맛에 맞았다. 어떤 라면이 더 맛있냐를 두고 왈가왈부할 상대가 있다면 리엔뿐인데 리엔은 이미 가버린 뒤였다.

몇 시간 동안 아무것도 마시지 않았기 때문에 서둘러 차를 준비했다. 뜨거운 찻물에 입천장이 벗겨져도 나는 개의치 않았다.

옷장 안에 다시 들어가고 싶지는 않았다. 그러나 어떻게든 옆방의 끔찍한 파티 소음에서 달아나야 했다. 방에서 나가려는데 화장실에 가려고 들른 라이언과 또다시 마주쳤다.

"넌 안 올 거야?"

"어딜 말이야? 너 똥 싸는 데?"

"뭐래, 멍청이가. 크리스마스 파티 말이야."

"보나마나 에이버리 방에 모여서 온종일 술이나 퍼마시고 있겠지. 여느 때처럼."

라이언은 웃음을 터뜨렸다.

"그래. 이럴 때 진탕 마셔야지."

"엄마한테 허락은 받았지?"

"꺼져!"

"건배."

나는 짧게 대꾸하고 발걸음을 재촉했다. 어차피 꺼지려던 참이었다. 멀쩡한 정신으로는 그 인간들을 상대하고 싶지 않았고, 정작 내가 일본에 와서 만나고 싶던 일본인들은 자기들끼리 따로 파티를 벌이고 있었다.

어차피 아무도 널 초대하지 않아. 그 사람들에게 너는 공기나 마찬가지야!

라이언은 방에서 나가는 나를 더 이상 붙잡지 않았다.

이 시간에 맨발로 어디를 가느냐고도 묻지 않았다.

네가 안 보이는 거야. 너는 걔한테 아무 의미도 없거든. 너는 누구에게도 의미 없는 존재니까.

나는 정문 옆의 커다란 유리창 앞에 섰다.

눈 내린 외딴 산의 밤 풍경과 술 파티가 한창인 실내 분위기가 묘한 대비를 이루며 스티븐 킹의 『샤이닝』을 연상시켰다. 소설 속 배경은 일본이 아닌 로키산맥이지만.

라이언은 동절기에 문을 닫는 호텔을 관리하게 된 잭 토런스 역할이 어울릴 것 같았다. 아니, 말도 안 되는 상상이다. 이곳의 미치광이는 라이언이 아닌 나고, 라이언은 이 소설에 전혀 들어맞지 않는 인물이니까. 심지어 소설 속에서 토런스가 술을 마셨는지 아니면 금단현상을 겪고 있었는지도 기억나지 않는다.

노아는 언젠가 내게 그 책을 빌려주며 너무나 무서운 이야기라고 말했지만 사실은 죽음에 관한 것 그 이상도 이하도 아니다.

아니, 그것도 틀렸다. 『샤이닝』은 그런 것과는 전혀 상관없다. 내 뇌의 어딘가에서 잠깐 시냅스 연결이 끊어지며 오류가 발생한 모양이다.

맞아. 너는 완전히 돌았어. 넌 아무것도 아니야. 그러니 지금 당장 밖으로 나가!

밖으로 나가는 길에 나는 일부러 전등을 켜지 않았다. 기숙사 뒤편에는 건물의 환한 조명이 닿지 않는 곳이 있다.

창문으로 내다보면 잘 눈에 띄지 않는 그 어두운 곳에는 흉물스러운 쓰레기통이 모여 있었다.

눈 속에 발이 푹푹 빠졌다.

처음에는 발이 시리고 통증이 느껴졌지만 딱히 거슬리지는 않았다.

몇 미터 나아가자 통증은 사라졌다.

발의 감각이 마비된 것 같았다.

나는 숲 가장자리에서 2, 3미터쯤 되는 가장 어두운 곳을 향해 갔다.

그리고 눈 위에 등을 대고 드러누웠다.

반바지와 티셔츠가 금세 눈에 젖었다.

온몸이 사시나무처럼 떨려서 빠르게 심호흡을 해보았다.

들이쉬고, 내쉬고.

들이쉬고…….

그마저도 귀찮았다.

내 몸은 내 의지나 바람과 상관없이 제멋대로 굴고 있었다.

오래 걸리지는 않을 테니 마음을 가다듬어야겠다고 생각했다.

휴대폰과 에어팟이 아직 작동하고 있었다.

나는 고스트의 「라이프 이터널Life Eternal」과 「마리아 온 어 크로스」를 들었다.

보위가 그토록 고통스럽게 배워야 했던 것을 이 스웨덴인들은 처음부터 능숙하게 해냈다. 첫 공연 무대였던 해머 오브 둠 페스티벌에서부터 완벽한 연출을 보여준 이 밴드는 사탄 같은 분위기를 유지하기 위해 이후 수년 동안 오컬트 가면과 의상으로 정체를 감춘 채 활동했다.

물론 시대가 달랐다는 점은 고려해야 한다. 보위는 수십 년이나 앞서서 대범하게 새 길을 개척했고, 나머지는 넘어지고 비틀거리며 겨우 그 뒤를 따르다가…….

하필 이럴 때 휴대폰이 꺼지다니.

그러나 휴대폰이 얼어붙거나 젖은 것은 아니었다. 눈이나

겨울잠에서 깨어

강추위 때문이 아니라 배터리 방전이었다.

그때 부스럭거리는 소리가 들렸다.

추위 때문에 목덜미가 뻣뻣하게 굳어 있었다.

어디서 나는 소리인지 분간이 가지 않았다. 숲 쪽에서 뭔가 움직이는 것을 보고서야 부스럭거리는 소리의 원인이 뭐였는지 알 수 있었다.

리엔이 비행기 시간을 미루고 나와 함께 시간을 조금 더 보내려 돌아온 게 아니었다.

맥주 네 병을 연달아 마신 라이언이 취중에 몸에 받지도 않는 일본 술을 들이키고 눈 위에 토하려고 나온 것도 아니었다.

말로만 듣던 반달가슴곰이 거기 있었다.

곰은 앞발로 눈을 헤치며 곧장 내 쪽으로 다가왔다.

추위에 완전히 얼어붙지는 않았음에도 나는 손가락 하나 까딱할 수 없었다.

폐에 얼음처럼 차디찬 공기가 들어차는 바람에 기침이 나올 것 같았다.

또다시 호흡이 가빠졌다. 곰은 이제 내 옆에 바짝 다가와 있었다.

새까맣고 빽빽한 털이 보이고 곰의 숨소리까지 들릴 정도였다. 곰도 내 숨소리를 듣고 있을 것이다.

심장이 목구멍으로 튀어나올 듯 세차게 쿵쿵댔다. 이윽고 곰의 털이 느껴졌다.

곰은 내 머리끝에서 발끝까지 킁킁대며 냄새를 맡았다.

그러고는 아까처럼 부스럭거리며 멀어졌다.

나는 손가락과 팔다리에 감각이 돌아오는 것을 느끼고서야 눈을 떴다. 공포로 마비되었던 몸이 이완되고 있었다. 내 곁을 떠난 곰은 멀리 가지는 않고 쓰레기통 옆에 있었다.

곰의 상체가 열린 뚜껑 속으로 사라지는 것을 본 나는 벌떡 일어섰다. 발에는 감각이 거의 남아 있지 않았고 다리는 막대기처럼 뻣뻣했지만 온 힘을 다해 기숙사로 되돌아갔다. 쓰레기통을 뒤지는 곰 쪽은 한 번도 돌아보지 않았다.

일단 이불 속에서 몸을 녹인 뒤 바지와 셔츠를 입은 채 샤워기 아래에 서서 뜨거운 물을 틀었다. 거울에 뿌옇게 김이 서리고도 한참이 지날 때까지 그대로 서 있었다.

타일 벽에 물방울이 맺히기 시작할 즈음에는 바닥에 주저앉아 온몸에 쏟아지는 뜨거운 물줄기를 느꼈다.

욕실에서 나오니 라이언이 자기 침대 위에 드러누워 있었다. 곤란하게도 아직 깨어 있었다. 자정이 다 된 시간이라 엄마와 통화하지는 않는 게 그나마 다행이었다. 라이언의 어머니는 늘 일본 현지 시간에 맞추어 전화를 걸었다. 캐나다는 지금 잘 시간이 아니지만 귀한 아들은 곤히 자고 있을 테니 방해하지 않으려는 것이다.

겨울잠에서 깨어

"샤워하다가 잠들었나 했네."

"밖에 나가서 눈 속에서 자살하려고 했어. 그런데 곰이 나타나는 바람에 실패했지."

"넌 진짜 괴상한 녀석이야."

라이언의 말에 불현듯 리엔이 했던 말이 귓가에 울렸다. 정말이지 이상한 괴짜라니까!

불을 끄는 나에게 라이언이 한마디 덧붙였다.

"곰이 나왔다니 말도 안 돼. 걔들은 겨울잠을 자기 때문에 배가 엄청 고픈 게 아닌 이상 나오지 않아. 겨울 내내 잠만 잔다고."

어련할까. 캐나다인이라고 야생동물 박사인 체하기는.

"내가 밖에서 본 곰은 멀쩡하게 깨어 있었어."

나는 이 한마디만 남기고 옷장으로 들어갔다.

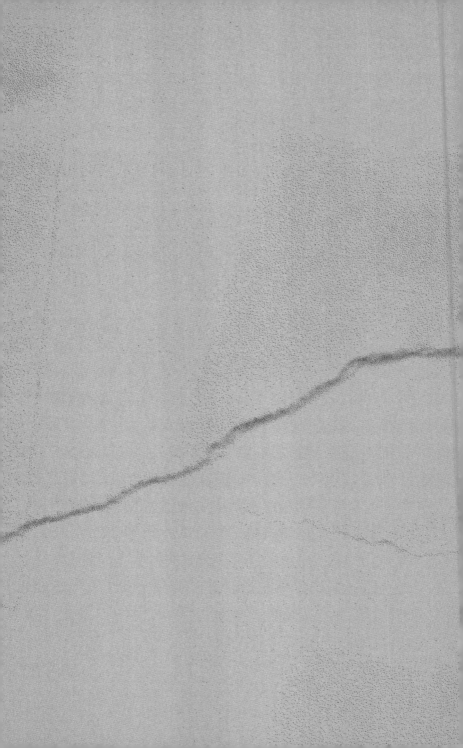

대마초 이야기

목표물을 겨냥하는 망원 조준경을 장착하고
장거리 사격을 위한 총열을 부착하는 행사에
팬들을 초대합니다. 이글포인트 RD-8
블래스터는 어린이들을 무적으로
만들어줄 것입니다.

　　　　─ 장난감 제조사 해즈브로의
　　　　　너프건 제품 페이지

노아
파울의 가장 친한 친구

가장 친한 친구였다는 말은, 앞서도 해명했지만 그냥 그렇다고 해둘게요. 어쨌든 파울은 친구가 별로 없었어요. 많이 필요하지도 않아 보였고. 적어도 제가 느끼기에는 그랬어요.

파울은 2, 3주에 한 번 볼까 말까 한 친구 스무 명을 사귀는 것보다 자주 만나는 친구 한 명만 있으면 그만인 아이였어요. 그러나 파울이 일본에 다녀온 뒤로는 저와 직접 만나는 일도 드물었지요. 전에도 이 이야기를 했던가요?

그래도 저희는 여전히 자주 온라인게임을 함께했고 주로 디스코드 메신저로 대화를 나눴어요. 대부분은 리그 오브 레전드에 관한 대화였죠. 어떤 챔피언, 그러니까 어떤 게임 캐릭터가 게임의 어느 단계에서 유리하다거나 뭐 그런 이야기요.

그즈음에는 그런 것 말고는 딱히 공통 관심사가 없었어요. 저는 친구들과 모여서 노는 것을 좋아했고 중학교 3학년 무렵에는 어떤 여학생과 썸도 탔거든요. 결국은 잘 안 됐지만요. 반면에 파울은 시끌벅적하게 모여서 놀거나 여자친구를 사귀는 일에 관심이 없었어요.

음악 이야기도 딱히 할 수 없었어요. 파울은 자기가 세상만사를 다 아는 메시아라도 되는 듯 행동했고, 자신이 듣는 것만 음악다운 음악이라고 생각하면서 다른 것은 용납조차 하지 않았거든요. 이렇게 말하니 조금 부정적으로 들리네요. 파울이라면 다르게 표현했을 텐데.

저는 파울과 직접 만나지 못해도 상관없었어요. 코로나 팬데믹 첫 해라서 어차피 모든 게 혼란스러웠고 각자 집에 혼자 시간을 보내야 하는 건 다른 친구들에게도 마찬가지였으니까요. 다들 건강했다는 것만도 다행이죠.

휴교령이 내린 첫날에는 모든 게 그럭저럭 순조로워 보였지만 그날뿐이었어요. 온라인수업이 제대로 되지 않았거든요. 선생님들도 2, 3주 만에 포기했어요. 빅블루버튼은 걸핏하면 다운되고, 마이크로소프트 팀즈도 신통치 못했고, 줌은 아예 사용 금지였어요. 개인정보 보호 때문이라는 게 공식적인 이유였지만 제 생각에는 비용이 더 든다는 게 진짜 이유였던 것 같아요.

오프라인으로 대안이 있었냐고요?

뭐가 어떻게 돌아가는 건지 감도 잡을 수 없었어요.

대마초 이야기

제 남동생은 그때 초등학생이었는데 담임 선생님이 과제물을 학생들 집까지 일일이 가져다줬어요. 대단하죠. 반 학생이 스물여섯 명이었는데 그걸 일일이 챙긴 거예요. 그게 무리가 됐는지 코로나가 끝난 뒤에는 건강이 완전히 망가져서 조기 은퇴를 했대요.

저희는 메일로 과제물을 받았어요. 문제를 푼 다음에 사진을 찍어서 다시 메일로 보내야 했는데 아무도 검사를 안 했어요. 그럴 수밖에요. 그렇게 하면 일거리도 늘고 너무 복잡했으니까요.

저희 국어 선생님이 생각나네요. 성함은 잊어버렸지만 어차피 익명으로 말해야 하니 상관없겠죠. 어쨌든 파울과 저는 그 선생님을 무척 좋아했어요. 그분은 의무 교육과정 중에서 문학을 가르쳤고 전에 말씀드렸던 『우리들의 발라카이』를 다룬 것도 그때였어요.

『우리들의 발라카이』는 청소년 권장 도서 중에서 제가 유일하게 읽은 소설이에요. 파울은 당연히 안 읽은 책이 없고요. 책 이야기가 나와서 말인데 저는 중요한 페이지의 모서리를 작게 접어두는 습관이 있거든요. 그런데 파울은 어떤 과목이든 모든 책의 페이지 수까지 기억했어요. 책을 통째로 머릿속에 집어넣은 것처럼.

사흘 전 국어 수업에서 『우리들의 발라카이』의 어느 부분까지 다루었는지, 지난주 수학 시간에 배운 내용이 몇 페이지였는지, 심지어 대부분 아이들에게는 수면제나 다름없던 생물 교과서의 어떤 단원을 정확히 어디까지 다루었는지도 다 외우고 있었어요. 뭘 찾겠다고 책을 뒤적거리는 일은 파울의 사전에는 없었죠. 그 애가 말한 페이지 수는 늘 정확했어요.

국어 선생님 이야기를 하다가 다른 데로 샜네요. 봉쇄 기간에 선생님은 집에서 두 자녀까지 돌보며 온라인수업을 했어요. 둘 다 아들이었는데 첫 온라인수업 때 주방 탁자에서 카메라를 향해 환하게 웃으며 손을 흔드는 모습이 보였지요. 오프라인수업이 재개되었을 때는 선생님도 어마어마하게 홀가분했을 거예요. 저희가 채팅창에 계속해서 하얀 타일을 바른 선생님 댁 주방이나 아이들에 관한 이야기를 썼거든요. 짓궂은 행동이었죠.

파울은 휴교령이 끝난 뒤에도 교실로 돌아오지 않았어요.

일본에서 돌아오고 얼마 지나지 않아 입원했으니 학교에 등교는 할 수 없었지만 병원에서도 수업은 들은 모양이에요. 병원 수업이 어땠는지는 저도 잘 몰라요. 수업을 해주는 특별한 학교 같은 게 있었나 봐요.

파울은 그에 관해 자세히 이야기한 적이 없어요. 퇴원하고 나서 다시 온라인게임을 할 때도 입원 생활에 대해서는 말하고 싶지 않은 눈치였어요.

대마초 이야기

원체 말이 많은 친구다 보니 이상했죠. 병원에서 참 많은 일이 있었나 보다 싶었어요. 아니면 그냥 수치스러웠을 수도 있고 정확한 이유는 모르겠네요.

무슨 진단을 받았다고 잠깐 언급한 게 다예요.

"내가 자폐래"라고 말하더군요. 그리고 "아스퍼거"라고 덧붙였어요. "중증 우울증 진단도 받았어"라고도 했고요.

그게 다였어요. 전 너무 당황해서 아무 말도 할 수 없었어요. 정말 한마디도요!

파울은 그 모든 것을 마치 남의 이야기인 듯 덤덤하게, 지나가는 투로 이야기했어요.

그 외에 병원 이야기라고는 수업에 대해 잠깐 얘기한 게 전부예요. 아주 훌륭한 수학 선생님을 알게 돼서 많이 배웠다나요. 무슨 공식을 드디어 풀었고 무슨 법칙을 이해했다고 했는데 저는 당연히 한마디도 알아들을 수 없었죠.

아무튼 파울과는 일본에 가기 전에도 후에도 학교 이야기를 한 적이 별로 없어요. 그도 그럴 게 저는 공부를 못하는 학생이었고 파울은 너무 뛰어났으니 대화가 통할 리 있나요.

다만 마약에 관해서는 정말 많은 이야기를 했어요. 파울에게는 대마초가 아주 중요한 주제였죠. 일본에 가기 얼마 전부터 시작되더니 다녀오고 나서는 훨씬 더 자주 그 이야기를 꺼냈어요. 일본에서는 마약과 관련된 법이 굉장히 엄격해서 대마초를 구할 수 없었대요. 외국인이 마약을 하다가 걸리면 엄청난 벌금을 물거나 감옥에 가거나 추방당한다고 하더라고요. 제가 들은 건 대충 그 정도예요.

그래도 기숙사에서 술 파티는 종종 있었다는데 제게는 딱히 별다를 것 없는 이야기였어요. 일본 10대들이라고 저희와 다르겠어요? 하지만 파울은 치를 떨더군요. 술은 멍청이들의 마약이고 대마초는 똑똑한 이들의 마약이라면서요. 어련할까요.

저는 차라리 친구들과 어울리며 맥주 한두 잔 마시는 게 낫다고 생각해요. 그래서 파울이 또 마약 이야기를 꺼내면 반박하려고 미리 구글 검색까지 해두었어요.

한번은 게임하던 중에 파울이 뜬금없이 "위드가 필요해!"라고 외치는 거예요. 저는 남동생하고 방을 같이 쓰는데 그때 마침 헤드셋을 끼고 있어서 천만다행이었죠.

"폐암……" 하고 말하려다가 흠칫하며 돌아봤더니 다행히도 동생은 『윔피 키드』를 읽는 데 열중해 있었어요. 저는 파울에게 "……그런 거 너무 많이 하면 폐암 걸려"라고 얼버무렸어요.

저는 파울의 동의를 얻고 디스코드에서 그 애와 한 대화를 녹음해두었어요. 그 애도 자기가 한 대화를 듣는 것을 흥미로워했고요.

대마초 이야기

흐지부지되기는 했지만 한때 저는 게임 팁 같은 것을 알려주는 유튜브 채널을 만들까 고민한 적이 있어요.

잠깐만요. 녹음한 내용을 찾아볼게요.

(노아의 목소리가 먼저 들린다.)

"그런 거 너무 하면 폐암 걸려."

"그렇지 않아. 폐암 발병률이 5.7퍼센트 상승하는 것뿐이지. 반면에 너처럼 술을 자주 마시는 사람은⋯⋯."

"대마초는 고혈압 위험도 높인다던데⋯⋯."

"⋯⋯술도 마찬가지야⋯⋯."

"⋯⋯대마초가 뇌를 손상시켜 정신병을 유발한대. 그리고 여기 또 뭐라고 나와 있냐면⋯⋯."

"나와 있다니, 뭘 읽고 있는 거야?"

"들어보라고!"

"보고 읽는 거잖아!"

(파울과 노아의 웃음소리가 몇 초간 이어지고 파울이 이어 말한다.)

"알코올은 세포를 파괴하고 간을 손상시키고 혈관을 망가뜨리고 식도암과 췌장암과 위염을 유발해. 게다가 맥주에 식물호르몬이 함유되어 있다는 사실도 증명됐지! 그게 뭔지 알아?"

"기다려봐……."

"구글에 검색할 것 없이 내가 설명해줄게. 식물호르몬은 에스트로겐과 유사한 작용을 해. 에스트로겐은 들어봤지?"

"그 뭐냐, 여성호르몬……."

"맞아. 여성호르몬이야. 그래서 맥주를 많이 마시면 가슴이 커지고……."

"말도 안 돼!"

"못 믿겠으면 구글링해봐. 맥주에 들어 있는 식물호르몬은 맥주를 양조할 때 쓰는 홉의 암꽃에서 나와. 자, 그럼 홉이 식물학적으로 무슨 과에 속하는지 우리 대마초 반대 운동가께서 말씀해보실까?"

"무슨 과냐면…… 음…… 약초과인가?"

"홉은 삼과에 속해. 학명은 칸나바케아이야."

"말도 안 돼."

"사실이야."

"그럼 대마초를 피워도 가슴이 커지겠네?"

여기까지만 듣죠.

저희의 대화는 항상 이런 식이었어요. 그래서 녹음본을 삭제하지 않은 거예요. 파울이 저한테 보낸 메시지 몇 개도 남아 있고, 사진도 물론 전부 다 저장해뒀어요.

대마초 이야기

이 사진은 어느 날 수업이 한 시간 비었을 때 찍은 거예요. 파울이 또 한바탕 바게트 쇼를 벌이려고 미리 사둔 바게트를 꺼내는 모습이죠. 하도 자주 쇼를 하니까 그쯤에는 다들 그러려니 했어요. 다 놀고 나면 빵도 다 같이 아니, 최소한 저하고는 나눠 먹었고요.

이 사진은 파울이 일렉기타를 들고 있는 모습이에요. 일본에서 귀국한 뒤에 저한테 보냈는데 이걸 보고 깜짝 놀랐어요. 음악에 관해 잘 아는 친구지만 직접 악기를 연주한다는 건 영 상상이 안 갔거든요. 피아노라면 또 모를까, 일렉기타는 진짜 아니었어요.

실제로 능숙하게 쳤는지 어쨌는지도 몰라요. 듣자 하니 강사가 몇 번 집에 와서 개인 레슨을 받았다더라고요. 그렇게 짧은 시간에 악기를 배우는 게 가능할까 싶었지만 파울은 워낙 뭐든지 순식간에 배웠으니 또 모르죠.

그 애는 정말 남달랐어요. 되고 싶은 것은 뭐든 될 수 있었겠죠. 대학 입시 시험에서 만점을 받는 학생들이 해마다 몇 명은 나오잖아요. 파울도 아마 그랬을 거예요.

학교 선생님들은 그 애가 무척 부담스러웠을걸요. 이전까지 어떤 학생한테도 들어본 적 없는 말을 파울이 시도 때도 없이 쏟아놓았으니까요. 파울이 쓰는 말은 평범한 학생들이 흔히 하는 말과는 달랐어요.

수학 시간에 특히 질문을 많이 했는데 얼마 안 가 혼자서 다른 수학책을 보고 있더군요. 저희같이 평범한 중3 학생들은 볼 일이 없는 책이었어요. 수업이 비는 시간이나 쉬는 시간에도 쉬지 않고 문제를 풀고 있었죠. 제목이 『해석학』이던가. 파울의 말로는 대학교 수학과 전공 교재라는데 그 말을 믿을 수밖에 없었어요. 제 눈에는 무슨 외계어 사전처럼 보였거든요. 목차부터 온통 이해할 수 없는 용어뿐이었어요.

파울은 수학 선생님과 주 1회 일대일 수업을 했어요. 책도 그 선생님한테 받은 거예요. 보나마나 둘이서 어려운 문제를 풀거나 수학과 관련된 주제로 대화를 나누었겠지요.

그 애가 점점 더 아웃사이더가 되어간 것도 사실이에요. 다른 학생들은 쉬는 시간에 인스타그램이나 틱톡을 보느라 바쁜데 파울은 엄청나게 복잡해 보이는 공식을 공책이나 칠판에 끼적이고 있었으니 그럴 수밖에요. 파울은 틱톡이나 인스타그램, 유튜브 따위도 야만적이라고 여겼어요.

저는 파울이 잘난 체하려고 쉬는 시간에 수학 문제를 푼다고 생각했어요. 아니, 이건 조금 지나친 표현인 것 같네요. 고쳐 말하자면 그 애는 관심이 필요했던 것 같아요. 그러나 저희 반에는 그 애의 아인슈타인급 아이큐에 관심을 가질 만한 사람이 많지 않았어요. 그러니 얼마나 외로웠을까요.

가끔은 저한테도 수학 공식에 관해 뭔가를 이야기했는데

대마초 이야기

저는 한마디도 알아듣지 못했어요. 지금도 그중에서 기억나는 것이나 얘기할 만한 것은 하나도 없어요. 아니다, 딱 한 가지 있네요! **부분분수분해**라는 용어는 아직도 기억나요. 너무 생소해 오히려 기억에 남지 않았나 싶어요.

질문하는 것도 소용없었어요. 파울은 설명하는 것을 즐기기는 하지만 상대방이 그걸 듣고 감탄해야 진짜 좋아했거든요. 그런데 수학에 열광하는 사람이 어디 그렇게 많나요.

수학에서 한 번도 빠짐없이 A를 받던 다른 친구 한 명이 파울과 내기를 한 적은 있어요. 저로서는 납득조차 안 가는 내기였죠. 단순히 A를 받는 게 아니라 만점을 받을 수 있느냐가 그 내기였거든요.

이렇다 보니 학교에서 저는 파울을 점점 멀리하게 됐어요. 그 애가 제게서 멀어졌다고 하는 게 맞을지도 몰라요. 정확히 어떻게 멀어졌는지는 잊어버렸어요. 저희가 가장 친했던 때는 어차피 중학교 3학년이 되기 전에 지나갔으니까요.

초등학교 때는 함께 하키를 배운 적도 있지만 파울은 딱히 하키에 재미를 못 느꼈어요. 그다음에는 테니스를 했는데 저는 그런대로 재미있었지만 파울은 공을 다루는 재능이 별로였어요. 그 애는 자기가 최고가 될 수 없는 것에는 금세 흥미를 잃었어요. 적어도 제가 보기에는 그랬어요. 훈련할 때 뭐가 생각대로 안 되면 엄청나게 좌절했거든요.

노아

저는 그다음으로 축구를 배웠고 이후에도 축구클럽에 남았어요. 파울은 저를 따라와서 가장자리에 앉아 있기만 하고, 축구를 워낙 싫어하다 보니 잔디밭에는 한 발짝도 들여놓으려 하지 않았어요. 늘 디즈니 만화책을 가져왔다는 이야기는 지난번에도 했었죠.

파울은 이후 몇 년 동안 일본식 합기도를 배웠어요. 저는 격투기도 파울에게 전혀 어울리지 않는다고 생각했는데, 합기도는 상대방의 힘을 역이용해서 무력화하는 운동이라고 파울이 설명해주더군요. 저도 몇 번 가봤지만 저한테는 영 안맞았어요. 훈련하기 전에 합기도 창시자인 우에시바 모리헤이의 초상화에 대고 허리 숙여 인사하는 것부터가 이상하지 않아요?

합기도의 전통 규율들도 제게는 너무 딱딱하게만 느껴졌어요. 가끔 명상도 했는데 저는 조용히 앉아 있는 일은 딱 질색이에요.

파울이 혹시 합기도를 배우다가 일본 만화를 접하게 된 게 아닐까요? 합기도가 일본 무술이잖아요. 훈련생들 중에도 실제로 일본에 열광하는 아이들이 몇 명 있었고요. 아니면 저와 테니스를 배우던 무렵에 이미 일본 만화 몇 권을 읽었을 수도 있고요.

횡설수설해서 죄송해요. 제가 워낙 모든 일을 시간순으로 정리하는 데 서툴러요.

저는 같이 안 다녔지만 파울은 합기도를 아마 3년 정도 배웠을 거예요.

저희가 함께 땀을 흘린 건 너프건으로 총싸움을 할 때뿐이었어요. 파울의 여동생들이나 제 동생도 가끔 같이했고요. 그런데 크면서 플라스틱 총을 가지고 노는 게 유치하게 느껴져서 중학교 3학년이 되기도 전에 그만뒀어요.

그때 저는 하이퍼 파이어라는 총을 갖고 있었는데 혹시 들어보셨어요? 드럼탄창이 장착돼 있고 초당 다섯 발이 발사되는 반자동 장난감 총이에요. 탄창이 겨우 스물다섯 발이라 총알이 금방 소진되는 게 단점이었어요. 파울은 마구 연사하는 것보다 정확히 조준하는 쪽을 선호했죠. 그 애의 무기는 망원 조준경이 달린 모터식 블래스터였고, 파워를 최대치로 올리면 30미터 밖에 있는 목표물도 날릴 수 있었어요. 그 총은 파울의 집에서 놀 때만 제대로 써먹을 수 있었죠. 파울네 집은 커다란 정원을 비롯해 온갖 것이 다 갖춰진 대저택이었으니까요. 저희 집에는 정원이 없어서 사정거리가 길어봐야 소용없었어요.

파울의 동생들은 너프 총싸움을 할 때만 잠깐씩 봤어요. 그때 말고는 늘 자기들 방에 있었거든요.

그래도 파울은 동생들과 사이가 좋아 보였어요. 동생들 이야기도 자주 했고요. 한 명은 어린 나이부터 핸드볼에 재능이 뛰어났고 다른 한 명은 학교 오케스트라에서 바이올린을 연주한다고 들었어요. 형제들이 다 재능을 타고난 셈이죠. 그런데 파울은 너무 많은 재능을 한꺼번에 타고난 것 같아요. 결국은 지나친 재능이 그 애를 짓누른 게 아닐까요?

파울이 세상을 떠난 뒤에 저는 아스퍼거가 있는 유명인들을 검색해봤어요. 파울이 알았더라면 또 인터넷 검색을 한다고 한마디 했겠죠. 저는 늘 한 군데서 정보를 읽고 넘어가는데 반해 파울은 최소한 세 군데는 살펴보고 출처가 신뢰할 만한지도 확인했어요. 무슨 기준으로 신뢰도를 판단했는지는 모르지만요.

불가능한 일이라는 건 알지만, 시간을 되돌릴 수만 있다면 저는 파울에게 다시 전화를 걸 거예요.

파울의 마지막 밤, 저에게 마지막으로 전화를 걸었던 그때로 돌아갈 수만 있다면 말이에요. 그 전화도 원래는 안 받으려고 했었어요. 하지만 그 애가 통화를 마친 뒤에 뭘 하려던 건지 알았더라면 아마도 전 아스퍼거가 있는 유명인 목록을 줄줄이 읊어주었을 거예요. 빌 게이츠와 스티브 잡스, 그레타 툰베리 같은.

아니, 파울은 정치에는 별 관심이 없었으니 밥 딜런이나 마이클 잭슨, 모차르트 같은 음악가가 낫겠군요!

　　　　　　　　　　　　　　　　대마초 이야기

아니, 이런 음악가들도 파울의 취향은 아니었으니 록 가수이자 커트 코베인의 아내였던 코트니 러브를 말하는 게 나을 것 같기도 하고요. 파울이 커트 코베인 이야기를 많이 했었거든요. 저한테 일렉기타를 든 셀카를 보냈을 즈음에요. 그 전까지는 너바나에 딱히 관심이 있던 것 같진 않아요.

그날로 돌아갈 수만 있다면 아스퍼거가 있는 천재 과학자들의 이름을 들려주고 싶어요. 알베르트 아인슈타인, 마리 퀴리, 아이작 뉴턴, 그밖에도 최소 열 명의 이름을 더 말해줄 거예요.

인터넷 검색으로 알아낸 목록이기는 해도 파울의 그 마지막 밤, 마지막 통화를 되돌릴 수만 있다면 아무리 길어도 기꺼이 다 읽어줄 거예요.

제일 중요한 이름이 하나 남았네요. 포켓 몬스터를 만든 일본인 타지리 사토시요. 파울도 분명 반가워했겠죠.

이름들을 들려주고 나서 이렇게 말할 거예요. **파울, 제발 살아줘. 제발 계속해서 살아가줘!**

파울이 커서 어떤 사람이 되었을지 누가 아나요?

그 이름들이 파울의 마음을 움직일 수 있었을까요?

제가 그렇게 했어도 파울은 어차피 목숨을 끊었을지 모르죠. 오히려 그걸 듣고 더 확신이 생겼을지도 몰라요. 정작 그 애는 아무것도 되고 싶지 않았을지도. 파울이 될 수 있는 모든 것에 대한 생각이 도리어 그를 무겁게 짓누른 건지도.

저같이 평범한 사람들은 그냥 와, 엄청난 재능을 타고났으니 가능성도 엄청나겠구나! 하고 생각하지요.

하지만 당사자에게는 그 재능이 어마어마한 부담일 거예요. 그 무게를 이겨내지 못하고 무릎을 꿇거나 세상에 인정받지 못하고 쓸쓸히 죽어간 천재들이 얼마나 많을까요?

정신질환을 겪는 사람들이 다 천재인 것도, 천재들이 다 정신질환을 겪지는 않는다는 것도 물론 알고 있어요.

행운의 여신이 모든 사람을 찾아가지는 않으니까요.

파울을 불행으로 몰아넣은 게 아스퍼거가 아니라 우울증이었을 수도 있고, 두 가지가 동시에 작용한 것일 수도 있고, 아니면 다른 무엇이었을 수도 있죠. 이랬을 수도, 저랬을 수도, 그랬을 수도, 이런 추측 말고는 아무것도 할 수 없어 미칠 것만 같아요.

지금도 여전히 말이에요.

저도 이런데 파울의 부모님은 도대체 어떤 심정일까요?

그리고 그 애의 동생들은?

추락하는 자들

싸워 물리쳐야 할 것은 오직
우리 내면의 호전적인 정신뿐이다.

— 우에시바 모리헤이

파울
크리스마스 후, 일본

　　　회색. 내게 이곳은 온통 회색빛이었다. 눈(雪)과 기숙사의 회색 벽도 마찬가지였다. 크리스마스 전까지만 해도 기숙사 건물은 푸른색이 아니었나, 나는 심각하게 고민했다.

　사방에 회색 얼굴들이 돌아다녔다. 학생들은 물론 교사들도 회색 얼굴을 하고 있었다.

　색이 사라졌듯이 얼마 안 가 너도 사라질 거야! 이제 네 세상에는 회색만 남았어. 더 이상 아무것도 존재하지 않게 되겠지. 너는 그 정도 가치밖에 안 되는 인간이니까. 도대체 뭘 하러 일본에 돌아왔지? 어째서 너는…….

　요란하게 회색 복도 위를 구르는 캐리어 바퀴 소리가 들렸다. 돌아보니 캐리어를 끌며 나를 향해 미소 짓는 리엔의 얼굴까지도 회색이었다.

　"안녕, 파울. 크리스마스 잘 보냈어?"

　걸음도 멈추지 않고 인사를 건네는 리엔을 보며 나는 끝내 **졌지**와 **지랄 같았어** 중 어느 대답을 고를지 고민했다.

걔는 너한테 아무 관심도 없어!

나는 주어와 목적어와 서술어로 구성된 완전한 문장으로 대답하기 위해 몇 미터쯤 리엔의 뒤를 따라 회색 건물 안을 걸었다. 그러자 리엔이 발걸음을 약간 늦추었다.

어째서 내 메시지에 답장을 하지 않았는지, 전화는 왜 안 받았는지, 이 더운 실내에서 왜 또 손목을 덮는 긴소매 셔츠를 입고 있는지, 왜 자해를 했는지, 왜 아직도 자해를 하는지 물어볼 수도 있었다.

그러나 나는 그런 걸 묻기에 앞서 리엔의 물음에 뭐라고 대답할지 고민했다. 안녕, 파울. 크리스마스 잘 보냈어?

이윽고 나는 입을 열었다.

"크리스마스 잘 보냈냐고? 끝내줬지! 2천 년 전 로마인들에게 눈엣가시 같던 어떤 인물의 탄생일을 축하한답시고 2킬로그램이나 되는 동물의 시체를 먹어치우고, 반짝이를 뿌린 나무를 거실에 세워두고, 비싼 물건들을 알록달록한 종이로 포장하고, 또 내용물을 꺼내겠다고 기껏 포장한 걸 찢어서 쓰레기로 만들고. 정말 끝내주더라니까! 얼마나 뜻깊은 날인지! 게다가 그 귀를 찢어대는 음악은 또 어떻고……."

그리고 나는 독일어로 크리스마스 캐럴을 불렀다.

"오, 기쁘고 축복받은 크리스마스여……."

그리고 또 한 곡.

추락하는 자들

"고요한 밤, 거룩한 밤⋯⋯."

독일어 발음이 신기했는지 아니면 음정도 박자도 맞지 않는 노래가 우스꽝스러워서였는지 리엔은 마침내 걸음을 멈추고 웃음을 터뜨렸다. 그러자 순간적으로나마 그 애의 얼굴에 덮여 있던 회색빛이 걷혔다. 리엔이 싱긋 웃으며 말했다.

"그렇게 멋진 노래를 불렀다고? 중국에 크리스마스 전통이 없는 게 안타깝다."

"무슨 소리. 너희 고향에는 진짜 아름답고 뜻깊은 춘절이 있잖아!"

리엔은 떨떠름한 표정으로 나를 바라봤다. 웃음기가 가신 그 애의 얼굴은 도로 회색빛을 띠었다.

"네가 우리 나라 전통에 대해 아는 게 뭐가 있다고 그래."

"모르긴 왜 몰라. 풍성하게 음식을 차리고 특별한 봉투에 돈을 담아 선물하잖아. 예수그리스도만 없을 뿐 크리스마스와 별반 다를 게 없지."

"파울, 그만둬."

나는 다시금 발걸음을 옮기는 리엔의 캐리어를 가로막았다. 아무 생각 없이 거의 반사적으로 한 행동이었다. 그냥 리엔과 조금 더 이야기하고 싶었다.

그러면서 리엔을 난처하게 만들고 있잖아! 두렵게 만든다고! 그 애는 너에게서 달아나고 싶을걸!

"너희 춘절의 역사를 보면……."

"우리 나라에 대해서 이러쿵저러쿵하지 마!"

"춘절 그믐이 되면 굶주린 요괴가 산에서 기어 내려왔다지. 용과 사자와 코끼리를 섞어놓은 것 같은 괴물이. 그게 해마다 맛있는 인간들을 잡아먹고……."

"그만하라니까!"

괴물은 너야, 파울!

"그런데 어디선가 요란한 소리가 들리자 괴물이 달아났어. 그래서 매년 춘절이면 폭죽을 터뜨려……."

커다란 캐리어가 내 발 옆을 스치고 지나갔다. 리엔이 방 안으로 사라진 뒤에야 나는 그 애에게 방학을 어떻게 보냈는지 물어보지 않았음을 깨달았다.

무얼 하며 방학을 보냈는지, 가족들은 잘 지내는지, 샤먼의 날씨는 어땠는지.

지극히 평범한 이런 질문들. 내 머릿속에는 떠오르지 않는 질문들. 그래서 한 번도 사람들에게 물어본 적 없는 것들. 그렇게 사람들에게 다가가고 공감하고 그들과 어울리는 것이 내게는 어렵기만 하다.

그러니까 네가 비정상이라는 거야. 너는 미치광이야.

리엔의 방문을 멍하니 보고 있는데 누군가 망치질이라도 하듯 어깨를 세게 두드리는 바람에 나는 소스라치게 놀랐다.

추락하는 자들

"안녕, 영국 신사."

라이언이었다. 방학 동안 체중이 최소 5킬로그램은 늘어난 듯 보였다. 회색 얼굴 곳곳에 늘어진 회색 살덩이가 금방이라도 뚝뚝 떨어질 것 같았다.

"런던은 어땠어? 또 내내 비가 내리디?"

그가 내 가방에 꽂혀 있던 우산을 빼어 들며 물었다.

"군것질을 너무 많이 한 거 아니야, 라이언? 엄마는 안녕하시고?"

나는 대답 대신 되물었다. 런던에 관한 그의 비아냥거림은 무시한 지 오래였다.

라이언은 런던 출신이라는 내 말이 장난이었다는 것을 전교생 중에서 가장 늦게 알아차렸다. 이렇게 나를 달달 볶아대는 것도 그 때문이었다. 내 룸메이트인데도 그 말이 거짓이라는 것을 까맣게 모른 것도 모자라, 런던의 귀족 가문 출신이라는 내 말을 그대로 믿고 특별히 관심까지 보였으니 창피할 만도 했다. 모전자전이라더니 라이언의 어머니도 아들이 영국 귀족과 한방을 쓴다는 말에 엄청나게 흥분했었다.

마테오도 한때 내 장난에 합세해 일본에 오기 전에 런던에서 나를 만난 적이 있다고 떠들었다. 그 말을 듣고 엄청난 우연이라며 흥분하는 라이언에게 마테오는 자기 할아버지가 영국인이므로 우연은 아니라고 덧붙였다.

파울

한마디로 라이언을 속이는 것은 식은 죽 먹기였다. 근본 없는 출처 하나만 들이대도 뭐든 믿어버리는 게 노아와 비슷한 구석이 있었다. 심지어 마테오와 나, 두 사람이 같은 말을 하니 라이언에게는 출처가 두 군데였던 셈이다.

나는 우산을 돌려받기 위해 라이언에게 한 걸음 다가가 손을 뻗었다.

"내 우산 돌려줘!"

라이언은 느릿하게 우산을 펼쳤다.

"주기 싫다면요, 귀족 도련님? 그럼 어쩌실 건가요?"

에이버리가 우리 곁으로 다가오더니 터질 듯 짐을 넣은 회색 배낭을 바닥에 털썩 내려놓았다. 무슨 일인지 궁금한 모양이었다. 잭슨도 (회색 캐리어를 끌고) 다가왔고 (회색 스포츠 가방을 들고 지나가던) 미사키도 걸음을 멈추었다.

에이버리와 잭슨, 미사키가 라이언과 나를 동그랗게 둘러싸고 있는 모양새였다. 물론 세 점이 원을 이루는 것은 수학적으로 불가능하지만.

마치 미국 하이틴영화의 한 장면 같았다. 사물함이 늘어선 넓은 복도를 배경으로 서로 다른 야구팀에 소속된 두 학생이 주먹질을 벌이기 일보직전인.

주먹질이라. 그래, 이제 라이언이 너를 때려눕힐 일만 남았군.

시끄러워, 이 망할 목소리야.

모두가 보는 앞에서 너를 패대기칠 거야.

닥쳐!

아무도 널 도와주지 않겠지.

라이언이 머리 위로 우산을 활짝 펼쳤다.

"뭐 하세요, 영국 귀족 도련님. 우산 받아 가셔야지요. 손이 안 닿는 모양이지? 영국 난쟁이 녀석아!"

들었지? 너는 난쟁이야. 모두가 들었다고! 넌 회색 난쟁이야.

"왜 파울을 괴롭히고 그래."

에이버리가 끼어들었다. 미사키는 원을 허물어뜨리며 라이언에게 다가갔다.

"이제 그만해."

잭슨은 누구 편을 들어야 할지 고민되는 모양이었다. 라이언과는 겨울방학 전에 술 파티까지 즐길 정도로 친했지만 나는 고작해야 수업 시간에나 보는 사이니까. 잭슨에게 술을 안 마시는 나는 관심 밖에 있는 대상이었다.

"이 영국 난쟁이는 싸우고 싶은 모양인데, 왜. 안 그래? 싸움꾼 난쟁이잖아, 너?"

라이언이 비아냥거렸다.

싸움꾼한테 얻어맞는 난쟁이겠지.

정문 쪽을 살펴봤지만 우리 외에는 아무도 보이지 않았다.

마테오가 있었으면 좋았을 것을. 그 애라면 내 편을 들어줄 것 같았다. 나는 겨울방학 전 눈 내리던 칙칙한 며칠을 마테오와 어울려서 보냈다. 추운 날씨 때문에 밖에 나가는 사람이 아무도 없었고, 마침 기타를 갖고 있던 마테오가 내게 리프를 몇 개 가르쳐준 것이다.

그러나 마테오는 아직 공항에 있거나 기차를 타고 오는 중이거나 일본의 혹독한 겨울이 싫어 스페인에 눌러앉아 있는 모양이었다. 그것도 아니면 산타클로스에게 잡아먹혔을지도 모른다.

그새 라이언은 우산을 접은 채 들고 있었다. 드디어 돌려주려나 보다 생각하는 찰나, 라이언이 우산을 휘두르려는 자세를 취했다. 그러더니 어디를 먼저 공격할지 고민하는 듯 잠시 뜸을 들였다.

머리를 칠까, 팔을 칠까, 다리를 칠까, 아니면 곧바로 배에다 구멍을 내버릴까?

넌 어차피 질 거야. 모두가 보는 앞에서 말이지!

"라이언, 그만하라니까!"

미사키의 고함 소리와 동시에 에이버리는 교무실 쪽으로 달려갔고 잭슨은 휴대폰을 꺼내어 동영상을 찍기 시작했다. 나는 음흉한 얼굴로 빙글거리는 라이언에게 손목뒤집기 기술을 쓰기로 하고 자세를 잡았다.

손목뒤집기는 간단한 기초 기술이지만, 손목을 너무 일찍

추락하는 자들

비틀면 우산을 미처 빼앗기 전에 라이언이 바닥으로 나가떨어질 수 있으니 주의해야 한다. 그렇게 되면 애써 시도한 기술도 물거품이 될 것이다.

너 따위가 무슨 손목뒤집기 기술을 쓴다는 거야! 넌 못 해!

"싸움꾼 난쟁이가 잠들었나?"

라이언이 다시 한번 우산을 휘두르며 비아냥거렸다. 그러나 아직 나를 때리지는 않았으므로 나는 합기도 자세를 취한 채 그가 먼저 공격하기를 기다렸다. 합기도는 격투기가 아니고 호신술이니까.

합기도고 뭐고 다 잊어버렸잖아. 넌 어차피 질 거니까!

나는 바닥을 살펴보며 장애물이 없는 적당한 곳을 찾았다. 라이언이 멍청하게 발버둥을 치지만 않으면 머리부터 메다꽂히지 않고 꽤 반듯이 등을 대고 안전하게 착지할 수 있을 것이다. 그러면 여유롭게 복부 위로 팔을 비틀 수 있다.

어차피 네가……

훈련장처럼 푹신한 매트가 깔려 있지 않아 유감이지만 지금은 어쩔 수 없다.

"뭐 하는 거야? 가라테 난쟁이인가?"

라이언이 비웃었다.

……질 거야!

노아는 합기도 훈련을 세 번 하고 포기했다. 뭐든 혼자 하는 편을 선호하는 나와 달리 그 애한테는 팀 스포츠가 더 잘 맞았기 때문에 나는 크게 신경 쓰지 않았다. 물론 훈련할 때는 파트너가 필요하지만 그래도 합기도는 상대방보다 자신에게 집중할 수 있는 스포츠다.

질 거야! 질 거야! 질 거라고!

끊임없이 허리 숙여 인사하는 것과 수많은 규칙, 끝없는 반복 훈련, 온갖 기술에 노아는 금세 질려버렸다. 나는 뭐든지 쉽게 기억하기 때문에 그런 것은 어렵지 않았지만 딱히 합기도가 좋다기보다는 스포츠 한 종목을 배우는 게 의무라서 그냥 배운 것뿐이었다. 아이들을 스포츠클럽에 가입시키는 것이 우리 집에서는 불문율이었다. 조피는 공이라는 단어를 겨우 발음하기 시작한 무렵부터 핸드볼을 배웠고 레나는 육상 선수였다.

다들 너를 비웃을 거야!

마침내 라이언이 재차 우산을 휘두르듯 치켜들었다. 다음 순간, 라이언은 이미 바닥에 드러누운 채 알아들을 수 없는 말로 미친 듯이 고함을 내지르고 있었다.

엄마를 부른 것 같지는 않은데, 뭐였지? 싸움꾼 난쟁이라는 소리는 쏙 들어갔을 테니 그것도 아닐 테고.

너는 이제 퇴학이야! 집으로 쫓겨나겠지. 일본에 오는 것도 끝이야. 넌 끝났어!

추락하는 자들

"끝내준다."

잭슨이 말하며 휴대폰을 집어넣었다.

미사키는 감탄한 표정으로 고개만 끄덕였다.

라이언은 깔끔하게 공중회전을 하며 자신의 역할을 완벽하게 수행했다. 떨어질 때 요란한 소리가 나기는 했지만 정확히 등을 대고 착지했으니 약간 멍드는 정도로 끝날 것이다.

합기도 훈련을 할 때 어떤 아이는 손목이 부러지기도 했다. 그러나 나는 바닥에 뻗은 라이언의 팔을 적당히 비틀어 잡은 채 비명 소리가 잠잠해질 때까지 기다릴 작정이었다.

"이 녀석들, 그만두지 못해!"

귀에 익은 목소리가 울렸다. 교무실의 회색 문으로 일본어 교사 나나미가 뛰어나오고 에이버리가 뒤를 따랐다.

"이 자식 미쳤어요! 미친놈이라고요!"

라이언의 찢어지는 고함에 팔을 놓아주었다. 그런데도 라이언은 계속해서 징징댔다.

"이 자식이 갑자기 덤벼들었어요."

나나미는 라이언을 거들떠도 안 보고 나에게 말했다.

"완벽한 손목뒤집기 기술인걸."

"뭐라고요? 파울이 갑자기 덤벼들었…….'

라이언이 잭슨의 부축을 받아 몸을 일으키며 끼어들었다.

"합기도는 방어 기술이지 공격 기술이 아니야."

나나미가 딱 잘라 말하고는 단호한 눈빛으로 나를 바라봤다.

"파울, 우에시바 모리헤이가 남긴 명언 기억하니?"

"누구요?"

라이언이 또 나섰다.

"정확히 어떤 말을 인용하시려는 거죠?"

나는 나나미에게 되물었다. 우에시바가 남긴 명언만 수백 가지는 될 테니 말이다. 게다가 매 훈련마다 사람들이 만들어 낸 가짜 명언들이 꾸준히 추가되고 있었다. 적어도 내가 다닌 합기도장에서는 그랬다. 이를테면 경기 전에 먹는 견과류 초콜릿은 에너지를 최대치로 끌어올린다라는 명언은 내가 만들었다. 경기 후에 마시는 맥주는 뭉친 근육을 풀어준다라는 말도 있는데, 당연히 내가 만든 건 아니다.

"너를 공격하는 자의 마음을 사로잡아라."

나나미가 말했다.

들어본 적 없는 명언이었다. 어쩌면 나나미가 방금 생각해 낸 것인지도 모른다.

"그래서 우에시 모리가 누군데요!"

라이언의 닦달에 미사키가 나서서 고쳐주었다.

"우에시바 모리헤이야."

"너희 엄마 애인."

내 말에 라이언은 또다시 우산을 빼앗으려 덤벼들었다. 나나미가 그를 가로막았다.

"이제 그만! 힘이 남아도는 모양이니 혹시 힘쓸 일이 있나 건물 관리인에게 물어봐야겠다. 따라와."

밤이 이슥해서야 라이언과 나는 녹초가 된 채 방으로 돌아왔다. 둘 사이에는 침묵이 흘렀다. 휴대폰이 울렸지만 라이언은 무시했다. 전화벨이 다섯 번째 울렸을 때에야 그는 전화를 받았다.

"피곤해서요."

보나마나 그의 어머니였다.

"……샤워하고요…… 샤워만 할 거예요……."

"……네, 자야죠……."

"아니에요. 저녁은 먹었고……."

"파스타였어요. 채소가 들어간 파스타랑…… 뭐라고요?"

"파프리카였나……."

"정말 피곤해서 그래요. 네, 많이 마셨고……."

"……물하고 주스 같은 거…… 아니요, 물……."

그러고 나서 그는 전화를 끊었다. 놀랍게도 겨우 2분 만이었다! 라이언은 회색 휴대폰을 무음으로 설정해두고 욕실에 들어갔다. 아마도 라이언의 어머니는 아들 걱정에 안절부절 못하다가 교장실에 전화하거나 곧장 일본 긴급 신고 번호로 전화를 걸지도 모른다.

관리인이 시킨 일을 하느라 지쳐 있기는 나도 마찬가지였다. 미성년자 노동 착취로 신고해도 될 것 같았다. 앞뜰에 쌓인 회색 눈을 쓸어내는 일은 그래도 할 만했지만, 회색 트럭이 싣고 온 한 달치 식재료를 지하 저장 창고로 나르고 새 회색 책상들을 회색 교무실로 옮기는 일은 중노동이나 다름없었다.

"잘 자라."

라이언이 툭 내뱉더니 몸의 물기도 제대로 닦지 않은 채 침대에 쓰러지듯 드러누웠다.

방금 잘 자라라고 한 건가?

그 애가 그런 말을 한 건 처음이었다.

착각한 거야! 넌 늘 그러잖아!

잠시 라이언을 바라보던 나는 대답하지 않기로 결정했다. 샤워도 안 하기로 하고 그냥 옷장 안으로 들어갔다.

그래, 거기에나 처박혀 있어.

나는 엘이디등을 켰다.

불 꺼.

노르스름한 조명이 회색빛을 밀어냈다. 나는 『해석학 1』과 수첩과 연필을 찾아 들었다.

그건 왜?

리엔이 몰래 옷장 문을 열고 내 수첩에 뭔가를 끄적이는 모습 그리고 수첩에 남겨진 리엔의 흔적을 상상해보았다.

하트라든가 아니면 그런 유치한 것 말고 안녕, **용감한 난쟁이** 같은 말이라도 좋았다. 내가 라이언을 제압했다는 소문이 그새 리엔의 귀에도 들어갔을지 모르니까.

그러나 회색 종이 위에는 내가 쓴 회색 수학 공식만 가득할 뿐 리엔의 글씨는 보이지 않았다.

나는 에어팟을 끼고 프랭크 자파가 부른 「브로큰 하츠 아포 애스호울스Broken Hearts Are For Assholes」를 찾아 재생했다. 지금의 나에게 꽤 잘 어울리는 곡이었다.

자파라니. 그래, 그 녀석도 너처럼 미치광이였지. 너보다 더한 약쟁이였고!

곡이 끝나기도 전에 잠들었던 나는 두어 시간 뒤 오른쪽 종아리에 쥐가 나는 바람에 잠에서 깼다. 조명이 여전히 옷장 안을 환히 밝히고 있었다.

너무 비좁기는 하지만……

……너는 그 이상을 누릴 가치도 없어.

……그래도 이 안에서는 조용히 쉴 수도 있고, 색깔도 조금 돌아오니까.

프랭크 자파의 곡에서 출발한 스포티파이의 알고리즘은 뜬금없게도 너바나까지 와 있었다. 내가 잠든 사이에 벌어진 일이라 알고리즘이 어떤 경로를 따라 흘렀는지 알 길이 없었다.

마테오에게 기타를 배운 것 때문일 수도 있지만, 아무려면 어떠랴.

나는 휴대폰과 엘이디등을 껐다.

너는 언제쯤 꺼질 작정인데?

스페이스

"이렇게 표현하면 어떨까."
캥거루가 말했다.
"특히나 크리스마스에는 말이야,
계시를 받고 싶다면 마약을
아낌없이 써야 하지……."

— 마크-우베 클링,
『캥거루 선언문Das Känguru-Manifest』

파울
크리스마스 직전, 독일

어머니는 레나, 조피를 데리고 입국장에 마중 나와 있었다. 동생들이 쓰고 있는 빨간색 사슴 모자, 정확히 말해 천으로 만든 뿔이 달린 털모자가 눈에 들어온 순간 나는 좋지 않은 말이 터져 나오려는 것을 가까스로 참았다.

아니, 너희 유급당해서 유치원으로 다시 돌아가기라도 한 거니?

독일은 지금 크리스마스가 아니라 카니발 시즌인가 보네?

동생들은 내 이런 말버릇에 익숙하지만 그렇다고 나오는 대로 말을 던지고 싶은 마음은 없었다. 차에 탈 때까지라도 참을 작정이었다.

비행기가 활주로 가까이 내려올 때, 나는 보위의 음악을 틀고 볼륨을 높였다. 내게는 그때가 비행 시간 중 가장 부담스러운 순간이다. 비행기가 멈춰 서기 무섭게 승객들이 튕기듯 일어나 비좁은 통로를 채우고 무거운 캐리어를 든 채 (기내에서 핵폭탄이 발견되기라도 한 것처럼) 한꺼번에 출구로 몰려드는 순간. 빨리 나가봐야 어차피 수하물을 찾으려 한참을 기다려야 할 텐데도 말이다.

나는 항상 기내가 텅 빌 때까지 자리에 앉아 기다렸다.

네가 바로 폭탄이야! 언제 터질지 모르는 시한폭탄이라고!

"파울!"

어머니의 목소리가 들렸다. 동생들은 사슴뿔이 달랑거리도록 깡충깡충 뛰며 기뻐했다. 세 사람이 한꺼번에 달려들어 껴안는 바람에 나는 팔을 어디에 둘지 몰라 허둥거렸다.

포옹도 포옹이지만 무엇보다도 공항을 가득 채운 인파가 내게는 극도의 스트레스였다.

"일단 차로 가는 게 어때요?"

내가 말했다. 어머니는 나 대신 캐리어를 끌고 걸었다. 조피가 내 가방에 꽂혀 있던 우산을 빼어 들었다.

"이거야, 이거!"

흥분해서 소리치는 조피의 머리 위에서 또다시 사슴뿔이 달랑거렸다.

다들 유치하기 짝이 없구나. 너도 마찬가지고! 역겨워!

"일본에 비가 많이 왔니? 사진에는 눈밖에 안 보이던데."

어머니가 물었다. 그러자 조피가 나무라듯 외쳤다.

"엄마! 이건 파울 오빠의 방패우산이에요!"

"방패우산?"

"일단 차에 가서 얘기하면 안 될까요?"

나는 거의 애원하듯 물었다. 붐비는 입국장에 단 1초도 더 머물고 싶지 않았다.

주차장으로 가는 길에 조피는 내가 이메일에 썼던 우산 이야기를 떠들었다. 깊은 숲속에서 만난 늙은 사무라이에게 선물 받았으며, 이걸 쓰고 다니면 숲의 정령에게 들키지 않을 수 있기 때문에 일본에서는 이 마법의 우산이 매우 중요하다는 이야기였다.

"그거 참 재미있구나."

어머니의 말에 레나가 한심하다는 투로 물었다.

"그런 헛소리를 정말 믿는 거야?"

"당연히 그건 아니지. 하지만 오빠의 이야기가 마음에 들었단 말이야."

조피가 변명하자 레나는 또다시 새침하게 입을 열었다.

"그 늙은 사무라이가 왜……."

나는 레나의 말을 끊고 설명했다.

"늙은 사무라이 유령이었어. 아주 오래 전에 살았던 사람이고 이름은 오다 노부나가……."

역겨워서 못 들어주겠네. 네가 만들어낸 이야기조차도 역겨워.

"유령이 어떻게 우산을 줘? 옛날에는 우산 같은 건 없었잖아!"

"유럽은 후진 지역이었으니까 그렇지. 아시아에서는 아주 옛날부터 우산을 썼어."

내 설명을 들은 레나가 조피에게서 우산을 빼앗았다.

"이런 플라스틱 우산을 썼다고?"

"당연히 아니지. 내가 오다 노부나가에게 받은 건 주목 나무 뿌리였는데 노부나가가 거기에 주술을 걸어두었기 때문에 이 멋진 방패우산으로 변신한 거야."

진땀을 흘리던 나는 자동차에 타서야 내심 안도했다. 그런데 차가 미처 출발하기도 전에 레나가 심문을 이어갔다.

"주목 나무? 그럼 그냥 그걸로 마법 지팡이를 만들어서 줘도 됐잖아?"

"그래, 왜 그러지 않았을까?"

고속도로 진입로에 들어서던 어머니가 불쑥 끼어들었다.

"모르겠는데요."

레나가 대답했다.

"『해리 포터』!"

이번에는 조피였다. 나는 『해리 포터』를 졸업한 지 이미 오래라 도무지 무슨 말인지 알 수 없었다.

"에이, 잘 생각해봐!"

어머니가 말했다. 어릴 적에 나는 어머니와 함께 밤늦도록

스페이스

『해리 포터』 시리즈를 읽곤 했다. 레나, 조피와도 그 모든 과정을 한 번 더 반복한 어머니는 이제 살아 있는 호그와트 백과사전이나 다름없었다.

"볼드모트의 지팡이가 주목 나무였나?"

레나가 물었다.

"앗! 그걸 말하면 어떻게 해!"

조피가 부러 호들갑을 떨며 외쳤다.

임페리우스! 크루시오! 아바다 케다브라!

휴대폰으로 검색하니 주목 나무로 만든 지팡이는 지니 위즐리의 것이었다. 그러나 나는 오다 노부나가와 숲의 정령 이야기가 뒤죽박죽될까 봐 짐짓 맞장구를 쳤다.

"그래, 맞아. 볼드모트! 그래서 그 늙은 사무라이가 나한테 마법 지팡이를 주지 않고 이 멋진 방패우산을 준 거야."

"오빠는 방패우산으로 뭘 막아?"

레나가 드디어 내 이야기에 동참하기 시작했다.

"소음이랑 사람들 무리. 우산을 펼치면 피할 수 있는 작은 공간이 생기거든."

어머니는 문득 근심스러운 눈빛으로 나를 흘깃 바라보았다. 뭔가 물어보려는 눈치였지만 어머니는 입을 다물었다.

대문 앞에 서서 통화를 하던 아버지는 내가 차에서 내리는 것을 보더니 곧장 전화를 끊고 다가왔다. 반가워하는 기색이

역력했지만 아버지는 그런 마음을 표현하는 데 서툴렀다. 적당한 말이 떠오르지 않기는 나도 마찬가지였다. 어머니가 장난감 자동차 두 대를 맞부딪치듯 아버지와 나를 서로에게 떠밀었다.

포옹을 그다지 좋아하지 않는 것 또한 아버지와 나의 닮은 점이었다. 그러나 어쩐지 나쁘지 않은 기분이었다.

하지만 가족들도 너를 진심으로 사랑하지 않아!

조피가 아버지에게 우산을 건네주며 말했다.

"아빠, 우산 잘 챙겨두세요. 오빠가 늙은 사무라이에게 선물 받은 거니까!"

"늙은 사무라이라고?"

내 방은 일본에 가기 전의 모습 그대로였다. 지난 몇 달 동안 아무도 건드리지 않은 모양이었다. 갑판 위에 티라노사우루스가 있는 파란색 화물선 레고가 책상 밑에 놓여 있는 것을 보아 조피가 방에 들어오긴 한 것 같았다.

아버지가 문을 두드렸다.

"식사 시간이다."

"아빠가 요리하셨어요?"

나는 문도 열지 않고 물었다. 아버지는 웃으며 대답했다.

"미심쩍어하는 말투구나!"

3분 뒤에 또다시 노크 소리가 들리더니 어머니가 살며시 방문을 열었다.

　"내려와서 같이 밥 먹자."

　나는 침대에 누워 팔다리를 사방으로 한껏 뻗는 중이었다. 옷장 안에 살다가 집에 오니 이렇게 편안할 수가 없었다.

　아래층에서는 누가 누구 옆에 앉느냐를 두고 레나와 조피가 입씨름을 하고 있었다.

　"파울, 밥 먹어야지!"

　문간에 서 있던 어머니가 재차 말했다.

　나는 머리끝까지 이불을 덮어썼다.

　"너무 피곤해요."

　"다들 너랑 같이 식사하고 싶어 하는데."

　"비행기에서 벌써……."

　"살라미피자야. 네가 제일 좋아하는 이탈리아 레스토랑에서 주문했어."

　"아빠가 요리를 하신 줄 알았는데."

　말하는 순간 나는 아버지가 그저 식사 시간이라고 했을 뿐임을 깨달았다.

　억지로 일어나보려 했지만 녹초가 된 몸이 말을 듣지 않았다. 비행 시간은 길어도 너무 길었고, 늘 시끄럽고 좁은 기숙사와 마찬가지로 기내도 소음이 심하고 공간이 너무나 협소

했다. 마침내 조용하고 넓으며 누구와도 공유할 수 없는 내 방으로 돌아온 것이다.

어머니가 안으로 들어와 침대 가장자리에 걸터앉더니 내 얼굴에서 이불을 걷어내고 한 손을 이마에 얹었다.

"열은 없는 것 같은데."

그때 레나가 문간에 나타났다.

"저희 먼저 먹어도 돼요?"

"먼저 먹어."

내 대답에도 레나는 엄마에게 재차 확인했다.

"먹어도 돼요?"

"그러렴."

"먹어도 된대!"

레나가 아래층을 향해 소리쳤다.

어머니는 침대에서 일어나 방문을 닫고 내게 되돌아왔다.

"지난 몇 주일 동안 도통 연락이 없더구나."

"이런저런 일이 많았어요."

"무슨 일?"

"지금은 말하고 싶지 않아요, 엄마."

"괜찮은 거지?"

"네!"

"옷장 안에 들어가 있는 사진은 뭐였니?"

"그냥 장난이었어요."

"아늑해 보이던데."

"그렇기는 하죠."

"누가 괴롭힌 건 아니고?"

"아니라니까요!"

"그럼 최악의 일이 생긴 모양이네."

어머니가 캐리어에서 빨래 주머니를 꺼내며 말했다.

"최악의 일이요?"

어머니는 빨랫감을 각각 40도와 60도로 세탁해야 하는 것
으로 분리했다.

"사랑에 빠진 거지."

"엄마!"

"마테오니, 리엔이니?"

나는 어머니가 두 사람의 이름을 기억하고 있다는 게 놀라
우면서도 왠지 모르게 반가웠다. 어머니가 먼저 이름을 언급
한 덕분에 내 부담이 크게 덜어진 것이다. 그만큼 설명하기
복잡한 문제였다.

"괜찮으니까 푹 쉬어."

"엄마!"

어머니는 막 방문을 닫고 아래층으로 내려가려던 참이었
다. 모두들 식탁 앞에 앉은 채 우리가 왜 내려오지 않는지, 내

파울

게 무슨 일이 있는지, 일본에서 무슨 문제가 있던 건지, 가족들이 싫어서인지 궁금해하고 있을 게 분명했다.

"왜 그러니, 아들?"

엄마가 물었다.

"피자 한 조각만 방으로 가져다주실래요?"

"그럼. 레나한테 갖다주라고 할게."

크리스마스가 되기까지의 며칠을 나는 침대와 컴퓨터 앞, 혹은 창가에서만 보냈다. 침대에 누워 있을 때는 일본 만화를 뒤적였지만 제대로 읽을 수는 없었다.

컴퓨터 앞에 앉아서는 노아와 게임을 했다. 노아는 나를 만나고 싶어 했지만 나는 그마저도 불가능한 상태였다. 아무도 만나고 싶지 않은 정도를 넘어 누군가와 직접 얼굴을 마주한다는 게 상상조차 되지 않았다.

창가에서는 창문을 열고 조인트를 피웠다.

사실 창문은 열어놔봐야 소용없었다. 조인트에 불을 붙이기 무섭게 자기 방에 있던 레나가 이상한 냄새가 난다고 고함을 쳤다.

조피는 냄새를 맡지 못했거나 신경 쓰지 않는 것 같았고 부모님도 그냥 나를 내버려두었다. 내가 더 이상 어린아이가 아니기 때문이거나 부모님도 예전에 조인트를 피웠기 때문인지도 모른다. 그것도 아니면 내 앞에서 말실수라도 하느니 차라리 아무것도 안 하는 편이 현명하다고 판단한 것일 수도 있다. 내게 무슨 일이 있는 것인지 알 길이 없으니 말이다.

나와 같은 반이었던 레온은 폭음을 하고 삼촌에게 발견되어 병원에 실려 간 적이 있고, 펠릭스는 어느 여름 축제에 갔다가 흡연 구역에서 보드카 반병을 원샷하고 무대 위에 토하기도 했다. 부모님도 아마 그런 아이들에 비하면 조용히 조인트를 피우는 건 양반이라고 생각할지 모른다.

나는 플로라는 가명을 쓰는 친구를 통해 대마초를 구했다. 나만 아는 경로였다. 함부로 얘기했다가는 너도나도 그에게 몰려들어 품귀 현상이 일어나 가격이 폭등할 우려가 있었다.

플로는 나와 같은 학교 학생이었는데, 볼 때마다 헤롱대고 있는 것을 보아 장사꾼인 동시에 스스로가 단골손님이기도 한 모양이었다. 일본으로 출국하기 일주일 전에 산책길에서 만난 그는 내 생애 첫 조인트를 직접 말아주며 대마초의 종류와 효과에 관해 설명해주었다. 두 번째 만났을 때는 이미 내가 그보다 훨씬 더 많은 것을 알고 있었다.

"최고급 미국산 위드 1그램에 10유로?"

"바가지잖아. 그리고 성인용은 없어? 화이트위도우라든가."

그와의 대화는 대강 이런 식이었다. 일본에 가기도 전에 나는 조인트를 직접 말 수 있게 되었다.

노아는 캔맥주를 홀짝거리며 내 모습을 지켜보다가 간혹 잘난 척하며 이런 말을 했다.

"냄새만큼 맛도 괜찮다면 시도해볼 텐데."

"너한테 풍기는 술 냄새가 바로 그 맥주 맛이라면 난 네가 불쌍하다."

내가 맞받아쳤다.

크리스마스이브였다.

조피와 레나는 거실에서 카운트다운을 하고 있었다.

또다시 조인트를 피우던 나는 퍼뜩 목소리가 사라졌음을 깨달았다. 내 목소리가 아니라 너는 쓰레기야! 모두가 너를 혐오해! 라며 나를 괴롭히던 목소리가.

그 악랄한 목소리는 위드 연기에 섞여 공중으로 흩어진 것 같았다. 혹은 다른 학생들 없이 내 방에 편안히 누워 쉬고 있어서 안 들리는 것일 수도 있다.

언제부터 안 들렸더라?

나는 거의 다 타들어간 조인트를 한 모금 깊이 빨아들이며 곧 거실에서 벌어질 끔찍한 상황에 대비했다.

"오빠, 내려와!"

레나가 잔뜩 들뜬 목소리로 불렀다. 오늘은 제발 그 사슴뿔 모자를 쓰고 있지 말아야 할 텐데.

"시작한다!"

이번에는 조피가 소리쳤다.

스테레오 스피커에서 나오는 음악 소리가 위층까지 울려 퍼졌다.

고요한 밤, 거룩한 밤, 어둠에 묻힌 밤. 주의 부모 앉아서 감사 기도 드릴 때 아기 잘도 잔다……

마지막 한 모금까지 빨아들이고 남은 꽁초는 창가에 걸린 화분에 묻어버렸다. 조인트를 피우고 나면 깊은 심연에서 벗어나 약간 들뜨는 기분이다. 나쁘지 않다.

나는 『캥거루 선언문』에서 가장 좋아하는 장면을 떠올렸다. 마크-우베와 크리스마스를 준비하던 캥거루가 프랄린 초콜릿 속을 보드카로 채우며 말한다. 특히나 크리스마스에는 말이야, 계시를 받고 싶다면 마약을 아낌없이 써야 하지…….

"파울, 내려오라고 했잖아!"

어머니가 순간이동이라도 한 것처럼 갑작스레 문간에 나타나 말했다. 내가 잠깐 정신을 놓고 있었나?

내 방은 대마초 농장이 전소된 현장에서나 날 냄새로 가득했지만 어머니는 아무것도 캐묻지 않았다.

"크리스마스이브잖아. 다 같이 식사하자. 올 거지?"

지난 며칠간 나는 아침, 점심, 저녁 식사를 모두 방 안에서 해결했다.

어머니는 대답을 기다리지 않고 부드럽게 내 손을 잡아끌었다.

"음악이 듣기 싫으면 끄라고 할게."

"괜찮아요. 음악을 틀어놓으면 최소한 조피가 쩝쩝대는 소리는 안 들어도 되잖아요."

고기 두어 조각이 들어가자 벌써 배가 불렀지만, 어머니를 걱정시키지 않기 위해 나는 토마토샐러드를 뒤적이며 먹는 체했다.

"퐁뒤는 그만 먹게? 쇠고기가 아직 많이 남았는데. 여기 닭고기도 있고."

아버지가 말하자 어머니가 옆구리를 쿡 찔렀다. 아버지는 고개를 끄덕이고 입을 다물었다.

반짝이 끈을 주렁주렁 늘어뜨린 크리스마스트리가 부담스러울 정도로 번쩍였다. 이것도 위드의 효과일지 모른다고 생각했다.

그러나 나는 아무런 계시도 받지 못했다. 보랏빛 천사가 방안을 날아다니지도 않았고 구세주가 나타나 내게 최후의 심판을 예고하는 일도 없었다.

"레나의 아이디어야."

아버지가 크리스마스트리 쪽을 가리키며 말했다. 그제야 나는 트리가 화분에 심어져 있음을 깨달았다.

"매년 3천만 그루가 크리스마스트리로 베여나간대. 그것도 독일에서만."

레나가 말했다.

"그거 끔찍하군."

나는 머라이어 캐리의 「올 아이 원트 포 크리스마스 이즈 유All I Want For Christmas Is You」를 배경음악 삼아 대답하며 이 노래가 훨씬 더 끔찍하다고 생각했다.

선물 뜯기 의식이 끝나기 무섭게 나는 내 방으로 돌아갔다. 어머니는 뜻깊은 의식과 호들갑스러운 이벤트로 채워진 이 잊지 못할 연례행사에 내가 한 시간이나 동참했다는 사실만으로도 기뻐하는 기색이 역력했다.

나는 크리스마스 선물로 할리벤튼의 입문자용 기타인 DC-200을 받고 싶었다. 그런데 정작 내 손에 들어온 것은 이펙터와 50와트 마샬 앰프까지 딸린 하그스트롬의 울트라 스위드여서, 연주할 때는 이어폰으로 귓구멍을 막아야 할 지경이었다.

그래도 나는 일본에서 마테오에게 배운 기타 리프를 연습해보았다. 내 플레이리스트에 그런지 밴드의 곡이 들어 있던 적은 한 번도 없지만 리프는 하나같이 다 너바나였다. 내 실수다. 뜻하지 않게 마테오를 너바나의 음악으로 이끈 장본인이 나였으니까.

어느새 온 집 안이 쥐 죽은 듯 고요해져 있었다. 거실의 스테레오 기기가 꺼지고 부모님은 잠자리에 들었으며, 새로 선물 받은 너프건을 들고 온 집 안을 쿵쾅거리며 뛰어다니던 레나와 조피도 잠잠했다.

레나는 블래스터를 갖고 싶지만 보라색은 절대 안 된다는 조건을 달았다. (당사자의 말을 옮기자면) "장난감 산업을 지배하는 유치하기 짝이 없는 젠더마케팅"을 보이콧한다는 게 그 이유였다. 내가 했던 말을 잘 새겨두고 조피의 꾀임에 휩쓸리지 않은 레나가 기특했다.

분홍색 활과 보라색 스펀지 화살을 갖고 싶다던 조피의 간절한 소원도 이루어졌다. 어쨌거나 사랑과 평화의 대축제인 크리스마스니, 산타클로스도 아이들이 전쟁 무기 장난감을 갖고 싶어 하는 걸 가지고 이러쿵저러쿵할 마음은 없었을 터이다.

내게는 이 커다란 저택을 지배하는 완벽한 고요가 그저 좋은 것만은 아니었다. 두렵거나 하지는 않았지만 나는 그 목소리가 뭔가 계략을 꾸미고 있음을 감지했다. 목소리는 일본으로 돌아가는 여행길과 일본에서의 내 생활을 어떻게 방해할지 궁리하는 중이었다. 내가 일본에서 지내는 모습을 절대 가만히 두고 보지 않을 작정이었다. 그렇다고 이곳에 돌아와 지내기를 바라는 것도 아니었다. 그저 모든 것을 끝내고 싶어 할 뿐이었다.

그건 너도 바라는 바 아니야?

나는 생각을 다른 데로 돌리려 애쓰며 리엔에게 또다시 메시지를 보냈다. 오늘만 열 번째였다. 그러나 어제, 그제와 마찬가지로 리엔에게서는 아무런 답장도 없었다.

마테오에게 한 번 연락이 왔었고 노아는 춤추는 산타클로스 이모티콘을 보냈다. 내 사회적 교류는 그게 전부였다.

왜냐하면 네게 관심 갖는 사람도 없고, 넌 모두에게 짐일 뿐이고, 또……

그때 플로에게 메시지가 왔다. 1년 중 가장 거룩한 날의 밤 한 시 정각이었다.

너ㄴ ㅔ 꼰대 자냐? 그러ㅁ 이것 봐!

AI 기반 자동 맞춤법 검사 기능이 있는 시대에 문장을 이렇게 엉망진창으로 입력하는 게 기술적으로 가능하다니, 신기할 지경이었다.

그가 보낸 링크를 클릭하자 당신을 날아오르게 해줄 완벽한 스페이스 쿠키 만들기라는 제목이 나타났다.

재료 목록(버터, 마리화나, 밀가루, 베이킹파우더, 달걀, 설탕, 초콜릿)을 훑어본 나는 한번 시도하기로 결심했다. 그 목소리와 고투를 벌이며 이 고요한 밤, 거룩한 밤을 꼬박 지새우지 않으려면 다른 방법이 없었다.

오늘이 네 마지막 밤이구나?

주방에는 불이 켜져 있었다. 짐작건대 잠자리에 들기 전에 몰래 군것질거리를 챙기러 왔던 레나가 깜빡하고 끄지 않은 것이리라.

다행히도 200그램짜리 산타클로스 모양 린트 초콜릿이 남아 있었다.

"죄송합니다, 산타클로스 아저씨."

혼잣말을 하며 초콜릿을 냄비에 던져 넣은 뒤에야 나는 버터와 마리화나를 먼저 섞어두어야 한다는 설명을 읽었다. 귀찮아서 그냥 넘어갔지만 뒤늦게야 이게 실수였음을 깨달았다. 조리법에 따르면 마리화나를 먼저 오븐에 넣어 이른바 **탈카복실화**(대마초를 가열해 기분 변화나 환각을 일으키는 성분을 활성화하는 일 – 역주)를 해야 한다는 것이었다.

결국 처음부터 다시 할 수밖에 없었다. 새벽 네 시가 다 되어서야 스페이스 쿠키가 놓인 트레이를 오븐에서 꺼내고 있는데 문간에 아버지가 나타났다.

우리는 아무 말도 않고 한참이나 서로를 바라보았다. 내가 주방에서 뭘 하고 있었는지 알 만한 사람은 알 터였다.

대마초 냄새가 이미 다락방까지 퍼져 있을 테니.

"동생들이 안 먹게 조심해라. 아무 데나 두지 마."

"그럴게요."

"환기도 하고."

"네."

"잘 자라."

"한 개 드실래요?"

나는 아버지에게 들리지 않을 정도로 나직이 물었다.

쿠키 두 개만으로 완전히 취한 나는 침대 위로 털썩 쓰러졌다. 그리고 플로와 마테오, 노아, 리엔에게 쿠키가 놓인 트레이 사진을 보냈다. 물론 사진의 내막을 아는 사람은 플로뿐일 것이다.

리엔에게 여전히 아무런 답이 없어 나는 전화를 걸었다. 처음에는 신호음이 잠깐 울린 뒤에 끊었다. 두 번째와 세 번째에는 전화를 받을 수 없다는 안내음이 나올 때까지 기다렸다. 네 번째, 다섯 번째, 여섯 번째에도 마찬가지였다.

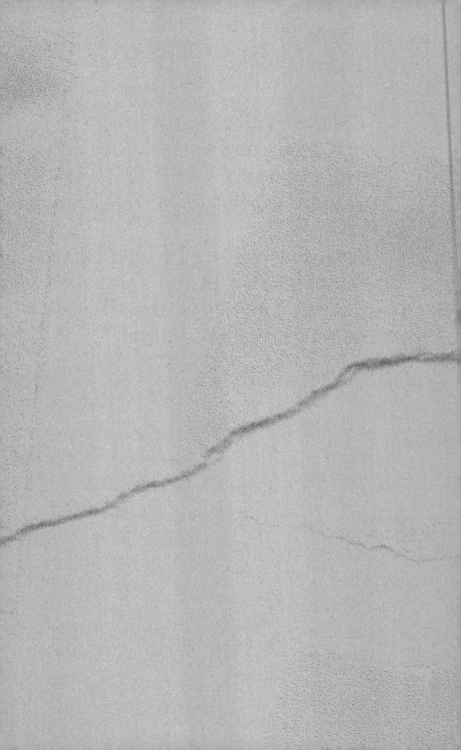

작별 하나

그 애가 우리를 떠나
그 멍청한 클럽으로 들어가버렸지 뭐예요.
거기에는 들어가지 말라고
그리 당부했건만.

— 커트 코베인의 어머니
웬디 프레이든버그 코베인 오코너

파울
크리스마스 연휴 이후,
일본에서의 마지막 몇 시간

　　나는 라이언과 여전히 같은 방을 썼지만 그는 이제 가능한 한 나를 피해 다녔다. 라이언은 우에시바 모리헤이가 누군지, 손목뒤집기가 뭔지, 그것 말고도 내가 쓸 수 있을 기술로는 어떤 게 있는지 아마 구글 검색으로 알아냈을 것이다. 자신의 체중으로 잘못 내동댕이쳐지면 훨씬 더 고통스러울 수도 있었다는 것을 알고 가슴을 쓸어내렸을지도 모른다.

　　네가 라이언을 공격했어! 이 괴물 같은 자식아! 넌 왜 그 모양이야?

　　아마존에서 배달되는 수많은 상자 안에 뭐가 들어 있느냐고 캐묻는 일도 더 이상 일어나지 않았다. 예전에는 갑갑하고 축축하고 비좁은 욕실을 견딜 수 없어 2분 만에 샤워를 끝내고 나오던 내가 지금은 왜 그리 오랫동안 욕실에 틀어박혀 있는지도 라이언은 묻지 않았다.

　　그 안에서 자해를 하는 거지. 날마다, 샤워기를 틀어놓고 말이야. 그래야 피가 씻겨 내려갈 테니까. 그 편이 낫기는 하지.

잭슨, 에이버리, 미사키를 비롯한 다른 모든 사람들은 내가 수일째 식당에 오지 않는다는 사실을 눈치챘을 것이다. 적어도 내 생각에는.

이따금 다른 상상을 해볼 때도 있다.

그럴 때면 학생 식당에 모인 누구도 내 부재를 알아차리지 못했기를 바랄 뿐이다. 내게 딱히 관심이 없기 때문에 눈치채지 못했을 것이라고. 이런 복잡한 생각은 썩 유쾌하게 다가오지 않는다. 그러나저러나 결과는 사실상 같을 테니까.

맞아. 다들 네가 굶어 죽기를 바라고 있어!

리엔은 내가 자해를 한다는 것을 알고 있었다. 무엇을 가지고 어떻게 하는지도. 나 역시 그 애가 무엇으로 어떻게 자해를 하는지 알고 있다. 굳이 입 밖에 내지 않아도 말이다. 그러나 입 밖에 내고 말 것도 없이 리엔은 나를 피해 다녔다.

그럼에도 나는 우리가 서로에 대해 모든 것을 알고 있다고 확신했다.

네가 알긴 뭘 알아!

한번은 복도에서 마주친 리엔이 항상 반팔 티셔츠 차림인 내 팔의 윗부분을 뚫어져라 바라보았다. 팔에 난 상처들이 어떻게 생겼는지 한눈에 알아본 것이다.

나는 여느 때처럼 긴소매 스웨터로 덮인 리엔의 왼쪽 팔을 향해 턱짓을 했다. 도쿄로 가는 기차 안에서 나는 소매 아래에 감춰진 리엔의 맨살을 보았다. 하얗게 묵은 흉터 위에 새로 그어진 붉은 상처들을.

우리는 서로 자해를 한다는 것을 알면서도 그에 대해 입을 닫았다.

너는 여전히 아무것도 몰라!

마테오는 매일 만나면서도 거의 말을 하지 않는 나를 보고 뭔가 문제가 생겼음을 짐작했을 것이다.

마테오는 크리스마스 선물로 받은 하그스트롬 울트라 스위드를 일본까지 가져온 내게 새로운 리프를 몇 개 가르쳐주었다. 기타를 배우는 일은 그런대로 나쁘지 않았지만 상황을 개선하기에는 역부족이었다.

이제는 그 무엇도, 누구도 네게 도움이 되지 않을 거야!

어쩌다 나누는 대화도 너바나에 관한 것뿐이었다. 그러나 이 역시 내가 초래한 일이니 마테오를 탓할 수는 없다. 너바나 자체는 내 관심사가 아니라는 진실을 마테오는 알 리 없다. 내 관심은 오로지 커트 코베인, 정확히 말해 그가 스스로 삶을 끝냈다는 데 있었다.

그렇지. 그런데 네게는 그런 결단력도 없고 그걸 실행할 능력도 없지!

기타를 배우기 시작한 것은 한두 달 전부터였다. 또다시 옷장으로 도피하려 방에 들어가는 나를 마테오가 붙잡았다.

"너, 기타 칠 줄 알아?"

외톨이인 내게 동정심이 생겨 연대 정신이라도 발휘하려
는 건가 싶었다. 독일의 이웃들처럼 말이다. 그들은 같은 거
리에 사는 노파를 위해 장을 봐주거나, 주인만큼이나 노쇠한
그 집 닥스훈트를 산책시키기도 한다.

"듣고 있어?"

대답 없이 한참이나 골똘히 고민에 잠겨 있으니 마테오가
한 번 더 재촉했다. 나는 무슨 말을 해야 할지 알 수 없었다.
늘 그랬던 것 같기는 하지만.

"기타 칠 줄 알아, 몰라?"

"치는 시늉 정도는."

기타의 기 자도 모르는 나는 한껏 상상력을 발휘해 보위의
「퀸 비치Queen Bitch」를 연주하는 시늉을 했다. 보이지 않는 기
타의 목 위에서 이리저리 손을 움직이며 다른 한 손으로는 보
이지 않는 기타 줄을 튕겼다.

그 모습을 잠시 바라보던 마테오가 입을 열었다.

"딱 봐도 알겠는데. 「스멜즈 라이크 틴 스피리트Smells Like
Teen Spirit」."

그러고는 마치 내가 다른 은하에서 온 외계인이라도 되는
듯 덧붙였다.

"너바나."

"맞아! 어떻게 알았어?"

나는 능청스레 거짓말을 했다.

"척하면 척이지."

마테오는 나를 자기 방으로 데려갔다. 그러고는 내 방에서는 침실로 쓰이는 옷장에서 일렉트릭 기타를 꺼내 건넸다.

"기타 치는 법 가르쳐줄까?"

"아무 이유도 없이?"

"안 할 이유는 또 뭐야?"

마테오가 대꾸했다.

"돌려 말하지 말고."

"돌려 말하다니? 아냐. 그런 것 없어."

마테오는 기타에 온갖 전선을 주렁주렁 연결하더니 헤드폰을 쓰고 기타를 조율하다가 잠깐 손을 멈추었다.

"정 그러면 가끔 아마존에서 내 것도 같이 주문해줄 수 있어?"

그러면 그렇지. 아무 대가도 없이 뭔가를 나와 함께할 사람은 이 기숙사에 존재하지 않았다. 그렇다고 마테오에게 반감이 드는 것은 아니었다. 내가 끊임없이 뭔가를 주문한다는 것은 누구나 아는 사실이었다. 거기에 물건 몇 개쯤 더 얹는다고 내 부모님에게 경제적 문제가 생기지는 않을 것임을 마테오도 눈치챈 것이다.

부모님은 내 관심사가 다양하다는 사실을 그저 기쁘게 여길 터였다. 마테오가 비싼 운동화가 아닌 소설이나 전문서적을 주문한다면 말이다.

마테오의 제안은 꽤나 공평하게 들렸고 일렉트릭 기타를 배우는 것도 그다지 나쁜 선택이 아니었다. 기타 없이는 보위의 성공도 없었을 테니 말이다. 심지어 보위는 색소폰과 하모니카, 키보드, 일본 전통 악기인 고토까지 연주하지 않았던가. 그러니 기타를 약간 다룰 줄 아는 것도 나쁠 것 없어 보였다.

아니, 좋지 않은 생각이야. 어차피 넌 아무것도 써먹을 수 없을 테니까!

나는 마테오에게 말했다.

"좋아."

"시간당 작은 택배 상자 한 개, 어때?"

이론적으로는 18캐럿 금목걸이도 작은 상자에 들어가니 다소 애매한 거래이기는 했으나 나는 그냥 고개를 끄덕였다.

"그럼 너바나의 리프부터 몇 개 배워볼까?"

마테오가 입을 뗐다. 나는 너바나가 아닌 커트 코베인의 자살에만 관심이 있었지만 마테오에게는 굳이 말하지 않았다. 그러나 이후 몇 달이 지나며 너바나에 관해서도 모르는 것이 없게 되었다.

나는 너바나가 유명해지기까지의 과정을 마테오에게 모조리 들려주었다. 베이시스트의 어머니가 운영하던 피부 관리실에서 연습을 하던 초창기만 해도 밴드 이름은 너바나가 아

작별 하나

니었다. 스키드 로우, 더 셀아웃츠라고 불리다가 윈도우페인으로 이름이 바뀌었으며, 그 전인지 후인지는 나도 기억나지 않지만 테드 에드 프레드라는 밴드명을 쓴 적도 있었다.

그들의 음악 스타일도 그리 단순하게 설명되지 않는다. 너바나는 비교적 이른 시기에 단순한 그런지 밴드를 넘어 이른바 펑크-그런지-록 밴드로 발전했다. 그러지 않았더라면 너바나가 수백만 장의 음반을 판매하는 일도 없었을 것이다.

마테오는 너바나 이야기라면 얼마든 들어주었지만 안타깝게도 위드에 관해서는 그렇지 않았다. 그는 노아만큼이나 위드에 반감을 품고 있었다. 소박하고 따분한 사람들의 마약인 알코올에 열광한다는 점이 두 사람의 공통점이었다.

그러나 내가 크리스마스이브에 보낸 스페이스 쿠키 사진의 진실을 알았을 때는 마테오도 재미있어 했다. 내가 말하기 전까지는 그냥 흔한 크리스마스 쿠키로 생각한 모양이었다.

어쨌거나 나는 마테오가 너바나의 팬치고는 마약에 관해 너무 모른다고 생각했다. 그래서 결국 커트 코베인이 헤로인 중독자였으며 어떻게 생을 마감했는지에 관해 들려주었다. 코베인이 자취를 감추는 바람에 그의 어머니는 시애틀 경찰에 아들의 실종 신고를 하고, 아내는 사설탐정까지 고용한 일화도 마테오는 전혀 모르고 있었다.

네가 그런다면 경찰을 부를 사람도 없겠지! 아무도 널 찾지 않을 테니.

아무도 말이야!

"27세 클럽이었군."

마테오는 마치 대단한 뉴스거리라도 된다는 투로 말했다. 나는 고개를 절레절레 흔들었다. 음악계의 많은 유명인이 스물일곱 살에 자살했다는 이유로 이를 전형적인 사망 연령으로 여기는 27세 클럽 가설은 내가 보기에는 완전히 허황된 이야기였다. 그보다 훨씬 이르거나 늦은 나이에 자살하는 유명인사들이 배제되어 있기 때문이다. 이를테면 로빈 윌리엄스는 예순세 살에 스스로 목숨을 끊었다.

참고로 나는 마테오와 이런 대화를 나누기 얼마 전에야 로빈 윌리엄스가 심리상담사로 출연한 영화 「굿 윌 헌팅」을 보았는데, 그저 아버지의 꼭 봐야 할 영화 목록에 들어 있었기 때문이었다.

어쨌거나 그 가설이 허황된 또 다른 이유는 그 죽음이 자기실현적 예언일 가능성도 있기 때문이다.

"27세 클럽은 자기실현적 예언과 관련이 있어."

내 말에 마테오는 그게 무슨 뜻이냐는 눈빛으로 나를 바라봤다.

"슈퍼스타가 된 사람들이 자기 삶도 스물일곱 살에 끝날 거라는 생각에 너무나 심취한 나머지 정확히 그 나이에 스스로 그걸 실현한다는 뜻이야."

　　　　　　　　　　　　　　　作별 하나

그러나 마테오가 여전히 이해하지 못하는 눈치여서 나는 예시를 들려주었다.

　"누군가 스물일곱 살에 머리에 운석을 맞아 죽었다고 쳐. 그런데 자기가 몇 살에 죽을 것인지 생전에 정확히 말한 적이 있다면 그는 정말 예언을 한 셈이지. 하지만 그런 말을 하고 나서 스물일곱 살에 스스로 목숨을 끊었다면, 이게 바로 자기실현적 예언이야."

　마테오는 의아해하던 눈빛을 거두고 입을 열었다.

　"「더 맨 후 솔드 더 월드The Man Who Sold the World」리프 연습이나 다시 하자."

　"그게 원래 오래된 보위의 곡이라는 건 알고 있지?"

　"당연히 알지. 너바나도 곡 마지막에 그렇게 말하고. 자, 그럼 시작하자."

　"『더 맨 후 솔드 더 월드』는 1970년에 발매된 보위의 세 번째 앨범 제목이기도 해. 너바나는 20년도 더 지난 뒤인 1993년에 MTV 언플러그드 공연에서 이 곡을 커버했어."

　"그래, 뉴욕에서였지. 설명해줘서 고맙고, 준비됐지?"

　"보위도 대마초를 피웠어. 그리고 커트 코베인, 프랭크 자파, 버락 오바마도. 멋진 사람들은 다 대마초를 피우잖아. 그러니까 마테오, 너도 한번 해봐! 물론 일본에서는 안 되고, 나중에 스페인으로 돌아가면……"

마테오는 내 말을 끊고 박자를 세기 시작했다.

"하나, 둘…… 하나, 둘, 셋, 넷……."

한 시간의 레슨이 끝난 뒤, 나는 마테오에게 내 휴대폰을 건네고 어깨너머로 지켜보았다. 그리고 그가 500정짜리 카페인 알약을 내 아마존 장바구니에 담는 것을 보며 말했다.

"그냥 나한테 달라고 해도 됐을 텐데."

마테오는 몇 초 동안 대답 없이 휴대폰 화면을 응시했다. 그제야 나는 그가 내 주문 내역을 훑어보고 있음을 깨달았다.

"끝내주는구나. 아마존에서 주문한 게 이 미친 물건들이었다니. 도대체 뭐 하는 데 쓰려고……."

나는 휴대폰을 낚아채고 그의 방에서 나왔다. 마테오가 정말 내 문제에 관심이 있다면 뒤따라오거나, 내게 다시 한번 캐묻거나, 교장에게 이야기하거나, 아니면 곧장 내 부모님에게 전화라도 걸겠지. 아니, 마테오는 부모님 전화번호를 모른다. 그리고 애초에 부모님은 마음만 먹으면 내 계정을 직접 볼 수도 있을 것이다.

넌 모두에게 아무것도 아닌 존재라니까. 그러니 이제 빨리 끝내버려!

그로부터 일주일 뒤, 내 옷장 앞에 교장이 나타났다. 환기를 하려고 한쪽 문을 열어두었을 때였다.

"파울, 잠깐 따라오겠니?"

작별 하나

바로 옆에 침대가 있는데 왜 옷장 안에 누워 있는지 교장은 묻지 않았다. 그러나 이제 내게는 그마저도 놀랍지 않았다.

당연하지. 모두가 보기에 너는 그냥 미친놈일 뿐이니까!

그제야 교장 옆에 서 있는 일본어 교사 나나미가 눈에 들어왔다. 확신하건대 교장은 곧 친히 나를 심문하고 나나미는 그 옆에서 선량한 경찰 역할을 할 것이다.

나나미는 너 따위에게 관심도 없어!

마테오도 와 있었다.

마테오도 마찬가지고!

울어서 퉁퉁 부은 리엔도 있었다.

리엔도 똑같아!

눈 내린 풍경과 나무들이 내다보이는 교장실에 다섯 사람이 둘러앉았다.

교장이 탁자 위에 놓인 자신의 휴대폰을 가운데로 내밀자 모두의 시선이 화면에 집중되었다. 사람 없는 도서관에서 평점 별 다섯 개를 받은 아마존 제품들을 가지고 자살을 연상하는 행동을 하는 내 모습이 화면에 나타났다.

연상한다고? 시도한 거잖아! 그런데 넌 그것조차도 제대로 못 하는구나.

이윽고 교장이 입을 열었다.

"모두들 걱정하고 있어."

거짓말이야!

"네가 이 사진을 친구들에게 보냈다고 들었다."

네게는 친구 따위 없어!

"그게 언제 적 일인데요."

내가 말했다.

"고작 사흘 전이야. 그리고 너희는 어째서 이제야 나한테 이걸 얘기했는지 나중에 해명해야 할 거다."

교장이 엄한 눈초리로 마테오와 리엔을 돌아보며 말했다.

"파울, 도대체 어떻게 된 거니?"

마침내 일본어 교사가 끼어들었다. 그리고 교장이 했던 말을 반복했다.

"모두들 걱정하고 있어."

나는 너무 늦었어요!라고 대답할까 고민했다.

저는 이미 몇 달 전부터 옷장 안에서 살고 있다고요!라고 대답할 수도 있었다.

학생 식당에 가지 않은 것도 벌써 몇 달째예요!라고 대답할 수도 있었다.

성적도 엉망이 됐잖아요. 제가 평생 받은 제일 나쁜 점수는 B였다고요!라고 대답할 수도 있었다.

독일에 있는 지인 열 명에게도 이 사진을 보냈지만 아무도 관심이 없었어요!라고 대답할 수도 있었다.

다들 꺼져버려!라고 대답할 수도 있었다.

할 수 있는 대답을 꼽자면 끝이 없었지만 나는 끝까지 입을 다물었다.

그런 말조차 못 하는 겁쟁이야, 넌!

나나미는 내 쪽으로 몸을 약간 숙였다.

"파울, 말 좀 해봐. 부모님께도 바로 전화해야 해. 우리에게는 그럴 의무가 있어. 그런데 뭐라고 말씀드려야겠니? 도대체 무슨 일이야?"

내 입에서는 여전히 어떤 대답도 나오지 않았다. 고막을 찢을 듯 울리는 내 안의 목소리 때문에 아무 말도 할 수 없었다.

넌 패배자야! 실패했다고!

나나미가 교장을 바라보자 그는 리엔과 마테오에게 고갯짓을 했다. 두 사람은 내게 시선 한 번 주지 않고 교장실에서 나가버렸다.

교장이 말했다.

"지금 부모님께 전화할 거야."

"집에 가고 싶지 않아요."

나나미는 큰 소리로 대답하는 내게 자신도 모르게 자상한 미소를 지어 보였다.

"어쩔 수 없어, 파울. 그것 말고는 방법이 없구나. 조금 나아진 뒤에 돌아오면 돼."

영원히 못 돌아오겠지. 넌 영원히 낫지 않을 테니!

전화를 받은 사람은 어머니였다. 교장이 자초지종을 이야기한 뒤에 나를 바꿔주었을 때 어머니는 이미 우느라 한마디도 할 수 없는 상태였다. 내게서 떠밀리듯 휴대폰을 받아 든 나나미도 이 상황을 어찌하기에는 역부족이었다.

"잠시 뒤에 다시 전화 드릴게요. 네…… 저희가 옆에 있겠습니다. 물론이죠."

그날 저녁 라이언은 다른 방으로 보내지고 나나미가 책 한 권을 들고 와 라이언의 책상 앞에 앉았다. 출국할 때까지 혼자 두지 말고 누군가 내 곁을 지켜야 한다는 교장의 판단 때문이었다.

아직 살아 있는 자를 감시하는 저승사자인 셈이군!

사람들의 주의를 끌기까지 얼마나 많은 일이 일어나야 하는지. 흥미롭기 그지없는 일이었다.

하지만 이미 늦었어!

그래, 사실이다. 이제 너무 늦어버렸다!

얼마쯤 시간이 지난 뒤에는 수학 교사가 나나미와 교대했다. 자고 싶지 않다는 내 말에 그는 『해석학 1』의 마지막 몇 페이지 속 문제를 함께 풀어보려 했지만, 지금 이 상황이 감당하기에 너무나 버거웠는지 평소답지 않게 어려워했다.

그러던 중 어머니에게 전화가 왔다. 잠시 후에 심리상담사가 내게 연락할 거라고 했다. 독일은 아직 오후였다. 교장과도 이렇게 하기로 미리 이야기한 모양이었다.

전화로 심리치료를 받는 것은 물론 불가능하다. 그러니 당연히 나는 집으로 돌아가게 될 것이다. 하지만 그런다고 내가 결심을 바꾸는 일은 물론 절대로 없을 것이다.

다만 내가 지금 이곳, 일본에서 그 결심을 곧바로 실행할 수 없다는 사실만은 명백했다. 도쿄의 공항이나 비행기 안에서도, 집에 도착한 직후에도 마찬가지다. 다음번에는 커트 코베인처럼 철저히 계획을 세워야 한다.

얼마 뒤, 겨우 눈만 붙이고 돌아온 나나미가 다시 수학 교사와 교대했다.

"내일 바로 공항에 데려다줄 거야. 부모님이 첫 비행기를 예약해두셨어."

교장과 어머니가 처음 통화했을 때는 출국 여부가 아직 불투명했다. 일단 이곳에 머무는 것과 혼자서 비행기를 타고 귀국하는 것 중 어느 쪽이 더 위험한지 두 사람 다 판단할 수 없었던 탓이다. 그러나 결국은 내가 별 다섯 개짜리 물건들로 자살 시도를 한 지 며칠이 지났다는 데 초점이 맞추어졌다. 더불어 내게 전화를 건 심리상담사도 이런 말을 했다.

"파울, 지금 당장 그곳을 떠나야 해. 집에 와 있는 편이 안전할 것 같구나."

넌 아무 데서도 안전하지 못해!

그나마 수학 교사보다는 너그러운 나나미는 문을 열어두는 조건으로 옷장 안에 들어가도록 허락해주었다.

나는 몰래 카페인 알약 세 개를 삼켰다. 남은 게 그것뿐이었다.

비행기를 타고 나서야 곯아떨어졌다. 식사 두 번을 모두 놓친 나를 위해 승무원은 착륙 두 시간 전에 기내식을 가져다주었다. 나는 닭고기가 든 파스타를 잘게 잘라 왼쪽에서 오른쪽으로 밀어 쌓은 뒤, 퍽퍽한 빵 부스러기를 그 위에 뿌렸다.

"예술 작품이니?"

옆에서 누군가 말을 걸었다. 그제야 옆자리에 앉은 정장 차림의 남자가 눈에 들어왔다. 나는 대답하지 않고 껌을 찾으려 가방을 뒤적였다.

기숙사 방을 나설 때 나나미는 옷장까지 싹 비워가며 내가 놓고 가는 물건이 없는지 샅샅이 확인했다. 나아지면 돌아오라던 말이 가식이었음을 스스로 증명하는 셈이었다. 어차피 돌아올 일은 없을 테지만, 학교를 대신해서 내게 얼마든 돌아와도 된다는 메시지 정도는 줄 수 있었을 텐데.

못 오는 게 사실이잖아.

기숙사 앞에는 나를 공항까지 태워다 줄 자동차가 기다리고 있었다. 그처럼 이른 시간에 절대 자진해서 일어날 리 없는 리엔도 거기 있었다. 리엔에게 가까이 다가간 뒤에야 나는

작별 하나

그 애가 일찍 일어난 게 아님을 깨달았다. 밤새 한숨도 못 잤다는 것을 한눈에 봐도 알 수 있었다.

리엔은 창백한 얼굴로 커다란 유리문 앞에 서 있었다. 전날 저녁 교장실에서 본, 울어서 퉁퉁 부은 얼굴도 그대로였다.

"리엔, 잘 잤니? 파울에게 작별 인사하러 온 거야?"

말은 그렇게 하면서도 어떤 대답이 돌아올지 알고 있는 듯, 나나미는 우리를 기다리는 자동차를 향해 앞장서 가버렸다.

리엔은 내게 두꺼운 가죽재킷을 내밀었다.

"전 남자친구 거야. 너한테 맞을 것 같아서."

전 남자친구의 재킷을 왜 이곳 기숙사까지 가져왔으며 어째서 내게 그걸 주는지 나는 묻지 않았다.

"나는 추위를 안 타."

내가 대답했다. 나는 여전히 반팔 티셔츠와 무릎까지 오는 반바지 차림이었다. 말을 채 끝맺기도 전에 나는 그게 멍청한 말이었음을 깨달았다. 그런 말로 달라질 것은 아무것도 없다.

"그렇지 않아. 항상 추위에 떨고 있는 거 다 알아. 네가 알아차리지 못하는 것뿐이야."

리엔이 대꾸하며 재킷을 억지로 내 손에 쥐여주었다.

"추위에 떨고 있는 걸 내가 자각하지 못한다고?"

"그래. 파울, 아무리 세상만사를 다 아는 체해도 네가 모르는 게 없는 건 아니야."

그저 내 느낌인지도 모르지만, 내가 스스로 한 말을 바보 같다고 생각한 만큼 리엔도 자기 말을 바보 같다고 생각하는 듯했다. 그러나 나와는 달리 바보 같은 말을 내뱉고도 대처하는 방법을 알았던 리엔은 한 걸음 다가와 나를 껴안았다.

이런 상황에서 늘 그렇듯 내 두 팔은 딱딱한 나무막대기처럼 굳어버렸다. 그러나 리엔은 한층 더 힘주어 다시금 나를 끌어안았다. 내가 가방을 메고 있어 쉽지 않았을 텐데도.

리엔이 내 가방에 꽂힌 우산을 가리켰다.

"우산이 너를 잘 지켜주기를 바라."

"어…… 그러게."

참으로 칠칠치 못한 대답이었다.

"우산이 너를 지켜줄 거야! 그리고 재킷은 돌려줘야 해. 알겠지?"

"선물로 주는 게 아니었어?"

"아니, 작별 선물이 아니라 그냥 빌려주는 거야. 알았어? 조만간 돌려받을 거야!"

나는 고개도 끄덕이지 않고 자동차 쪽으로 걸어갔다. 나나미와 운전 기사는 힘을 합쳐 바윗덩이처럼 무거운 내 캐리어를 트렁크에 실었다.

그 후 하나

「리턴 투 판타지Return to Fantasy」

— 유라이어 힙의 곡명

리엔

가죽재킷은 군것질거리와 함께 제게 배달되었어요. 택배를 받기 한참 전부터 저는 이미 무슨 일이 벌어졌는지 알고 있었죠. 학교에서 파울 부모님의 연락을 받고 학생들에게 파울의 소식을 알렸거든요.

파울이 유서에 가죽재킷에 관해 적었나 봐요. 제 이름과 함께요. 파울의 부모님은 제게 재킷을 전해달라는 말을 흘려듣지 않고 택배로 보내주셨어요.

그분들의 심정이 어땠을지 상상조차 하기 어려워요. 자기가 죽고 난 뒤에 무엇을 해달라는 자식의 유서를 보았을 때의 심정이요. 보통은 노인이나 큰 병에 걸린 환자들이 쓰는 게 유서잖아요.

아니, 파울도 우울증이 있었으니 병을 앓기는 했군요. 마음의 병을. 그게 아스퍼거증후군과 겹쳐 파울의 삶을 지옥으로 만들었을 게 분명해요. 그 진단명을 듣고 나서 정보를 찾아봤어요. 자폐인에게는 우울증이 훨씬 극단적으로 나타나기 때문에 매우 치명적이라고 하더군요. 그 애 앞에 보이는 것은 절망의 구렁텅이뿐이었겠지요.

파울의 부모님이 보낸 택배를 뜯은 저는 가죽재킷을 군것질거리와 함께 방 한구석에 내동댕이쳤어요. 여남은 개의 초콜릿, 다 합치면 1킬로는 될 젤리 봉투들, 감초 사탕, 타 먹는 탄산 가루, 캐러멜 같은 것들이 사방으로 흩어졌어요.

왜 그랬느냐고요?

이상한 말처럼 들리겠지만 파울에게 엄청난 분노가 치밀었던 것 같아요.

저는 파울이 그 망할 전 남자친구의 재킷을 제게 직접 돌려주기를 바랐어요. 자기 손으로, 직접 말이에요! 바보같이 자살 따위를 하고 바보 같은 택배로 돌려주는 것은 원치 않았다고요.

애초에 그게 제가 재킷을 준 이유였어요! 대놓고 말했다면 그 애가 알아들었을까요? 네 손으로 재킷을 직접 돌려줘야 해! 살아서 말이야! 그게 내가 재킷을 주는 이유야. 이걸 핑계 삼아서라도 이 망할 세상을 계속해서 살아가라는 뜻이야라고 말이에요.

솔직히 말씀드리면 파울을 향한 분노는 지금도 그대로예요. 말투만 들어도 아시겠죠. 굳이 아닌 체하고 싶지는 않아요. 물론 파울에게 분노의 화살을 돌리는 게 너무나 부당한

그후 하나

일 같아서 이런 말을 당당하게 떠벌리고 싶지는 않지만요.

그래요, 저도 알아요. 누구도 이 상황을 돌이킬 수 없으니 죽은 사람을 탓하는 건 참으로 어리석은 행동이죠. 아무도 파울을 되살릴 수 없고, 파울이 스스로 깨어나 돌아올 수도 없다는 이유로 말이에요.

파울을 향한 제 감정이 분노뿐인 것은 아니니 오해하지 마세요. 그저 이따금 분노가 되살아나는 순간이 있다는 뜻이에요. 저 자신이 괜찮지 못할 때 특히 그래요. 이를테면 샤워를 하다가 제 손으로 수없이 그은 흉터를 볼 때요.

이 흉터는 영원히 사라지지 않겠죠. 자해를 할 때도 그걸 모르지는 않았어요. 오히려 알기 때문에 한 것이기도 해요. 스스로에게 일시적인 상처가 아닌 영원한 상처를 내고 싶었거든요.

그런 상황에서, 다시 말해 그런 행동을 하는 순간에는 이성적인 판단이 불가능해요. 그러다 보니 제 팔은 마치 수십 센티미터 너비의 하얀 바코드가 찍힌 것처럼 보이게 됐어요. 스캔도 안 되는 바코드 말이에요.

요즘은 새 상처를 내지 않으니 걱정하지 않으셔도 돼요. 다만 이런 상태를 유지하려면 매일 약을 먹어야 해요. 정신과 약을 처방받은 뒤로는 꽤 나아졌어요. 이 세상을 버텨내기 위해 그런 약을 먹어야 하는 사람이 얼마나 많은지 보통 사람들은 아마 상상조차 할 수 없을 거예요. 제 주위에만도 항우울제를 처방받은 친구가 세 명이나 돼요.

파울도 이 약을 먹었으면 지금 살아 있었을까요? 그런 생각을 할수록 절망감만 더 깊어지니 아예 안 하는 게 낫겠지요.

부모님은 처음에는 정신과 약을 탐탁잖게 여기셨어요. 제 왼쪽 팔과 허벅지를 보기 전까지는요. 거기에 흉터가 가장 두껍게 남아 있거든요. 처음에는 의사에게만 보여주었지만 결국은 의사가 이 문제에 관해 부모님과 상의하는 데 동의했어요. 저 혼자서는 아마 부모님께 말하지 못했을 거예요. 그건 확실해요.

그때는 샤먼으로 돌아가 지내고 있을 때였어요. 파울의 죽음 때문이 아니라 코로나 때문이었지요. 파울이 떠나고 6주 뒤에 일본의 거의 모든 학교가 휴교에 들어가면서 기숙사도 문을 닫았거든요. 독일의 상황도 비슷했을 테니 파울도 아마 알고 있었을 거예요.

특수한 상황이다 보니 파울의 사망 소식도 이메일로 듣게 되었어요. 전화로 소식을 들은 친구도 몇 있었을 거예요. 교장은 파울과 자주 어울렸던 학생들에게 먼저 연락했는데 저는 거기에 포함되지는 않았어요.

학교에서 보낸 메일에는 마음이 힘들 때 도움을 청할 수 있는 몇몇 전화번호와 사이트 주소가 적혀 있었어요. 하지만 이

　　　　　　　　　　　　　　　그 후 하나

미 중국으로 돌아온 마당에 일본의 상담 기관이 무슨 소용일까요?

처음에 든 생각은 파울이 해냈구나!였어요. 저 역시 그때는 그런 생각을 하고 있었으니까요. 모든 것을, 심지어 저 자신까지도 포기하고 싶었어요. 그래서 스스로 목숨을 끊을 생각이었죠.

파울이 그 바람을 실행했다는 사실, 스스로를 포기했다는 사실도 제가 파울에게 분노를 느끼는 이유예요. 저도 힘든 시기를 지날 때면 불쑥불쑥 그런 충동이 들지만 매번 스스로를 다잡곤 하거든요. 제가 목숨을 끊으면 저만큼이나 힘들게 버티고 있는 주위 사람들까지 휩쓸릴 것 아니에요. 그렇게 똑 부러져 보이던 리엔도 끝내 무너졌으니 나도 더 살아봐야 가망이 없겠다, 이렇게 생각하면서.

파울이 삶에 희망이 없다고 생각했던 것처럼 말이에요.

모두가 줄줄이 목숨을 끊을지도 모르는데, 죽는다고 문제가 해결되는 건 아니잖아요.

제 말 한 마디 한 마디가 이상하게 들리시겠지만 그렇게 뒤죽박죽 혼란스럽고 모든 게 틀어진 느낌, 그게 바로 지금 제가 느끼는 감정이에요.

전 파울이 살아서 재킷을 들고 나타나주기를 간절히 바랐어요.

이겨낼 수 있다는 것을 증명해주었으면 했어요. 파울이 극복하면 저도 할 수 있을 것 같았거든요.

저는 참으로 이기적인 인간이에요.

파울을 위해서가 아니라 저 자신을 위해 가죽재킷을 이용한 셈이니까요. 그래도 그냥 괜찮다고 생각해요. 어쨌거나 제가 알아서 해야 할 제 인생이잖아요.

파울은 공항에서도 제게 메시지를 보냈어요. 전 남자친구가 미식축구 선수였어? 재킷에 나만 한 사람이 다섯 명은 들어가겠는데!라고요.

파울의 메시지는 거의 다 지워서 남아 있는 게 별로 없어요. 일본에서 지낼 때부터 늘 메시지 폭탄을 보내는 바람에…….
그래도 이건 남아 있네요. 보세요.

그럴 가능성은 희박하겠지만 만약에 비행기의 기압이 떨어져서 추락한다면 이 재킷을 낙하산으로 써도 될 것 같아!

일본 기숙사에서 지낼 때 늘 그랬듯이 그날도 저는 답장을 하지 않았어요. 저는 단 한 번도, 스마일 이모티콘 한 개조차 보내지 않았어요. 그렇게 해서 결과가 좋았던 적이 없었거든요. 남학생들은 메시지에 짧은 답장이라도 하면 즉각 온갖 추측과 해석을 쏟아내곤 했죠. 저는 그게 너무나 싫었어요.

어느 때쯤이면 남자애들도 대부분 눈치를 채고 더 이상 치근대지 않는데 파울은 눈치라는 게 아예 없는 것 같았어요.

사실 저는 그 애가 정말 여자에 관심이 있었던 건지도 모르겠어요.

한번은 기숙사에서 큰 파티가 열린 적이 있어요. 아주 큰 행사였죠. 남학생들, 그중에서도 일본인들은 고상한 검은색 정장에 넥타이까지 빈틈없이 차려입고 왔어요. 엄청나게 진지하게 파티에 참여하면서 저녁 내내 셀카를 찍어대더군요.

파울은 그 자리에 일본인들이라면 절대 납득할 수 없을 코스프레를 하고 나타나서 모두를 놀라게 했어요. 일본 만화의 등장인물을 코스프레했는데 문제는 남자 영웅 캐릭터가 아니라 여자 캐릭터였다는 거예요. 짧은 검정 치마에 하얀 스타킹 차림이었지요. 딱 봐도 하녀 코스프레였는데 옷차림만으로는 모자랐는지 깜찍하고 수줍은 미소까지 지어 보였어요.

여기, 이 사진이에요. 이건 차마 못 지우겠더라고요. 놀라거나 황당해하는 주위 사람들의 표정이 정말 가관이에요.

솔직히 말씀드리면 파울에게는 그 차림이 그야말로 찰떡이었어요. 모든 걸 떠나서 저는 그 용기에 크게 감탄했어요. 그럼에도 여전히 그 애의 전화는 받지 않았고 메시지에 답장도 안 했지만, 파울은 아랑곳하지 않더군요.

겨울방학 때도 마찬가지였어요. 저는 샤먼에서, 파울은 독일에서 가족들과 시간을 보내는 동안에도 그 애는 쉬지 않고 메시지를 보냈어요. 직접 구운 이 쿠키 사진도 그때 받은 거예요. 가족을 위해 직접 구웠나 본데, 이걸 보고 파울에게도 참 다정한 구석이 있다고 생각했죠.

한두 번도 아니고 수없이 제게 전화를 거는 일 역시 방학 내내 계속됐어요. 저는 단 한 번도 받지 않았지만.

파울이 전혀 눈치채지 못하는 게 이상하게만 보였어요. 누군가 메시지에 답장을 하지 않거나 전화를 받지 않으면 뭔가 감이 오기 마련 아닌가요? 그런데 파울은 지칠 줄을 몰랐고, 솔직히 말씀드리면 저는 그게 약간 불쾌하기도 했어요.

뒤늦게 그 애 부모님의 편지를 읽고서야 파울이 어떤 진단을 받았는지 알게 되었어요. 응급병동에서 받은 진단이요.

그렇게까지 할 수밖에 없었던 부모님의 입장이 백번 이해가 가요. 응급병동은 말 그대로 응급 해결책이었겠죠.

파울의 진단명을 들은 후에야 저는 그 애가 자폐스펙트럼 때문에, 한마디로 다른 세계에 살고 있던 탓에 그 모든 것을 이해하지 못했다는 사실을 알게 되었어요. 자기가 저를 귀찮게 한다는 것도 자각하지 못했겠지요. 어떻게 지내냐, 요즘 뭘 하고 지내냐는 안부 인사 한마디 없이 곧장 자기 얘기만 하고, 음악, 수학 문제, 일본 만화에 관해 끝없이 떠들던 것도 그것 때문이었을 테고요.

당연한 일이지만 요즘, 정확히 말하면 파울의 부모님을 통해 진단명을 알게 된 후로 참 많은 생각을 하게 되었어요. 내

그 후 하나

가 알아챘어야 했던 게 아닐까? 그 애 스스로도 어쩔 수 없었던 것뿐인데 성가시게 군다는 이유로 내가 너무 모질게 대하지 않았나? 그 애의 죽음이 나 때문인 게 아닐까?

이런 생각들이 끝없이 저를 괴롭힌다는 점도 파울에게 화가 나는 이유 중 하나예요. 화날 이유가 한두 가지가 아니라니까요!

자살 생존자 입장이 되고 나니 어쩐지 저도 파울이 저지른 일에 책임이 있는 것처럼 느껴져요. 저 같은 사람들에게는 이게 얼마나 엿 같은 상황인지 아시겠죠.

한 가족에 네다섯 명이 스스로 목숨을 끊는 것과 비슷해요. 그런 일은 실제로 일어나고, 유명한 사례도 꽤 있어요. 예를 들어 헤밍웨이도 자살로 생을 마감했어요. 그의 아버지도, 누나와 형도, 심지어 손녀까지도 말이에요!

가족 한 사람이 자살하면 나머지 가족들도 모두 자살 위험도가 크게 증가해요. 과학적으로 설명되는 현상인지는 모르겠지만 저는 그 이유를 너무 잘 알 것 같아요.

저한테는 그게 목숨을 버려서는 안 되는 이유이기도 해요. 제 남동생이 죽는 것은 바라지 않거든요. 부모님도 계속해서 살아가기를 바라고요.

파울은 제 가족은 아니지만 그의 자살은 모든 것, 모든 사람들을 바꾸었어요. 파울의 가족뿐 아니라 그를 알고 지낸 사람들까지 모두 말이에요.

이건 파울이 일본에서 저희에게 보냈던 사진이에요. 이게
뭘 의미하는지는 딱 봐도 알 수 있죠. 제게는 너무나 충격이
었어요. 자살이 이토록 쉽다는 사실, 자신이 그걸 막 실행하
려 한다는 사실을 우리 모두에게 알린 셈이었으니까요.

제 인생만으로도 충분히 비참했기 때문에 저는 파울의 삶
에까지 휘말리고 싶은 마음이 없었어요. 그래서 파울의 전화
를 받지 않은 거예요. 제게는 그 애와 거리를 두는 것 말고는
다른 방법이 없었어요!

파울이 응급병동에 입원한 뒤에는 정말로 연락이 끊겼어
요. 입원하고 싶지 않지만 어쩔 수 없다는 짤막한 소식이 마
지막이었지요.

그 후로는, 적어도 저한테는 두 번 다시 연락하지 않았어
요. 마테오는 이후에도 파울과 계속 연락하며 지냈고 잭슨도
간혹 메시지에 답장을 해주었나 봐요. 파울과 종종 영상통화
를 했는데 그때마다 약에 취해 있는 것 같았다고 두 사람에게
들었어요. 쉬지 않고 대마초에 관해 이야기하거나 이따금 카
메라 앞에 조인트를 들이밀기도 했대요. 하지만 스페인이나
캐나다에도 대마초를 하는 사람이 많아서 두 사람은 대수롭
지 않게 여겼나 봐요.

저는 파울이 마약과는 전혀 어울리지 않는다고 생각했기

그 후 하나

때문에 그 말을 믿을 수 없었어요. 사케 한 모금조차 입에 댄 적이 없는 친구거든요. 학생들이 연 파티에서도 맥주에 손을 대지 않았고요.

아니, 정확히 말하면 그 애는 애초에 파티 자체를 즐기지 않아서 아예 참석한 적도 없었어요. 원래 아웃사이더이기도 했지만 그런 자리에는 더더욱 오지 않았죠.

파울이 참석한 유일한 모임은 마테오가 그 애를 위해 급히 마련한 송별회뿐이었어요. 마련했다고 하기도 뭐할 정도로 즉흥적이었죠. 파울이 사진 소동으로 마테오와 저, 일본어 선생님과 함께 교장실에 불려간 날이었어요. 먼저 교장실에서 나온 마테오와 저는 문 앞에서 기다리고 있었어요. 뒤늦게 나온 파울은 평소답지 않게 말이 없었고요. 대신에 일본어 선생님이 저희에게 앞으로의 일에 대해 이야기해주셨어요.

마테오는 파울이 이튿날 바로 귀국할 예정이라는 말을 듣고 송별회를 해주자고 했어요. 그래봐야 고작 다섯 명만 참석했지만 어쨌든 두 시간 뒤에 저희는 파울의 방에 모였지요.

파울과 방을 같이 쓰던 라이언은 저희를 피해 나갔어요.

에이버리는 파울을 위해 바나나케이크를 가져왔어요. 급하게 구운 거라 오븐의 온기도 남아 있었죠. 그런데 파울이 바나나케이크를 극도로 싫어한다는 걸 에이버리는 까맣게 몰랐어요. 냄새만 맡아도 구역질이 치밀 정도였나 봐요. 누군들 알 턱이 있나요? 마테오 외에는 누구와도 많은 시간을 보낸 적이 없으니, 그 애가 무슨 음식을 좋아하고 무슨 음식을 싫어하는지 저희가 어떻게 알겠어요.

바나나케이크를 싫어한다는 이야기는 마테오에게만 귓속말로 했대요. 저희는 나중에야 마테오가 말해줘서 알았어요.

어쨌거나 파티 음식이라고는 바나나케이크와 파울의 옷장에서 찾은 독일 군것질거리 몇 개, 재스민차가 다였어요. 거기에 유라이어 힙의 음악을 틀어놓았는데 저는 한 번도 들어본 적 없는 음악이었죠.

그날도 어김없이 파울은 저희에게 유라이어 힙의 곡을 전부 들려주고 장발을 한 70년대 남자들의 사진을 보여주며 그 영국 출신 록그룹에 관해 끝없이 이야기를 늘어놓았어요. 평소에 보위에 관해 이야기하던 것처럼.

그날 들었던 유라이어 힙에 관한 이야기는 전부 잊어버렸지만 딱 한 문장만은 아직도 기억나요. 아마 그 자리에 있었던 모두에게 영원히 잊지 못할 기억이 될 거예요. 판타지 어쩌고 하는 곡이 흘러나오던 때였는데 제목은 정확히 기억이 안 나네요. 말씀드렸다시피 제 취향에는 영 맞지 않는 음악이라서요. 중요한 건 파울이 그 노래를 들으며 했던 말이에요.

"내 장례식에서 이 곡을 틀어달라고 할 거야."

모두들 떨떠름하게 서로 마주보다가 마테오가 껄껄 웃음

그후 하나

을 터뜨렸어요. 누가 들어도 어색한 웃음이었지만 돌이키기에는 이미 늦었죠. 아무도 파울의 말에 대답하지 않았고 그걸로 송별회는 이미 끝이었어요. 곧 선생님들도 방에 들어왔어요. 파울을 밤새 혼자 두면 또 바보 같은 짓을 할까 봐 옆에서 지켜보려는 것이었죠.

그날 송별회에 온 사람은 정말 적었어요. 오지 않은 친구 몇몇은 틀림없이 죄책감을 품고 있을 거예요.

하지만 정말 저희가 그 일에 어떤 책임이 있는지 잘 모르겠어요. 파울은 워낙 어울리기 쉽지 않은 친구였거든요. 일단 그 애는 저와 산책했던 날 더글러스 애덤스와 몬티 파이튼에 관해 줄줄이 이야기한 것처럼 늘 일방적으로 자기 이야기만 했어요. 어쩌다 서로 대화를 할 때도 몹시 직설적이었고요. 의도한 건 아니겠지만 상대방이 상처받을 수도 있다는 사실을 고려하지 않고 뭐든 대놓고 말하는 거예요. 이것도 분명 자폐 증상이었을 테니 파울은 아무 잘못이 없지만요.

파울이 한창 너바나에 심취해 있던 때, 종종 마테오의 방에서 나오던 모습이 기억나요. 새 리프를 배우고 나오던 참이었겠지요. 한번은 제가 커트 코베인 얘기를 꺼내면서 파울에게 너도 마지막 콘서트를 준비하는 중이냐고 농담을 건넸어요. 저희한테는 자살에 관해 그런 식으로 우스갯소리를 주고받는 게 흔한 일이었거든요. 유일하게 통하는 부분이기도 했고요. 또 그 정도 농담은 다른 친구들도 다 했어요! 그런데 그날은 파울이 별안간 엄청나게 화를 내더군요. 제가 교무실 쪽으로 밀고 가던 빔프로젝터 거치대를 향해 삿대질을 해가며 가시 돋친 말투로 내뱉었어요.

"매번 그딴 헛소리나 지껄이니까 남자친구한테 차이는 거야!"

저는 말문이 콱 막혔어요. 빔프로젝터에 대고 삿대질은 또 왜 하는 건지. 참고로 기숙사 학생들에게는 저마다 담당 업무가 하나씩 주어졌는데 저는 빔프로젝터 담당이었어요. 그러나 1초라도 빨리 도망치고 싶었던 저는 거치대를 그대로 세워둔 채 자리를 피해버렸어요.

돌이켜보면 파울은 그저 특유의 냉소적인 방식으로 저를 웃기려고 했던 것 같아요. 그런데 제게는 그 상황이 전혀 웃기지 않았던 거죠. 파울이 빔프로젝터 거치대를 걷어차고 뛰어가던 모습이 아직도 눈에 선해요.

아마도 저와 대화를 나누려는 그 애 나름의 시도였을지도 몰라요. 그런데 뜻대로 되지 않아 울화가 치밀었겠지요.

마테오 역시 파울의 부모님에게 택배를 받고 사진으로 찍어 저한테 보냈어요. 저희는 파울이 세상을 떠난 뒤에 본격적으로 연락하기 시작했고 지금도 서로 자주 연락하며 지내요. 마테오가 받은 상자에도 군것질거리가 가득했고 파울의 부모님이 쓰신 짧은 편지 한 통도 들어 있었어요. 파울의 묘에 방문하고 싶으면 언제든 독일에 찾아오라고 쓰여 있었대요. 제가 받은 편지에도 쓰여 있던 말이에요.

파울의 장례식에 관한 이야기도 몇 줄 있었어요. 저희들 모두가 나름의 방식으로 파울을 보내주기를 바랐나 봐요.

장례식 때 어떤 노래를 틀었는지도 편지에서 읽었어요. 파울이 유서에 그렇게 요청해두었대요. 저를 비롯해 그날 송별회에 참석했던 친구들은 제목을 보고도 놀라지 않았어요. 유라이어 힙의 그 판타지 어쩌고 하는 곡이었으니까요.

저희 가족의 지인들이 독일에 살고 있지만 저는 아직 파울의 묘지를 방문하러 가지 않았어요. 제가 그곳, 그러니까 파울의 묘를 찾는 일은 결코 없을 거예요. 파울에게 화가 나기 때문만은 아니에요. 제게는 파울의 묘지를 찾는다는 게 마치 저 자신의 무덤을 찾아가는 것과도 같거든요. 이상하게 들리겠지만요. 저와 비슷한 고통을 겪는 사람들만이 제 말을 이해할 거예요.

마지막으로 한 가지만 더 말해야 할 것 같네요.

파울이 저에게 전화를 건 일이 한 번 더 있었어요.

파울의 부모님이 보낸 상자에는 편지와 군것질거리, 가죽재킷 말고도 파울의 죽음을 알리는 부고문이 들어 있었죠. 파울이 사망한 날짜도 물론 거기에 적혀 있었고요. 그걸 본 저

는 퍼뜩 휴대폰을 뒤져봤어요. 같은 날짜에 파울에게 온 부재
중 전화 세 통이 찍혀 있더군요. 전화가 왔던 시간에, 독일은
한밤중이었어요.

그후 하나

작별 둘

「노 우먼, 노 크라이 No Woman, No Cry」

― 밥 말리의 곡명

파울
응급병동에 입원하기 얼마 전

나는 심리상담사에게 세상이 회색빛으로 보인다고 이야기했다. 독일의 도시들도, 살찐 독일인들도, 무미건조해 보이는 집들도, 수많은 도로들도. 사방에 보이는 사람들의 얼굴도 회색 아스팔트로 덮여 있었다.

온 세상이 회색, 회색, 회색이었다. 세상의 모든 것들이……. 게다가 모든 게 안개 필터를 씌운 것처럼 보였다.

어째서 나 말고는 아무도 이렇게 보이지 않는 거지? 다른 사람들 눈에도 이렇게 보이나? 그렇다면 어째서 아무도 대응하지 않는 걸까? 도대체 어떻게 다들 이 회색투성이 세상을 견디고 있는 거지?

심리상담사는 등받이에 몸을 기댄 채 지난 상담 일지에 기록된 내용들을 훑어보았다.

"일본에서도 세상이 회색으로 보였다고 했지? 그럼 어디를 가든 마찬가지인 모양이구나. 그 회색에게 말을 걸어보는 것은 어때? 하고 싶은 말이 있니?"

색과 대화를 나눈다니, 홍미로운 상상이다. 상담사는 내가 그런 심리 게임에 능하다는 사실을 잘 알고 있었고, 또…….

……알아도 어차피 너를 도와줄 수는 없어. 너는 이제 색깔 없는 세상에서 살게 될 거야! 영원히!

나는 상담사에게 말했다.

"방금 그 목소리가 다시 나타났어요."

"뭐라고 하니?"

"선생님이 저를 도와줄 수 없을 거라고요. 제게는 영원히 회색 세상만 남을 거래요."

"그 목소리에게 대답한 적도 있어?"

"해봐야 소용없어요."

그래, 맞아. 이 한심한 패배자야!

"방금 저를 한심한 패배자라고 불렀어요."

상담사는 뭔가를 기록하고는 나를 향해 미소를 지었다.

"못된 녀석 같으니. 그럼 우리도 그 목소리에게 이름을 지어줄까?"

싫어! 싫어! 싫다고!

"싫대요."

"네 생각은 어때?"

"저는…… 어, 솔직히……. 그러죠, 뭐."

"좋아. 뭐라고 할까?"

"펭귄."

"펭귄?"

상담사가 되묻고는 잠깐 생각에 잠겼다가 큰 소리로 웃음을 터뜨렸다. 대기실에서 기다리던 환자들이 듣고 상담사도 정신병에 걸린 게 아닐까 생각할 것 같았다.

"제가 말하는 펭귄은…….'

"마크-우베 클링의 캥거루 삼부작에 나오는 그 펭귄? 고전적인 악당이지. 그거 좋은데. 그 목소리도 악당 중의 악당이니까. 아주 잘 어울리는 이름이야. 그런데 잠깐."

상담사는 갑자기 엄숙한 표정을 지으며 나를 바라봤다.

"소설에서는 펭귄이 변장을 하고 등장하잖아. 냉동식품 가게 직원이었다가, 어느 기업의 회계사도 되었다가. 내 기억이 맞니? 캥거루는 이 펭귄이 도대체 무슨 속셈인지 모르니 답답해 미칠 지경이고."

"스쿠터의 음악도 듣고요."

나는 덤덤히 덧붙였다. 어째서 그게 생각난 건지 스스로도 알 수 없었다. 지금 우리의 주제와는 상관없는 이야기 아닌가. 동시에 펭귄이 너바나의 음악을 들었다는 데 퍼뜩 생각이 미쳤다. 이상한 일이다. 일본에서 마테오에게 기타를 배우는 동안에는 어째서 그 생각이 나지 않았을까? 정말 까맣게 잊고 있었다.

"스쿠터? 난 기억도 안 나는데. 어쨌든 우리의 주제인 슈퍼 악당 펭귄 이야기를 계속해보자. 책에 나오는 펭귄은 커다란 공항을 지을 계획인데, 아마도 펭귄은 날 수 없기 때문일 거야. 그럼 그 펭귄, 그러니까 네게 들리는 목소리가 원하는 것은 뭘까?"

상담사는 3초가량 말없이 나를 응시했지만 대답할 말이 떠오르지 않았다. 그는 이럴 것을 알고 있었거나 아니면 정확히 이 점을 노린 것 같았다. 정해진 상담 시간에서 이미 1분이 초과되었으므로. 환자들에게 이를 일깨울 목적인 듯 상담사 뒤쪽에는 커다란 시곗바늘이 달린 벽시계가 걸려 있었다.

"그럼 잘 생각해보고 사흘 뒤에 다시 이야기할까?"

나는 고개를 끄덕이고 자리를 떴다.

상담 시간 전후로 나는 늘 조인트를 피웠다. 그렇게라도 하지 않으면 내 방에서 나갈 수가 없었다. 일본을 떠나온 게 그나마 다행이었다. 독일에서는 위드라도 구할 수 있으니.

플로에게 전화를 걸고 20분 뒤에 공원에서 그를 만나 일을 해결했다. 심지어 공원은 상담실과 우리 집의 중간쯤에 위치해 있었다. 이 나라에서는 모든 게 아주 편리하다는 점만은 부인할 수 없다.

상담사는 대부분 내가 마음껏 이야기하도록 내버려두고

작별 둘

무슨 이야기든 주의 깊게 경청했다. 겉보기에는 그랬다. 상담사를 폄하하려는 것은 아니지만, 사실 경청하는 대가로 돈을 번다면 나라도 똑같이 할 터였다.

이 원칙은 어디서든 비슷하게 적용되는 모양이다. 일본에서는 마테오에게 기타를 배우는 대가로 아마존에서 물건을 주문해주었고, 상담사는 내 이야기를 들어주는 대가로 돈을 받는다. 대가를 바라지 않는 사람은 노아뿐인 것 같았다.

걔는 네가 불쌍해서 그러는 거야!

이를테면 리엔은 돈을 받지 않기 때문인지 내게 한 번도 답장을 하지 않았다. 잭슨과 에이버리 그리고 다른 모든 사람들은 언젠가부터 나를 상대하려 하지 않았다. 적어도 그들이 내 메시지에 답장하기까지는 늘 오랜 시간이 걸렸다.

그들에게 넌 이미 죽은 거나 다름없어!

그것 참 유익한 답변이군, 멍청한 펭귄 같으니. 펭귄의 존재를 감당하는 것도 이제 한계였다.

그럼 그만두면 되잖아! 포기해!

말 안 해도 그럴 생각이야, 이 자식아! 어차피 너도 알잖아!

물론이지. 아마 나밖에 모를걸.

그런데 펭귄아, 오늘 작명놀이 꽤 재미있지 않았니?

닥쳐, 이 미치광이야!

심리상담사가 정말 밥 말리에 관심이 있는 건지는 모르겠으나 그는 내 강의 아닌 강의를 주의 깊게 경청했다. 나처럼 대마초를 꽤나 피우고 음악에 관심이 있는 사람은 언젠가 필연적으로 밥 말리를 접하게 된다. 그러나 그의 곡들을 제대로 이해하는 사람은 거의 없다.

"역사상 밥 말리의 곡만큼 오역되고 잘못 해석된 곡은 없을 거예요."

어느 상담 시간에 나는 이렇게 말문을 열었다.

"「노 우먼, 노 크라이」."

상담사의 예기치 못한 답에 나는 놀라며 고개를 끄덕였다. 어쩌면 상담사도 온종일 나를 포함해 정신이 온전치 못한 사람들을 상담하고 마무리로 조인트를 피우는지도 모른다. 그게 아니면 어떻게 그런 것을 아는지 설명할 길이 없었다.

"맞아요. 「노 우먼, 노 크라이」. 많은 사람들이 이걸 여자가 없는 사람은 울 일도 없다라는 뜻으로 해석해요. 하지만 이 곡명은 여성 혐오의 뉘앙스를 풍기는 그런 해석과는 거리가 멀어요. 오히려 그 반대죠. 여인이여, 울지 말아요가 올바른 뜻이에요. 곡의 내용은 남녀관계 따위와는 전혀 상관없고, 자메이카 빈민가의 삶과……."

내 이야기는 이런 식으로 끝없이 이어졌다. 물론 상담사는 내가 어떻게 지내는지, 일본에서처럼 여전히 자살에 관해 생

작별 둘

각하는지, 아직도 자해를 하는지 따위의 질문도 던졌다. 그가 물으면 나는 대답했다.

대답이 다 거짓말이잖아!

맞아, 펭귄아.

나는 상담사가 듣고 싶어 하는 대답을 했다. 그가 내 머릿속을 들여다볼 수 있는 것도 아니니 연극하는 것쯤은 식은 죽 먹기였다. 내 머릿속을 들여다볼 수 있는 것은 펭귄뿐이다.

어머니에게도 어머니가 듣고 싶어 할 법한 이야기만 했다. 그러나 여덟 번째 상담을 마칠 즈음에는 슬슬 한계가 찾아왔다. 거짓말도 쉬운 일은 아니므로. 게다가 어머니가 아니면 누구에게 모든 걸 솔직히 털어놓는단 말인가?

어머니는 악랄한 펭귄과는 다르다. 생각을 읽는 능력도 없다. 그러니 솔직히 말해주어야 한다.

"있잖아요, 엄마. 저 다음 주 목요일에 숲에서 자살할 생각이에요. 그냥 알고 계시라고요."

나를 뚫어져라 응시하던 어머니의 눈에 눈물이 고였다. 예상 못 한 바는 아니지만 언제까지 거짓말을 할 수도 없는 노릇이었다. 더 이상은 거짓말하고 싶지 않았다. 심리상담사 앞에서 연극하는 것으로도 충분하다.

내게 무슨 일이 일어날 것인지 어머니만큼은 알고 있어야 한다. 내게 벌어질 일이 내 자유의지에 의한 것이며, 철저히 준비하고 제대로 실행할 것이라는 사실도.

나는 방으로 돌아가 너바나의 음악을 틀고 볼륨을 높였다. 30분쯤 지난 뒤에 어머니가 문을 두드렸다. 아버지도 함께 있었다. 그러나 내 방에 들어올 수 있는 사람은 어머니뿐이었기 때문에 아버지는 문가에 서서 기다렸다. 이 규칙은 내가 일본에서 돌아온 뒤에 정한 것이었고 가족들도 이를 존중해주었다. 갑판에 티라노사우루스가 세워진 파란색 레고 화물선 모형이 책상 밑에 아무렇게나 놓여 있는 일도 일어나지 않았다.

어머니가 다가와 침대 가장자리에 앉았다. 울음은 그쳤지만 몰골이 말이 아니었다.

"심리상담사와 통화했어."

어머니가 말하고 자리에서 일어나더니 슬로모션처럼 천천히 옷장으로 다가갔다.

내 옷을 몇 벌 꺼내어 스포츠 가방에 주섬주섬 챙긴 어머니는 내게 잠시만 음악 소리를 줄여달라고 부탁했다.

나는 튕기듯 일어나 고함을 질렀다.

"저를 정신병원에 집어넣으시려는 거예요? 상담사와 이야기했다는 게 그거냐고요!"

"우리도 그게 최선이라고 생각⋯⋯."

아버지가 최대한 목소리를 누그러뜨리며 말했지만 나는 듣지 않았다.

"다음 주 목요일, 숲! 엄마한테만 귀뜸한 거잖아요! 엄마한테만! 그런데 다 떠벌리면 어쩌자는 거예요!"

나는 어머니에게 고함을 질러댔다. 어머니는 애써 눈물을 삼키며 말했다.

"제발 부탁이야, 파울. 난 네 엄마잖아. 자식이 죽겠다고 하는데 손 놓고 있을 엄마가 어디 있겠니?"

"응급병동에 입원하자. 그곳에서라면 도움을 받을 수 있을 거야."

아버지가 끼어들었다. 나는 책상을 걷어찼다. 만화책 두 권이 바닥으로 떨어졌다.

"도움 따위 필요 없다니까요!"

어머니가 책을 집어 들며 고개를 끄덕였다.

"지금은 네가 그걸 스스로 결정할 수 있는 상태가 아닌 것 같아."

"뭐라고요?"

나는 악을 쓰며 어머니의 손에서 책을 낚아채 유리창 쪽으로 내던졌다.

"이건 내 인생이야! 내 인생을 내가 끝내고 싶다는데! 내가 끝내고 싶을 때 끝내겠다고!"

"제발, 파울. 가자. 우리가 병원에……."

아버지가 재차 입을 열었다.

나는 다시 한번 책상을 걷어찼다. 불행히도 이번에는 책이 떨어지지 않았다. 나는 두 팔을 뻗어 책상 위에 있는 모든 물건을 쓸어버렸다. 연필꽂이와 책, 노트북이 요란한 소리를 내며 방바닥으로 쏟아졌다.

그때 문득 나를 껴안는 어머니의 손길이 느껴졌다. 내 몸은 여느 때처럼 딱딱하게 굳었다.

분노가 치솟아 몸이 폭발할 것만 같았다.

"파울, 심호흡을 해봐! 상담 시간에 배웠잖아. 심호흡을 해!"

그 자리에 있지도 않은 심리상담사의 목소리가 들렸다. 괴상한 일이었다.

네 엄마를 때려눕혀.

"닥쳐, 펭귄 자식아!"

마구잡이로 소리치며 발버둥 치는 나를, 어머니는 더욱 힘주어 끌어안고 버텼다. 아버지가 방 안으로 들어왔다. 들어와서는 안 되는 아버지가!

"나가!"

나는 고함을 질렀다.

아빠 얼굴에 주먹을 날려!

아버지가 반대쪽에서 나를 끌어안았다. 나는 결박된 것과 다름없는 꼴이 되었다.

작별 둘

"심호흡! 어떻게 하는지 알잖아!"

상담사의 목소리가 울려 퍼졌다.

네 부모가 너를 질식시켜 죽일 거야.

"입 닥치라고!"

그러나 아까와는 달리 내 목소리는 잦아들어 있었다.

나는 심호흡을 했다. 상담 시간에 배운 대로.

밥 말리에 관해 이야기한 날이었다. 상담사는 가수들이 공연에서 몇 시간씩 노래를 부르면서도 목이 쉬지 않는 이유가 복식호흡을 하기 때문이라고 알려주었다. 짧고 얕게 호흡하는 흉식호흡에 비해 복식호흡을 하면 어떤 점이 좋은지도 이야기했다.

그래서 나도 그대로 해보았다.

밥 말리처럼, 데이비드 보위처럼, 유라이어 힙처럼, 커트 코베인처럼, 그리고 그들의 이름이 무엇이든 간에, 나는 그들처럼 호흡했다.

배 속 깊숙이, 다음에는 가슴 깊숙이 숨을 들이마신 뒤에 잠시 호흡을 멈추고, 들이쉰 숨을 천천히 내뱉었다.

이 과정을 반복하고, 반복하고, 또 반복한 뒤에야 비로소 나를 껴안은 팔에 저항하는 것을 멈출 수 있었다.

나는 모든 일이 일어나는 대로 내버려두었다.

여기에서.

지금.

마지막으로 한 번 더.

10여 분 뒤 아버지는 운전대를 잡고 있었고, 어머니는 내가 달리는 자동차에서 뛰어내리기라도 할까 봐 뒷좌석에서 내 곁을 지키고 있었다.

마침내 그곳에 도착했다.

앞으로 내가 머물게 될 아동청소년 정신건강센터의 응급 병동, 한마디로 정신병원이었다.

이런저런 검사를 마친 의료진은 부모님이 그랬듯 내가 여기에 머물러야 한다고 말했다.

나는 거부했다. 난 여기 있고 싶지 않아! 차를 타고 올 때까지만도 마음의 준비가 되어 있었는데 다시 마음이 바뀌었다.

이제 끝이야.

네 말이 맞아, 펭귄.

내 의지와 상관없이 나를 이곳에 입원시키기 위해 부모님은 가정법원에 신청서를 제출했다. 나는 1년은 기다려야 허가가 날 거라고 생각했다. 절차에 관한 한 독일은 늘 그러니까. 그런데 뜻밖에도 그날 저녁에 바로 승인이 떨어졌다.

내 옷가지가 든 스포츠 가방도 어차피 자동차 트렁크에 실려 있었다.

작별 둘

작별 셋

학생의 부모님과 동생들에게
깊은 애도의 마음을 전합니다.

— 파울의 학교 이름으로
신문에 실린 추도문

파울
퇴원 후

물론 나는 여전히 모든 것을 끝낼 생각이었다.

당연하지!

닥쳐!

나는 더 이상 목소리와 대화를 나누지도, 그것을 펭귄이라 부르지도 않았다. 입원 첫날부터 그만두었다. 저스틴이 자기 목소리와 대화하는 걸 목격한 순간부터였다. 나는 저스틴과는 달라!

그러나 이제 차분히 계획을 세우려면 어떻게 행동해야 하는지도 안다. 저스틴, 카타, 알리나 그리고 나까지 모두 그곳에서 전문가의 상담을 받은 덕분이다.

완치되어 퇴원한 것은 아니지만 예수가 되어 나왔으니 나쁘지도 않은 셈이다. 내가 뭐라 하든 알리나는 고집스레 나를 그렇게 불렀다.

어차피 집에 돌아가면 다시 파울이 될 텐데 무슨 상관이겠는가.

바깥세상도 정신병원만큼이나 회색빛이었다. 정신병원을 싫어하던 그 목소리도 함께 밖으로 나와서 여전히 나를 따라 다녔다.

이제 합심해서 끝장을 내자고. 협상하면 어때?

좋아!

그럼 이제 다시 나하고 대화하는 거지?

안 해. 그리고 너는 펭귄이 아니야.

퇴원하기 무섭게 심리상담사가 상담을 요구했다. 별안간 세상 사람 모두가 나와 이야기하려 들었다.

아무 말도 하고 싶지 않은 내 마음을 제대로 파악한 건 동생들뿐이었다. 동생들은 식사를 가져다주거나 만화책을 빌리러 올 때를 제외하고는 나를 귀찮게 하지 않았다. 만화책도 다 읽으면 그냥 내 방문 앞에 가져다 두었다.

모두가 내 병에 관해 알고 있었다.

정신병원이 내게 공식적으로 딱지를 붙인 탓이다.

"어이가 없군."

그때 나는 알리나에게 이렇게 말했다. 알리나도 나와 마찬가지로 삶을 끝내려 했었다. 성공하지 못했을 뿐이다.

"뭐가 어이없는데? 어쩐 일로 이번에는 설명이 안 붙어? 숨도 안 쉬고 떠드는 게 특기면서."

작별 셋

알리나가 말했다. 참고로 그 애는 마돈나라는 이름의 고양이를 키운다.

"좋아. 자, 여기 중증 우울증 환자가 있는데, 정신병원에 들어와서 자신에게 자폐까지 있다는 걸 알게 됐어."

"무슨 말인지 알겠어."

알리나가 말했다. 고양이를 키우는 데다 이렇게 이해력까지 빠르다니. 내게 알리나는 보너스 점수를 받고도 남을 사람이다.

알리나가 내 말을 이어받았다.

"다른 예를 들자면, 하루에 담배 두 갑을 피우는 사람이 니코틴 중독을 고치려고 병원에 갔는데, 의사가 태평하게 당신은 니코틴 중독 말고도 알코올 중독이기도 하다고 말하는 거지."

"정신병원에는 사과주스밖에 없으니 그 양반도 참 곤란하겠군."

우연히 대화를 들은 저스틴이 참견했다. 나는 저스틴을 알리나만큼 좋아하지는 않는다.

"네 코와 턱 사이에 난 구멍을 막을 방법은 없을까?"

알리나가 저스틴에게 쏘아붙였다. 들도 보도 못한 표현이었다. 정신병원에서 알리나만큼 말을 기발하게 하는 사람은 없었다. 저스틴은 딱히 창의력이 뛰어난 사람은 아니어서 어휘력도 그다지 좋지 못했다. 그래도 그는 자살 기도 같은 건 하지 않는다.

알리나는 두 번이나 자살 시도를 하고도 살아남았다. 카타도 마찬가지다. 카타의 원래 이름은 카타리나지만 시작한 말을 끝까지 하는 법이 없는 친구라 우리도 이름을 줄여 불렀다. 줄인 이름이 훨씬 듣기 좋기도 했다.

알리나가 하던 말을 계속했다.

"다리가 부러져서 병원에 실려 왔는데 뜻밖에도 의사가 팔도 하나 없어졌다고 말해주는 경우도 비슷하지."

"아니면 채식주의자인 사람이 병원에서……."

카타가 끼어들다가 역시나 말을 맺지 않고 흐려버렸다. 그러나 이번에는 말하다 만 이유를 알 것 같았다. 채식주의자가 육식을 하는 것은 예상치 않게 알코올 중독자나 자폐 환자가 되는 것과는 다르므로, 비유 자체가 애초에 말이 안 되는 것이다.

정신병원에서 사람들과 나눈 대화는 퇴원한 뒤에도 내 머릿속을 계속 맴돌았다. 정신병원에서의 대화라는 제목으로 책을 내도 좋을 듯했다. 심지어 어디엔가 그런 책이 이미 나와 있을 것도 같았다.

나는 산처럼 쌓인 옷더미와 아무렇게나 던져둔 온갖 잡동

사니가 널브러진 방에 틀어박힌 채 지냈다. 마침내 가족들과 마주치지 않고 집 안을 돌아다니는 방법도 알아냈다. 그냥 낮에 자고 밤에 깨어 있으면 된다. 이 방법은 효과가 좋았다. 그런데 밤낮이 바뀐 건 나뿐만이 아니었다. 코로나 덕분에 노아도 밤늦도록 게임할 시간이 난 것이다. 노아는 대개 새벽 두세 시면 잠자리에 들었지만 그 전까지 두어 시간 정도는 함께 게임을 할 수 있었다.

노아는 게임만 망치지 않으면 내가 뭘 하든 신경 쓰지 않았기 때문에 나는 게임하는 내내 음악 이야기를 실컷 할 수도 있었다.

"병원은 어땠어?"

한번은 노아가 이렇게 물었다. 나는 간단히 대꾸했다.

"이슬람 국가 훈련소 같았어."

"뭐라는 거야."

"병원의 형제자매들에게 내가 알아야 하는 것들을 배웠지."

"네가 알아야 하는 거라니?"

노아가 재차 물었다. 나는 주의를 다른 데로 돌리려고 일부러 게임에서 치명적인 실수를 했다. 그러나 노아는 무척이나 진지한 말투로 말을 이었다.

"난 늘 네가 누굴 가르치면 가르쳤지 남이 너한테 뭘 가르칠 수 있다고 생각한 적은 없는데?"

"그 말도 맞지."

나는 짧게 대꾸하고 게임을 계속했다.

부모님은 내가 잠자리에 들 즈음에 일어났다. 방문 앞에서 부모님과 마주치면 나는 억지로 미소를 지었다. 그러나 언젠가부터 내 미소에는 진심이 담기기 시작했다.

전 괜찮아요.

드디어.

더할 나위 없이 좋다고, 나는 생각했다.

부모님은 조심스럽게 미소로 답했다.

내 기분이 좋아진 진짜 이유가 뭔지도 모르는 채로.

이제 곧 끝날 것임을 나는 알고 있었다.

심지어 나는 몇 안 되는 어릴 적 친구들을 만나러 나가기 시작했다. 이것이 부모님을 더욱 기쁘게 만들었음은 말할 것도 없다.

파울이 방 안에만 틀어박혀 있지 않게 됐어.

가끔이지만 웃기도 하는 걸 보니 좋아지고 있는 게 분명해.

우리 아들이 다시 세상으로 나가고 있어!

이런 생각들이 부모님의 머릿속에 떠올랐겠지.

그 모든 게 이별 준비라는 사실은 꿈에도 모를 것이다. 나 말고는 아무도 모르는 것 같았다.

나는 방바닥에 쌓인 옷더미를 뒤적여 리엔에게 받은 가죽 재킷을 찾아냈다. 운동복과 뒤섞여 있던 재킷을 꺼내 책상 위에 펼치고 그 위에서 유서를 썼다.

약속은 약속이니 가죽재킷은 리엔에게 돌려줘야 한다. 그리고 또 중요한 게 있다. 적당한 음악. 그래서 유서에 이렇게 적었다.

제 장례식에서는 유라이어 힙의 「리턴 투 판타지」를 틀어주세요.

매우 중요한 문제였다. 미리 골라두지 않으면 부모님이 현악사중주단을 불러 바흐나 하이든의 곡을 요청하며 조문객들의 귀를 괴롭힐 게 틀림없다.

밥 말리의 「노 우먼, 노 크라이」도 나쁘지는 않지만 사람들이 가사를 오해할 수 있다는 우려가 있었다. 하기야 경건한 독일의 묘지에서 자메이카의 빈민가를 떠올릴 사람이 몇이나 되겠는가.

「리턴 투 판타지」도 이해하기 쉬운 곡은 아니지만, 오해하는 것보다는 아예 이해하지 못하는 편이 낫다. 그리고 어차피 부모님은 결국 본인들 뜻대로 바이올린과 비올라와 첼로 연주자를 부를지도 모른다.

장례식 음악과 가죽재킷에 관해 쓰고 나서 나는 부모님의 프린터로 유서를 인쇄했다.

레나, 조피와 함께 주방에 있는 부모님은 아무것도 눈치채지 못했다.

　이윽고 나는 마리화나 조금과 마지막 몇 시간 동안 필요한
물건들을 챙겼다.

　많은 것은 필요치 않았다.

작별 셋

그 후 둘

죽은 이는 영원히 죽음에 머물겠지만
우리는 계속해서 살아가야 한다.

― 무라카미 하루키, 『노르웨이의 숲』

파울의 부모님

파울의 어머니

　그날 오후, 파울은 친구 집에서 자고 오겠다며 작별 인사를 건넸습니다. 저는 방에만 틀어박혀 있던 파울이 외출한다는 것만으로도 가슴이 벅찼지요. 남편도 저도, 파울이 드디어 극복한 거라고 철석같이 믿었습니다. 자살 위험에서 벗어나 회복되고 있다고 생각했어요.

　저희는 레나, 조피와 함께 바로 이곳, 주방 식탁에 앉아 있었습니다. 이미 집을 나선 파울이 주방 창문 앞을 지나쳤습니다. 보통은 현관을 나서기 전에 한 번 더 다녀올게요라든가 좋은 하루 보내세요라고 말했는데 그날은 하지 않더군요.

　그때 레나가 냉장고 옆에서 파울의 열쇠꾸러미를 발견했습니다. 레나는 오빠에게 뛰어가 열쇠를 건넸어요. 파울이 레나의 이마에 입을 맞추더군요. 어찌나 뭉클하던지. 그런 행동은 정말 오랜만이었거든요. 그래서 전 희망을 품었습니다.

뒤늦게야 파울이 열쇠를 잊고 나갔던 게 아님을 깨달았어요. 두 번 다시 집에 돌아오지 않을 거라는 사실을 그 애는 알고 있었던 거지요.

파울은 등에 멘 가방 하나 말고는 거의 가져간 게 없었습니다. 저는 그다지 신경 쓰지 않았어요. 친구 집에서 하룻밤 자는 데 뭐가 그리 많이 필요하랴 싶었거든요.

밤늦게 그 애한테서 문자가 왔습니다. 친구와 영화를 보고 싶다며 휴대폰 데이터를 충전해달라는 내용이었어요. 바로 해주니 고맙다는 문자가 또 오더군요.

저는 파울이 혼자 있지도 않고, 즐거운 시간을 보내고 있다는 생각에 그저 행복할 따름이었습니다. 그 전까지 몇 달이나 혼자서 자기 세계에 틀어박혀 있었으니까요. 괴로워하는 아들의 모습을 지켜보는 것, 아들에게 다가갈 수도 도울 수도 없는 것이 부모에게는 그야말로 고통이었습니다.

파울의 아버지

알고 보니 파울은 그날 오후 친구 집에 간 게 아니었습니다. 애초에 친구와 만나기로 약속한 적도 없더군요. 파울이 그날 밤늦게까지 자신에게 중요했던 모든 사람들에게 전화를 걸었다는 사실을 그 애가 죽은 뒤에야 알았습니다. 몇몇은 전화를 받았지만 이미 자는 사람들도 있었나 봅니다. 파

그 후 둘

울은 그들에게 사진과 동영상, 문자를 보내거나 음악을 들으며 시간을 보냈고…… 내내 혼자였습니다.

이튿날 파울이 귀가하지 않자 불안감이 엄습했습니다. 휴대폰은 꺼져 있었고, 만나기로 했다던 친구도 연락이 되지 않았어요.

저희는 경찰에 실종 신고를 했습니다. 경찰이 저희 집에 도착하고 불과 몇 시간이 지나지 않아 수색이 시작되었습니다. 단서라곤 마지막으로 잡힌 휴대폰 신호가 다였는데 그나마도 영화에 나오는 것처럼 정확한 추적은 불가능했습니다. 신호가 잡힌 곳이 넓디넓은 숲 한가운데였거든요.

저희는 인쇄소에 가서 파울의 사진이 실린 실종 전단지를 수백 장 찍었습니다. 인쇄소의 직원은 제게 전단지 인쇄 비용을 받지 않겠다는 사장님의 말을 전해주었어요. 저는 그 말을 듣자마자 오열했습니다. 직원도 마찬가지였지요.

주변 모두가 발 벗고 저희를 도왔습니다. 저희는 경찰과 상의해 수차례나 수색에 나섰습니다. 그러나 저는 파울이 이미 스스로 목숨을 끊었을 거라고 짐작하고 있었습니다.

파울의 어머니

수백 명의 자원봉사자들과 경찰이 일주일 내내 여러 번 숲을 샅샅이 뒤졌습니다. 그러나 허사였어요. 안개 속을 헤매는 기분이었지만 무엇보다 저희는 남은 두 딸을 돌보기 위해 하루하루 로봇처럼 움직여야만 했습니다. 그런데 그동안에 헤아릴 수 없이 많은 사람들, 친구와 지인이 모여들어 저희를 돌보고 저희 곁을 지켜주었습니다. 기적이 일어난 것 같았지요. 여전히 그분들은 저희와 함께하고 있어요. 그분들이 아니었다면 저희는 무너져버렸을지도 모릅니다.

일요일 정오쯤 초인종이 울렸습니다. 남녀 경찰관 두 명이 현관 앞에 서서 들어가도 되겠느냐고 묻더군요. 나중에 알았지만 구급차 한 대도 모퉁이에서 대기하고 있었습니다. 아들 소식에 저희가 어떻게 반응할지 아무도 모르는 일이었으니까요. 만약의 상황에 대비한 것이지요. 이런 경우에는 의례적으로 그렇게 하는 모양입니다.

여자 경찰관은 세심하면서도 단도직입적이었는데 나중에 생각하니 더할 나위 없이 적절한 대처였던 것 같습니다. 그분은 "아드님을 찾았습니다. 사망하셨습니다. 타살 흔적은 없습니다. 삼가 고인의 명복을 빕니다"라고 말했어요. 그날 이후로 그분은 이 말을 몇 번이나 더 반복해야 했을까요? 그 말과 함께 이전까지의 저희 가족의 삶은 끝나버렸습니다. 이 새로운 현실에 어찌 대처해야 할지 막막하기만 했습니다. 한순간에 모든 게 달라졌습니다. 되돌릴 수 없이 말이지요.

고인을 애도하는 일과 관련해 한 가지만 꼭 당부하고 싶습

그후둘

니다. 자살로 아이를 잃은 가족에게 어떻게 위로를 건네야 할지 잘 아는 사람은 아무도 없을 겁니다. 확실한 것 한 가지는 그 상황에 옳고 그른 방법이란 없다는 사실입니다. 위로 카드와 편지, 채팅이나 문자, 말없는 포옹 한 번, 현관 앞에 놓인 꽃 한 송이. 이 모든 것이 저희에게는 커다란 위로였습니다. 단 하나 좋지 않은 방법은 아무것도 하지 않는 것임을 저희는 깨달았습니다.

첫 번째, 두 번째 그리고 세 번째 애도의 기회까지 놓친 분들에게는 극복하기 너무나 힘든 일이 되었습니다. 지금까지도 차마 저희를 마주할 용기가 나지 않아 침묵하시는 분들도 있지요. 그러나 저희는 언제든 이야기를 나눌 준비가 되어 있습니다.

파울의 아버지

저희는 어느 이름 없는 클럽의 회원이 되었습니다. 이전에는 그런 게 있다는 것조차 몰랐어요. 살아 숨 쉬는 악몽 클럽 정도로 부르면 될까요? 파울이 세상을 떠나고 몇 주, 몇 달 동안 저희에게 수백 통의 편지와 이메일이 날아들었습니다. 애도 편지도 있었고 파울을 알던 사람들이 파울에 관해 쓴 개인적인 회고문도 있었습니다.

노아는 파울과 함께했던 너프 총싸움, 게임을 하며 지새운 수많은 밤, 두 사람의 멋진 우정에 관해 들려주었습니다. 다른 친구들은 수학여행이나 그 밖에 파울과 어울리며 즐거웠던 순간들에 대해 이야기했지요.

이는 말로 표현할 수 없을 만큼 저희에게 큰 힘이 되었습니다. 파울이 늘 행복한 것은 아니었어도 나름의 빛나는 시간 역시 있었다는 것을, 이 편지들을 통해 알게 되었으니까요.

파울처럼 스스로 목숨을 끊은 아이들의 부모님이 보낸 편지도 있었습니다. 어느 가족은 딸이 남긴 유언장을 복사해 함께 보내기도 했습니다. 마음이 한없이 무거웠지만 한편으로는 같은 숙명을 나누는 분들이 있어 힘이 났습니다. 그분들과 저희는 모두 살아 숨 쉬는 악몽 클럽의 회원인 셈입니다.

어떤 분들은 자신이 자살한 아이의 부모임을 수치스럽게 여기는 것 같았습니다. 이들에게 자살이라는 화제는 금기가 되어버립니다. 모두가 침묵하는 거지요. 유족들은 아무런 도움도 받지 못하고 홀로 고통을 삭입니다. 하지만 혼자서 이를 극복하는 데는 한계가 있습니다.

파울이 세상을 떠난 뒤부터 지금까지 많은 분들이 저희를 찾아와 가족이나 친구가 자살했다는 이야기를 털어놓았습니다. 그런 이야기를 입 밖에 내는 것 자체가 처음이라더군요. 대화를 마칠 무렵에는 어머님, 아버님만 알고 다른 사람에게는 말하지 말아 주세요라고 당부하곤 합니다.

그 후 둘

동정을 구하고 싶은 것은 아니지만 저희는 처음부터 모든 것을 터놓고 이야기하기로 마음먹었습니다. 파울이 스스로 생을 마감한 것은 그 아이의 마음의 병이 너무나 늦게 발견되었기 때문이지요. 그래서 저희는 파울의 자살에 관해 반드시 이야기해야 한다고 생각했습니다. 그 원인이 무엇인지, 어째서 아무도 알아차리지 못했는지, 어째서 자살을 막을 수 없었는지 고민하기 위해서라도 말입니다.

모든 정신질환의 4분의 3은 아동기와 청소년기에 나타납니다. 무려 4분의 3이요! 그중에서 조기에 발견되고 치료되는 경우는 과연 얼마나 될까요?

자살을 시도하는 사람들의 90퍼센트는 정신질환을 앓고 있습니다. 세 명 중 한 명은 이미 청소년기에 자살을 고민한다고 합니다. 그리고 청년층의 사망 원인 중 두 번째로 높은 것이 바로 자살입니다. 충격적이지 않나요?

저는 어땠냐고요? 파울이 세상을 떠난 뒤에 저는 자폐스펙트럼 진단을 받았습니다. 자폐가 유전된다는 사실도 알게 되었지요. 학창 시절에 저는 다루기 까다로운 아이, 한마디로 모난 돌이었습니다.

인문계 고등학교에 다니던 당시 일부 교사들은 저를 장애인학교로 전학 보내야 한다고 주장하기도 했습니다. 요즘은 특수학교라고 하던가요. 그 정도로 저는 어딜 가나 맞기만 하는 울퉁불퉁한 돌이었어요. 힘든 시간이었지만 그래도 어찌 어찌 헤쳐 나아갔습니다.

저를 믿어준 사람은 손에 꼽을 정도지만 그 극소수의 사람들 덕분에 오늘날의 제가 있는 셈입니다. 그분들은 제가 위기에 처할 때마다 손을 내밀어주었어요. 제가 위기를 자초했을 때도 마찬가지였고요. 저는 행운아였습니다. 파울은 그렇지 못했지요. 이 생각이 저를 더욱 괴롭힙니다.

바라는 것이 있느냐고요? 제가 바라는 건 정신질환이 남의 일이 아닌 내 문제가 될 수도 있음을 부모님들이 늘 의식하는 것입니다. 아이의 상태가 어딘가 좋지 않아 보일 때, 아이가 스웨터의 촉감을 못 견딜 때, 오이를 극도로 거부할 때, 전등이 너무 밝다고 힘들어하거나 어둠을 너무 무서워할 때도, 부디 선입견을 버리고 아이의 말에 귀를 기울여주세요.

아이가 괜히 어리광을 부리거나 호들갑을 떠는 게 아니라 부모에게 진실을 알리려 필사적으로 애쓰는 것일 수도 있습니다. 자신의 진실 말입니다. 이는 엄청난 에너지가 드는 일입니다.

사람들 앞에서 뭔가를 숨기거나 함구하거나 수치심을 품어서도 안 됩니다. 자책할 필요는 더더욱 없습니다. **사연 없는 집 없다**는 말은 안타깝지만 그 무엇보다도 진실입니다. 이제 정신질환을 사회문제로 보고 그에 상응하는 대책을 마련해

그 후들

야 할 때입니다.

파울의 어머니

우리는 여러 해를 거치면서도 파울이 어떤 상태인지 제대로 몰랐어요. 자폐를 눈치채지 못한 거지요. 우리에게 파울은 그저 특별한 데가 있는 멋진 아이였습니다. 그런 특징의 일부가 정신질환의 증상일 수도 있다는 건 상상도 못 했어요. 그런 생각 자체를 한 적이 없답니다. 어떻게 모를 수 있나 하는 분들도 많겠지만 사실입니다. 저희와 비슷한 일을 겪은 다른 분들도 같은 이야기를 했지요.

뒤늦게 지나간 일을 하나하나 되짚으면서 비로소 이런저런 특징이 자폐나 우울증 증상, 혹은 자살을 염두에 둔 행동이었음을 분명히 깨달았습니다. 파울이 자살한 뒤에야 모든 게 명확히 보이더군요. 이제 너무 늦었지만요.

파울의 아버지

그때 저희는 파울의 변화가 위험 신호라는 것도 인지하지 못했습니다. 예를 들어 음악 취향이 변하면서 점점 음침하고 시끄럽고 강렬한 음악을 듣더군요. 저희를 포함해 누구와도 가까이하지 않으려 들어서 파울의 내면에 무슨 일이 벌어진 건지, 아이가 얼마나 고통받고 있는지도 몰랐습니다.

음악을 통해 이를 표현하고 있었다는 것을 안타깝게도 부모인 저희조차 이해하지 못했어요. 그 생각 때문에 하루하루가 고통스럽기 그지없습니다. 앞으로도 이 괴로움은 사라지지 않겠지요.

마지막에 가서 파울의 행동에 다시 변화가 생겼습니다. 파울은 별안간 다시 친구들을 만나러 나갔고, 심지어 예전처럼 저희와 함께 부엌에서 시간을 보내기도 했어요. 이것이 좋은 신호라고 여겼던 건 완전한 착각이었습니다. 파울이 우리에게 작별 인사를 하고 있다는 것을 눈치채지 못한 겁니다.

파울의 어머니

파울이 살아 있었더라면 얼마 전에 열여덟 살이 되었을 거예요. 다른 부모들은 아이의 열여덟 번째 생일을 앞두고 큰 파티를 준비하거나, 가족끼리 1년간 휴식기를 계획하거나, 아이의 직업 교육 혹은 대학 입학을 준비하느라 분주했지요. 저희가 한 일은 묘지를 찾는 것이었습니다.

파울의 묘지를 둘러싼 조경수에는 때로 이런저런 물건들이 걸려 있습니다. 빨간색으로 반짝이는 하트와 금속으로 된 나비도 있었고, 크리스마스에 누군가 묘지 전체를 화려하게 장식한 적도 있습니다. 누가 한 건지도 모르고 묘지에 다녀간 사람들이 누군지도 모릅니다. 하지만 우리 외에 파울을 기억하는 누군가가 있다는 것만으로도 의미 있고 기쁜 일입니다.

파울의 아버지

장례식을 치르기 전에 저는 파울의 일본어 선생님에게 망자의 넋을 달래는 일본의 풍습에 관해 물었습니다. 파울은 일본을 정말 좋아했거든요. 일본에서 파울과 단둘이 보낸 시간은 아들과의 가장 멋진 추억으로 남아 있습니다. 그때 저희는 몇 시간씩 산책을 하며 왼쪽으로 갈지 오른쪽으로 갈지 즉흥적으로 결정하곤 했습니다. 무계획이 저희의 계획이었어요. 둘 다 관광 명소를 찾아 이리저리 뛰어다니는 것은 질색이었으니까요. 이전에는 서로의 그런 성격을 전혀 몰랐습니다. 그럼에도 자연히 서로를 이해하고 있었어요. 이것도 이제야 납득이 갑니다.

일본어 선생님 말로는 일본에서는 고인을 묻을 때 머리를 서쪽으로 두고 고인이 좋아할 만한 물건을 함께 묻는다고 하더군요. 그래서 저희 부부와 딸들은 신선한 산딸기와 냉동 완두콩, 파울이 가장 좋아하던 필기구, 레코드판 한 개를 넣어주었습니다. 엔화 동전도 넣었고요. 혹시라도 필요할지 모르니까요……. 파울은 유서에 장례식 때 틀 노래를 적어두었습니다. 「리턴 투 판타지」라는 곡이었어요. 노래 제목 그대로 되었기를 간절히 바랄 따름입니다.

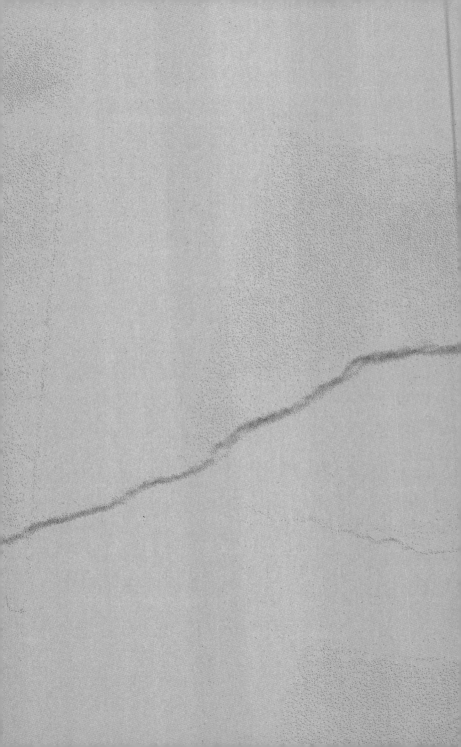

그 후 셋

가끔씩 무너져 내리는 순간이 있어요.
누군가 큰 소리로 파울!이라고 외치며
오빠와 동명이인인 사람을 부를 때,
오빠와 닮은 사람을 보았을 때,
거실에 앉아 있는데 문득 빈자리가 눈에 띌 때,
거울 앞 칫솔꽂이에 오빠의 칫솔만 없다는 것을
알아차릴 때.
그래도 저희는 계속해서 살아가야 해요!
엄마가 항상 저희에게 그렇게 말씀하시거든요.

— 파울의 여동생 레나

노아

　참으로 기묘한 광경이었다. 물론 우스꽝스럽다거나 하는 의미에서가 아니다. 어찌 됐든 장례식이 아닌가. 다만 내가 그 자리에 있는 게 기이하리만치 비현실적으로 느껴졌다.

　장례식은 수백 명의 조문객으로 북적이고 있었다. 파울이 생전에 사람 많은 곳을 싫어한 외톨이였음에도. 그 애가 그 자리에 있었다면 엄청나게 스트레스를 받았을 것이다.

　배경에 흐르는 유라이어 힙의 「리턴 투 판타지」는 장례식의 분위기를 한층 더 기묘하게 만들고 있었다. 파울의 유언이었다고 그 애의 어머니가 추도사에서 언급하는 것을 듣고 참으로 파울답다고 생각했다.

　파울은 딱 그런 친구였다.

　파울이었다면 추도사를 금세 음악 강의로 만들었을 것이다. 이 밴드의 음악 인생에서 이 곡이 어디에 위치하는지, 언제 어디에서 어떻게 이 곡이 탄생했는지, 그런 설명이 끝도 없이 이어졌겠지. 「리턴 투 판타지」가 어떤 의미인지도 물론 설명했을 테고. 나는 이 노래의 가사를 한 마디도 이해할 수 없었다.

내 장례식에 틀 음악을 정해둔다니, 상상만 해도 기묘한 느낌이다. 파울이 종교와는 거리가 먼 친구였음을 떠올리니 이런 선곡이 더더욱 의미 없게 보였다. 죽고 나서 노래가 다 무슨 소용이란 말인가?

파울의 영혼이 구름 사이로 우리를 내려다보며 앙코르를 외치고 있을 것도 아니잖은가. 어쨌거나 파울은 그런 이야기에 콧방귀도 뀌지 않았다. 그런데 어째서 흔한 클래식도 아닌 이 곡을 선택했을까? 내 할아버지의 장례식에서 연주된 바흐 같은 음악이 아니고 말이다.

뭐니 뭐니 해도 장례식에서 가장 기묘했던 점은 파울이 거기 없다는 사실, 정확히 말해 세상에 없다는 사실이었다.

세상에 자기 장례식에 참석하는 사람은 없겠지만 파울이 더 이상 존재하지 않는다는 것은 도저히 실감되지 않았다. 이제 그 애와 대화도 나눌 수 없고, 만날 수도 없고, 메시지도 보낼 수 없고, 사진도 찍을 수 없고, 게임도 할 수 없고, 그 무엇도 할 수 없게 되었다니.

수면 부족으로 정신이 혼미하다 보니 눈앞에 파울의 환영

그 후 셋

이 나타날 것 같았다. 환영으로라도 그 애를 볼 수 있다면 얼마나 좋을까. 아주 못 보는 것보다는 나을 테니 말이다.

문득 현기증이 밀려온 나는 낡은 나무 벤치에 주저앉았다. 도저히 음식을 삼킬 수 없어 아침 식사도 거른 참이었다. 파울의 가족이 조문객들을 점심 식사에 초대했지만 도저히 용기가 나지 않아 그 자리에도 가지 않을 생각이었다.

파울은 묘지에서 5킬로미터도 채 떨어지지 않은 곳에서 발견되었다. 그때까지 많은 사람이 며칠에 걸쳐 그 애를 찾아다녔다. 수색에 참여한 사람만 해도 수백 명이었다.

애초부터 나는 파울이 살아서 발견되지는 않을 거라고 확신하고 있었다. 어쩌면 모두가 그랬을지도 모른다. 적어도 둘째 날 혹은 셋째 날부터는.

나는 차라리 파울이 영원히 발견되지 않기를 바랐다. 멕시코시티나 뉴욕이나 도쿄에서 부모님의 신용카드를 마음껏 쓰며 행복하게 지내고 있기를, 그렇게 오래오래 살아 있기를 바랐다.

하지만 파울은 그런 사람이 아니었다.

그리고 사람들이 결국 파울을 찾아냈다.

그날부터 나는 밤마다 불을 켜둔 채 잠이 들기만을 하릴없이 기다리게 되었다. 하지만 제대로 자는 것은 이미 불가능했다. 어쩌다 깜빡 잠들면 늘 이상한 꿈을 꾸었다. 꿈에서 나는 파울을 부르며 낯선 도시를 헤매지만 파울은 어디에도 보이지 않는다.

"노아 아니니?"

쉰 살 전후쯤 되어 보이는 여자가 인사를 건넸다. 누군지 기억이 나지 않았다. 여자도 그걸 금세 눈치챈 것 같았다.

"잠깐 앉아도 될까?"

여자가 옆자리를 가리키며 물어서 나는 고개를 끄덕였다. 곁에 앉은 여자는 내가 어릴 때 다녔던 유치원의 선생님이라고 자신을 소개했다. 나는 전혀 기억나지 않았지만 여자는 내 이름까지 기억하고 있었다.

"지난 며칠간 그때의 앨범을 찾아봤단다. 너는 파울과 같은 반이었지."

"맞아요. 유치원 때부터 알고 지냈어요. 그때는 아주 친하진 않았지만요. 초등학교에 가서야 가까워졌거든요."

"너희는 둘 다 표범반이었어."

선생님이 말하며 미소를 지었다.

표범반. 그랬다.

반 이름은 확실히 기억하고 있었기 때문에 나는 고개를 끄덕였다. 우리는 표범 흉내를 내며 사자반 아이들을 맹렬히 공격하곤 했다. 동물의 왕이 누구인가를 두고 늘 옥신각신하던 일도 떠올랐다.

파울은 그때부터 조용한 아이였다. 안 그랬다면 나와 더 자주 함께 놀았을 것이다. 파울과 달리 나는 꽤나 에너지 넘치는 아이였다.

파울이 나만큼이나 적극적으로 앞에 나서는 유일한 날은 카니발 축제일이었다. 나는 그때 찍은 사진도 아직 가지고 있다. 사진에서 우리는 얼굴에 표범 무늬를 그리고 등에는 인조 털가죽을 두르고 있다. 생각해보면 파울은 분장을 하고 있을 때 한층 마음이 편안했던 것도 같다.

"비행기 모형 만들었던 것 기억나?"

선생님이 물었다. 나는 또다시 흐릿한 기억을 더듬었다.

"소식을 듣던 순간부터 그 기억이 떨쳐지지가 않더구나."

선생님은 거기까지 말하고 내 답을 기다리는 눈치였다. 그러나 나는 저 앞쪽의 흙더미만 응시했다. 방금 전까지 파울의 관을 묻을 구덩이가 있던 자리였다. 대답이 없자 선생님이 말을 이었다.

"언젠가 나무로 작은 비행기를 만든 적이 있단다. 너희 대부분은 나무토막 두 개를 이렇게 교차하는 게 끝이었지."

선생님이 두 팔을 교차해 보이며 설명했다. 한쪽 팔은 날개, 다른 한쪽 팔은 동체를 뜻하는 것 같았다.

"너희는 2분도 채 걸리지 않아 비행기를 완성하고는 그걸 이리저리 날리며 뛰어다녔어."

"저도 그랬어요?"

"그건 나도 잘 기억나지 않아. 파울이 일주일 내내 비행기 만드는 데 골몰해 있던 것만 생각나는구나. 하루하루 무언가를 더하면서 말이야. 승강키, 방향키 그리고…… 그, 뭐더라? 터빈과 조종석까지 만들었지. 바퀴도 달았는데 그 애는 그걸 랜딩기어라고 불렀단다. 그만큼 유치원 때부터 모르는 게 없었어."

"파울답네요."

"그래, 정말 특별한 아이였어. 그 애는……."

선생님은 더 이상 말을 잇지 못하고 가방에서 휴대용 티슈를 꺼내어 눈가를 훔치며 침묵했다. 얼마쯤 뒤에 나는 자리에서 일어났다. 계속 앉아 있다가는 덩달아 울음이 터질 것 같았다. 이 자리에서는 정말이지 울고 싶지 않았다.

그때 조피와 레나가 다가왔다. 방금 전까지 부모님 옆에 서 있었는데 수많은 조문객이 부모님을 에워싸는 게 부담스러워져 자리를 피한 모양이었다.

"노아 오빠, 안녕."

조피가 깊이 가라앉은 목소리로 인사를 건넸다. 어린아이에게 그런 목소리가 나오는 것은 들어본 적이 없었다.

"안녕, 레나, 조피."

레나는 대답이 없었다.

그후셋

우리 셋은 차마 말을 잇지 못하고 멍하니 마주 서 있었다. 그래도 어쩐지 혼자 있는 것보다는 훨씬 나았다.

"우리 집에 놀러 올 거지?"

조피가 물었다.

"그럼."

물론 거짓말이었다. 당장은 파울의 집에 간다는 것을 상상조차 할 수 없었다. 파울이 없는 파울의 집에서 내가 뭘 한단 말인가?

"오빠 너프, 아직 우리 집에 있어."

"아, 그래?"

조피가 고개를 끄덕였다.

"하이퍼 파이어."

"아, 그게 거기 있었구나."

침묵이 점점 거북해지던 참에 드디어 얘깃거리를 찾은 것 같아 내심 안도했다. 너프 따위에 관한 시시한 이야기면 어떠랴. 아무도 내 마음을 눈치채지 못할 수만 있다면 말이다.

"과녁도 있던데."

조피가 덧붙였다.

"맞다. 파울하고 같이 설치했었지."

우리 근처로 선생님들이 하나둘 모여들었다. 수학, 생물, 체육, 라틴어 선생님도 있었다. 선생님들도 레나와 조피와 나처럼 둥글게 모여 서서 어떻게든 대화를 시작해보려 애쓰고 있었다. 그나마 선생님들은 우리보다는 나았다.

"뭔가 낌새라도 느껴졌나요?"

수학 선생님이 묻자 생물 선생님이 가장 먼저 입을 열었다.

"전혀요. 정말 아무것도 몰랐어요. 선생님들도 아시다시피 저는 퇴근해서까지 학생들 문제로 고민하는 일이 정말 많지만……."

생물 선생님은 잠깐 말을 멈추더니 머리를 흔들며 묘지를 향해 시선을 돌렸다.

"……파울은 정말 어떤 문제도 없어 보였어요. 선생님은 어땠어요?"

"문제는커녕 최고의 제자였죠. 그래서 더더욱 이렇게 되리라고는……."

수학 선생님에 이어 라틴어 선생님이 말을 받았다.

"저도 마찬가지예요. 엄청난 보석을 잃은 거예요. 뭐든지 될 수 있는 아이였는데."

그러자 체육 선생님이 고개를 끄덕였다.

"못 하는 게 없었죠. 그런데 단 하나, 삶이 그 애한테는 버거웠던 모양이에요."

다른 사람도 아니고 체육 선생님의 입에서 그런 말이 나왔다는 게 놀라웠다. 체육 선생님을 깎아내리려는 게 아니라,

그후셋

평소에는 분데스리가 랭킹을 1부에서 3부까지 모조리 꿰뚫고 있는 축구광 정도로만 알고 있던 탓이다.

생물 선생님이 옆을 둘러보며 물었다.

"추모 행사에는 참여하실 건가요? 저는 도저히 못 하겠어요."

그 순간 레나가 내 정장 재킷을 잡아당기는 바람에 다른 선생님들의 대답을 놓쳤다.

나는 체중이 나보다 꽤 많이 나가는 아버지의 정장을 빌려 입고 있었다. 장례식에 오기 전에 아버지는 옷매무새가 어느 정도나마 단정해 보이도록 꼼꼼히 모양을 잡아주었다. 그러나 레나의 손길에 기껏 정돈한 매무새가 흐트러졌다.

"짜증 나. 여기 있는 모든 게 다 짜증 나."

레나가 말했다.

"그럼 자리를 옮길까?"

그렇게 묻기는 했지만 어디로 가야 할지 알 수 없었다.

"밥 먹으러 가자."

조피의 말에 순간 끔찍한 단어가 떠올랐다. 나는 필사적으로 그걸 떨쳐내려 애썼다. 할아버지의 장례식 때 누군가 농담처럼 말했던, 시체잔치라는 말이었다.

아흔네 살에 돌아가신 분의 장례식에서도 다소 지나친 농담이라고 생각했는데, 나와 같은 열여섯 살 소년의 장례식에서 그 단어를 떠올리니 그야말로 몸서리가 쳐질 정도였다.

심지어 내 친구의 장례식이 아닌가.

"저기 엄마 오신다!"

조피의 말에 돌아보니 파울의 어머니가 조문객들 사이를 지나 이쪽으로 다가오고 있었다.

"우린 계속 살아가야 해."

레나가 어른보다도 더 어른스러운 말투로 말했다. 말해놓고도 민망했는지 그 애가 얼른 덧붙였다.

"엄마가 오늘 아침에 그렇게 말씀하셨어."

"어머니 말씀이 옳아."

내가 대답했다. 그러자 조피가 땅바닥으로 시선을 떨어뜨리고 혼잣말처럼 중얼거렸다.

"난 파울 오빠 없이는 싫어."

"뭐가 말이니?"

우리 곁에 온 파울의 어머니가 물었다.

"사는 게."

조피가 말했다. 나는 아무 말도 못 하고 마른침만 삼켰다.

그저 파울이 죽은 게 아니었다. 파울과 함께 우리 모두의 가슴속 어느 한 부분도 죽어버렸다.

나는 이것이 매우 중요한 문제라고 생각했으나 파울의 동생들과 어머니 앞에서는 그런 말을 하지 않았다.

그후셋

그 생각이 아무리 끈질기게 나를 따라다녀도 혼자서만 품고 있어야 한다.

그때 갑자기 먹구름이 밀려들더니 단 몇 초 만에 소나기가 퍼붓기 시작했다.

아버지의 정장이 금세 흠뻑 젖었다.

파울의 어머니는 우산을 쓴 어른들에게 서둘러 레나와 조피를 데려다주며 말했다.

"아이들 데리고 먼저 식사하러 가 계실래요?"

"너는 안 가니?"

나이 지긋한 여자가 파울의 어머니에게 큰 소리로 외쳤다. 내 기억으로는 어머니의 어머니, 그러니까 파울의 외할머니인 것 같았다. 파울의 집에서 너프 총싸움을 하며 뛰어다닐 때 몇 번 본 기억이 났다.

"금방 뒤따라갈게요. 식당에 자리를 예약해두었어요. 먼저 가세요."

파울의 어머니가 대답했다.

장례식이 끝나고 조문객들이 비를 피해 자리를 뜨는 동안에도 파울의 부모님은 묘지 앞에 남아 있었다. 쏟아지는 빗줄기에도 아랑곳없이. 누군가 뛰어가 검은색 우산을 내밀었지만 두 사람은 고개를 저으며 사양했다.

커다란 나무 아래로 몸을 피한 나는 정장이 흠뻑 젖은 채

추위에 떨었다.

식당에 가면 비도 피하고 몸도 녹일 수 있겠지만 그곳에는 가고 싶지 않았다. 어차피 나 하나쯤 빠진다고 문제 될 것도 없었다.

파울의 부모님을 제외한 모든 사람들이 떠났을 무렵에는 땅바닥이 비를 흠뻑 빨아들여 질퍽해져 있었다. 공기 속에 젖은 흙냄새가 스며들었다. 묘지만 아니었다면 꽤나 분위기 있는 장소일 것 같았다.

이윽고 파울의 부모님은 서로 손을 잡고 비를 맞으며 출구를 향해 발걸음을 옮겼다.

나는 있는 힘껏 고함을 치고 싶었다. 그렇게 해서라도 내 안에 응어리진 것을 몽땅 쏟아내고 싶었다. 하지만 그냥 침묵했다.

묘지 한가운데, 파울에게 5미터도 채 떨어지지 않은 곳에 나 혼자만 남아 있었다.

이 현실을 이해할 수도, 믿을 수도 없었다. 누구라도 그랬을 것이다. 이 젖은 땅 속에 관이 묻혀 있고 파울이 그 안에 누워 있다니.

땅 위에 남은 우리는 파울 없이 계속해서 살아가야 한다.

막 자리를 뜨려는데 나무 세 그루 뒤 그 아래에 누군가의 모습이 보였다. 지나치다 싶을 정도로 긴 검은색 가죽코트를

그후셋

걸친 여자애였다.

핏기 하나 없이 창백한 얼굴에 새까맣게 눈 화장을 하고 입술만 파란색으로 칠한 여자애는 나를 빤히 응시하고 있었다.

우리 학교 학생은 아니었다.

파울이 다녔던 합기도장과 일본어 학원에서도 몇 명이 다녀갔는데, 그 무리 중 한 명이었을까? 잠시 혼자 남아 있고 싶었나?

우리 반의 엘라처럼 한창 고딕 스타일에 심취해 있는 10대일지도 모른다. 그래서 저런 차림으로 묘지를 서성이다가 우연히 장례식을 본 것일 수도 있다.

집으로 가든 어쩌든 일단은 자리를 피해야겠다는 생각이 들었다.

도대체 누구이기에 저러고 있는 것일까?

아니, 그게 중요한 문제인가? 지금, 나한테?

내가 주저하는 동안 여자애가 젖은 땅 위로 가죽코트를 끌며 다가왔다. 양손으로는 코트 앞자락을 여며 쥐고 있었다.

여자애가 내 앞에 멈춰 섰을 때에야 그 애의 품에 안긴 고양이가 눈에 들어왔다. 고양이는 코트 깃 사이로 커다란 눈망울을 내밀고 나를 빤히 처다보았다.

"마돈나라고 해."

여자애가 입을 열었다.

"나는 노아야."

이름을 듣고 또 한 번 당황했지만 일단 내 소개를 했다. 가수 마돈나 말고 마돈나라는 이름을 쓰는 사람이 또 있다고? 어떤 부모가 자식 이름을 그렇게 지을까?

"고양이 이름이 마돈나고, 나는 알리나야."

"아…… 물론 그럴 거라고 생각했어."

알리나는 마돈나를 쓰다듬었다. 고양이는 가죽코트 안이 꽤 편안한 모양이었다.

"파울 친구 맞지?"

"맞아. 너는?"

"정신병원에 같이 입원해 있었어."

어떻게 반응해야 할지 몰라 머리를 이리저리 굴렸지만 딱히 적절한 말이 떠오르지 않았다. 그러나 멍청하게 서 있고 싶지는 않아서 그냥 아무 말이나 해버렸다.

"기분이 너무 이상해. 우리 모두에게서 한 부분이 죽어버린 것 같아. 그러니까 내 말은, 이 일이 우리 모두를 변화시킬 거라는 뜻이야."

알리나가 딱히 반박하지 않고 귀를 기울이는 것을 보고 나는 말을 이었다.

"어쩐지 이 자리가 단순히 파울의 장례식 같지만은 않아."

알리나가 고개를 끄덕였다.

그후 셋

"맞아. 핵 발전소가 폭발한 거나 마찬가지지."

나는 알리나의 말을 곰곰이 곱씹었다. 내 생각과 비슷하기는 하지만 훨씬 극단적인 표현이었다.

"우리 모두 폭격을 받았다는 뜻이구나."

"그래. 그런 재난이 일어난 뒤에는 누구도 예전과 똑같이 살아갈 수 없으니까."

나는 마른침을 삼키고 그 애의 비유가 적절한지 고민했다.

조피와 레나는 오빠 없이 살아가야 한다.

부모님은 아들 없이.

선생님들은 한 학생의 빈자리를 보며.

알리나는 병원 생활을 함께한 친구를 잃은 채로.

나는 오랜 친구를 잃은 채로.

파울과 개인적으로 아는 사이가 아니었던 사람들도 한동안 머릿속에서 이 생각이 떠나지 않을 것이다.

우리 모두의 내면에서 무언가가 죽고, 우리 모두는 폭격받았다.

나는 머뭇거리며 입을 열었다.

"병원에 있을 때는…… 너희 모두…… 그러니까 너희도……."

"당연하지. 그러니 입원하게 된 거고."

"그럼 파울만 빼고 너희 모두…… 그러니까 아직 살……."

"그래, 아직 다 살아 있어. 폭발하지 않고. 하지만 폭격받은 상처는 끈질기게 남아서 우릴 괴롭히겠지."

"아, 그렇구나."

"아, 그렇구나라는 말은 내 말을 이해했다는 뜻이야, 이해 못 했다는 뜻이야?"

"이해했다고 볼 수 있지."

"다행이다. 파울의 친구라서 역시 똑똑하구나."

뭔가 맥락에 어긋난 것 같기는 했지만 나는 그냥 고개를 끄덕이고 마돈나의 귀를 조몰락거렸다.

"심지어 고양이도 좋아하나 보네. 정말 다행이다!"

"뭐 하나만 물어봐도 돼?"

"나 대신 마돈나의 귀를 만져준다면 뭐든지."

"폭격받으면 어떤 후유증이 올까?"

다른 누군가가 우리의 대화를 엿들었다면 내가 헛소리를 한다고 생각했을지도 모른다. 다행히도 묘지에는 마돈나와 알리나와 나뿐이었다.

"그렇게 간단한 문제가 아니야."

"방사능은 엄청나게 오래가잖아."

내 말에 알리나가 고개를 끄덕였다.

"정신병원에서 우리는 어떤 목록을 작성했어. 우리가 계속 해서 살고 싶은 이유에 대해서."

그 후 셋

"파울에게도 그런 목록이 있었어?"

"있기는 했는데 파울은 한 번도 보여준 적이 없어. 아마 데이비드 보위 이야기를 더 해야 하기 때문에 같은 걸 써놓지 않았을까?"

우리는 동시에 웃음을 터뜨렸다. 묘하게도 묘지 한가운데서 퍼지는 웃음소리가 어색하지 않았다. 파울이 그 말을 들었더라면 그 애 역시 웃었을 테니까.

"너는 그 목록에 뭐라고 썼는데?"

"사생활을 그렇게 막 물어도 돼?"

"미안."

"목록의 맨 끝에 적은 것만 말해줄게. 이건 아마 파울의 목록에도 있었을 거야."

"뭔데?"

"죽는 게 정말 훨씬 나은지 알 수 없기 때문에."

"정말 그렇게 썼다고?"

"응……. 딱히 놀라는 것 같지는 않네. 하나만 더 말해줄게. 나는 살아 있을 가치가 있는 사람이다. 아마 이건 파울의 목록에는 없었지 싶어."

알리나가 파울의 묘지 가까이로 다가갔고 나도 그 뒤를 따랐다.

빗줄기는 어느 정도 잦아들어 있었다. 알리나가 내게 마돈나를 건네주었다. 고양이는 내 품이 그다지 편치 않은 듯했다. 재킷이 흠뻑 젖어 있으니 무리도 아니었다. 나는 마돈나가 젖지 않은 팔에 몸을 부빌 수 있도록 소매를 걷어 올렸다.

"조금만 참아, 마돈나. 잠깐이면 돼."

알리나가 고양이를 달래며 커다란 코트에서 주먹만 한 플라스틱 연꽃을 꺼냈다. 그 애가 한쪽을 누르자 연꽃의 색이 3초마다 바뀌기 시작했다.

"나중에 다 치울 텐데."

그러나 그게 그리 중요한 문제일까.

"상관없어. 언젠가 다시 올 거니까. 파울도 이렇게 특별한 게 마음에 들 거야. 여기는 모든 게 너무 딱딱해 보이잖아."

나는 「리턴 투 판타지」를 떠올리며 고개를 끄덕였다.

"파울은 자기 장례식에 틀 음악을 미리 골라뒀어. 그러면 너도 한창 안 좋을 때…… 그러니까, 너도 노래를……."

"나는 네이버후드의 「알.아이.피. 2 마이 유스R.I.P. 2 My Youth」라는 곡을 골라뒀었어. 진부하기는 하지만 그 노래와 관련해서 신기한 일이 많았거든."

"어떤 일?"

"그때 난 그 밴드의 공연을 딱 한 번만 보고 나서 죽을 생각이었어. 마침내 공연 티켓을 구했는데 갑자기 밴드가 공연을 취소한 거야. 새 앨범 작업에 시간이 더 필요하다면서. 창작

그 후 셋

을 위한 휴식이라나. 나중에 새 공연 일정이 나왔고, 나도 다시 티켓을 구했어."

"그래도 아직 살아 있잖아."

"밴드가 심리적인 문제를 이유로 또다시 공연을 취소했거든. 그때 난 이미 유서까지 써놨었어. 기분에 따라 여러 번 새로 쓴 탓에 유서도 여러 통이었지만 선곡만은 항상 그대로였지."

"지금 그 노래를 들으면 어때? 기분이 이상하지 않아? 그럴 때는 어떻게 해?"

알리나는 파울의 묘지를 가만히 바라보다가 나를 향해 시선을 돌렸다. 그 애의 얼굴에 옅은 미소가 번져 있었다.

"그럴 때면 난 춤을 춰."

감사의 말

　　언젠가 아버지와 통화하던 중, 지금은 어떤 글을 쓰고 있느냐는 물음에 저는 파울의 이야기를 들려드렸습니다. 아버지는 자살이 그토록 큰 화제라는 데 무척 놀라는 눈치였습니다.

　　"누구나 그런 일을 겪은 사람이 주위에 한 명쯤 있을 거예요."

　　아버지는 제 말을 곧장 부인하며 이렇게 대답했지요.

　　"내 주위에는 한 명도 없었다."

　　그 뒤, 수화기 너머에서 몇 초 동안 침묵하던 아버지가 불쑥 말씀하셨습니다.

　　"아니, 생각해보니 있는 것 같구나. 예전에 아는 사람이 말이다……."

　　그 아는 사람은 실연의 상처로 큰 상심에 빠져 있었다고 하더군요. 갓 스무 살밖에 되지 않았던 그에게 그 밖에 무슨 사연이 있었는지는 아버지도 자세히 알지 못했습니다. 정신질환 문제가 과소평가되는 시대였던지라 당시에는 심리상담사를 찾는 경우도 극히 드물었지요. 그 청년의 공식적인 사인은 오토바이 사고에 의한 사망이었습니다. 그가 자살했다는 사실을 아는 사람은 소수에 불과했다는군요.

자살 사실을 쉬쉬하고 넘어간 탓에 아버지의 기억에도 그는 사고로 사망한 청년으로 남아 있었습니다. 수십 년이 지난 뒤, 저와 통화하며 덮여 있던 진짜 기억이 떠오른 것이었지요. 사전 자료 조사를 하며 수많은 사람과 나눈 인터뷰에서도 비슷한 일이 있었습니다.

자살은 단순히 큰 문제가 아니라 어마어마하게 중대한 문제라 하는 편이 옳습니다. 그럼에도, 혹은 바로 그 이유 때문에 이 화제를 입 밖에 내는 것은 극도로 어렵지요.

제게 마음을 터놓고 자신의 이야기를 들려준 모든 분들에게 깊은 감사의 마음을 전합니다. 어떤 분들은 환자나 의료진으로서 정신병원에서 경험한 것을 제게 이야기해주었습니다. 우울증을 비롯한 각종 정신질환에 관해, 그리고 자폐인으로서의 삶이 어떤 것인지에 관해 당사자 또는 그들의 가족으로 살며 경험한 것을 들려준 분들도 많습니다.

어떤 분들은 가족이 스스로 목숨을 끊었을 때의 심경을 이야기해주었습니다. 인터뷰에 응한 분들 중에는 자살을 계획

하고 시도했다가 생존한 분들도 있었습니다.

여러 심리학 전문가분들도 기꺼이 제 인터뷰와 자료 조사를 도와주었습니다. 한 상담사님은 흔쾌히 제 원고를 읽고 비판과 조언을 해주었지요. 진심으로 감사드립니다!

가장 큰 감사의 말씀은 제게 마음을 열고 신뢰를 보여준 파울(책에서는 가명을 사용했습니다)의 가족에게 돌아가야 할 것 같습니다. 정신건강에 관해 더 많은 논의가 이루어지는 것, 정신질환이 금기시되거나 낙인찍히는 분위기가 개선되는 것이 가족의 가장 큰 소망입니다.

파울의 아버님은 제게 이런 말을 하셨습니다.

"이런 일은 누구에게나 일어날 수 있습니다. 그럼에도 아무 도움도 받지 못한 채 홀로 고통을 감내하고 있는 사람들이 너무나 많습니다. 한계에 다다를 때까지 말입니다. 어쩌면 그의 이웃도 똑같은 문제로 힘들어하고 있을지도 모릅니다. 서로가 이 사실을 알게 된다면 적어도 그들은 혼자가 아닌 둘이 되겠지요."

파울과 잘 알고 지내던 분들, 함께 학교에 다닌 친구들, 파울의 선생님들을 비롯해 파울과 친하게 지내고 제게 파울의 이야기를 들려준 모든 분들에게도 감사드립니다.

이 책은 실화를 바탕으로 썼으나, 관련된 분들의 사생활을 보호하고자 많은 부분을 각색했음을 알립니다. 모든 등장인물의 이름 또한 가명입니다.

실존인물 두세 명의 이야기를 합쳐 한 명의 등장인물로 각색하기도 하였습니다. 리엔과 알리나가 그런 예입니다. 저와 인터뷰를 나눈 여러 분들의 개인사와 그분들이 직접 한 이야기를 이 두 인물의 이야기로 압축하고 이에 허구를 더했습니다.

제 편집자 에바 쿠터 님, 열정적인 출판팀, 일본의 토모코, 사전에 원고를 읽고 피드백을 준 분들(특히 벨린다, B.E.N.B., 리그 오브 레전드와 관련해 도움을 주신 엘리 "페더블레이드", 파울라, 칠레), 마지막으로 제 에이전트인 앤네 글리엔케 님에게도 감사를 전합니다.

자료 조사를 하며 한 분 한 분과 만날 때마다 퍼즐의 조각을 하나씩 찾는 기분이었습니다. 그러나 그분들 중 누구도 퍼즐의 전체 그림이 어떤지는 알지 못했지요.

이 퍼즐의 특별한 점은 모두가 저마다 다른 방식으로 퍼즐을 맞추어도 결국은 하나의 그림이 만들어진다는 데 있습니다. 그러나 그중 진실이 아니거나 잘못된 그림은 단 하나도 없을 테지요.

자료 출처

위기 도취 하나

11쪽 Marc-Uwe Kling: *Die Känguru-Chroniken*, Sonderausgabe im Ullstein Taschenbuch, Berlin, 4. Auflage 2016, S. 255

22쪽 Madonna, *Hung Up*, Album *Confessions on a Dance Floor*, Warner Bros. Records, 2005

제11계명: 네 아버지와 어머니의 심기를 건드려라

29쪽 Crash Test Dummies, Album *God Shuffled His Feet*, BMG, Arista, 1993

38쪽 Lutherbibel, 3. *Buch Moses*, *Kapitel* 20, *Vers* 13, 1 Deutsche Bibelgesellschaft, Stuttgart, revidiert 2017

39쪽 siehe eben, 1. *Buch Samuel*, *Kapitel* 15, *Vers* 3

43쪽 siehe eben, *Markus-Evangelium*, *Kapitel* 16, *Vers* 16

위기 도취 둘

47쪽 Pixies, *Where Is My Mind*, Album *Surfer Rosa*, 4AD, 1988

58쪽 Sex Pistols, *God Save the Queen*, Album *Never Mind the*

Bollocks, Here's the Sex Pistols, Virgin Records, 1977

일본 하나

63쪽 Sofia Coppola (Regie): *Lost in Translation*, 2003

70쪽 Monty Python, *Always Look on the Bright Side of Life*, Album *Monty Python's Life of Brian*, Warner Bros. Records, 1979

71쪽 Felix Gary Gray (Regie): *Fast & Furious 8*, 2017

일본 둘

75쪽 Rob Cohen (Regie), *The Fast and the Furious*, 2001

위기 도취 셋

93쪽 Douglas Adams: *Per Anhalter durch die Galaxis*, Gesamtausgabe, Bogner & Bernhard, Zweitausendeins, Frankfurt am Main, 2006, S. 58

108쪽 Marc-Uwe Kling: *Die Känguru-Chroniken*, Sonderausgabe im Ullstein Taschenbuch, Berlin, 4. Auflage 2016, S. 87

곤니치와

111쪽 Gosho Aoyama: *Detektiv Conan*, Band 1, Egmont Manga & Anime, Köln, 2010, unpaginiert

고양이는 일본어로 네코입니다

125쪽 Gus Van Sant (Regie): *Good Will Hunting*, 1997

결전의 날

141쪽 *League of Legends*, Riot Games

156, 159쪽 *Die drei !!!*, Fall 33, *Küsse im Schnee*, Sony Music

162쪽 Falco, *Jeanny*, Album *Falco 3*, Sony Music, 1985

외침

163쪽 Wolfgang Herrndorf: *Bilder deiner großen Liebe. Ein unvollendeter Roman*, Rowohlt, Reinbek, 2014, S. 128

겨울잠에서 깨어

183, 193쪽 Otto Forster: *Analysis 1. Differential- und Integralrechnung einer Veränderlichen*, Vieweg Verlag, Wiesbaden, 6. verbesserte Auflage 2001, S. 185

대마초 이야기

203쪽 Produktbeschreibung des Herstellers, Hasbro online, https://products.hasbro.com (Stand 16. 02. 2023)

추락하는 자들

221쪽 Überliefertes Zitat von Morihei Ueshiba, zu finden u. a. https://aikido-kampfkunst.de (Stand 16. 02. 2023)

234쪽 siehe eben, zitiert nach u. a.: https://aikido-niji-dojo.de/ (Stand 16. 02. 2023)

자료 출처

스페이스

239쪽 Marc-Uwe Kling: *Das Känguru-Manifest*, Sonderausgabe im Ullstein Taschenbuch, Berlin, 4. Auflage 2016, S. 160

작별 하나

261쪽 Das Zitat von Kurt Cobains Mutter ist in übersetzter Fassung online in vielen Medien zu finden (Focus, ntv usw.). Das Gleiche gilt für das Originalzitat (u. a. BBC, The Hollywood Reporter).

그 후 둘

325쪽 Haruki Murakami: *Naokos Lächeln. Nur eine Liebesgeschichte*, btb Verlag, München, 31. Auflage 2003, S. 165

모두가 회색이야

2025년 4월 29일 1판 1쇄

지은이	**옮긴이**
마틴 쇼이블레	이지혜

편집	**디자인**
장슬기, 윤설희, 최경후, 이여름	박다애

제작	**마케팅**	**홍보**
박흥기	김수진, 백다희, 이태린	조민희

인쇄	**제책**
천일문화사	J&D바인텍

펴낸이	**펴낸곳**	**등록**
강맑실	(주)사계절출판사	제406-2003-034호

주소	**전화**
(우)10881 경기도 파주시 회동길 252	031)955-8588, 8558

전송
마케팅부 031)955-8595, 편집부 031)955-8596

홈페이지	**전자우편**	**블로그**
www.sakyejul.net	literature@sakyejul.com	blog.naver.com/skjmail

페이스북	**트위터**	**인스타그램**
facebook.com/sakyejul	twitter.com/sakyejul	instagram.com/sakyejul

ISBN 979-11-6981-369-3 03850